U0944204

Iris Murdoch

艾丽丝·默多克作品

# 独角兽

# THE UNICORN

〔英〕艾丽丝·默多克——著　邱艺鸿——译

上海译文出版社

# 译本序

1999 年 2 月 8 日，二十世纪末英国文坛上的一颗璀璨明星——艾丽丝·默多克(Iris Murdoch)在牛津河畔悄然陨落。默多克于 1919 年出生在都柏林一个英裔爱尔兰人家庭。默多克尚在襁褓中时，便随父母从爱尔兰移居到伦敦。她在布里斯托尔的巴明顿学校上中小学，后在牛津的索默维尔学院读大学。在那里她阅读了大量的古典文学、古代历史和哲学名著。1942 年至 1944 年她曾任过英国财政部助理主管，其后两年在伦敦、比利时和奥地利的联合王国救济与康复组织(UNRRA)工作，安置战后灾民。1947 年，她获得剑桥纽南姆学院萨拉·斯密森哲学奖学金(Sarah Smithson Studentship in philosophy)，在该校学习一年，研究哲学。1948 年她重返牛津，在圣安妮学院做了多年的哲学研究生(fellow)，并执教哲学直至 1963 年。此后，她全心致力于创作。1963 年至 1967 年她还在英国皇家艺术学院讲学。1956 年，她与牛津大学的文学教师、批评家约翰·白利(John Bayley)结婚。他们在史迪坡·阿斯顿(Steeple Ashton)生活了许多年，后迁至牛津大学北部的郊区。

1953 年默多克出版了第一本专著《浪漫理性主义者萨特》(*SARTRE*，*ROMANTIC RATIONALIST*，1953)。这是一部关于萨特其人及其小说的书。其实，默多克早在 1940 年就与法国著名的哲学家、作家萨特认识，并从此对形而上学产生了浓厚的兴趣，在其创作中体现出存在主义的思想。1954 年《在网下》(*UNDER THE NET*)一书让她在英国文坛上一举成名。默多克一生共创作了 26 部小说。主要作品有长篇小说《钟》(*THE BELL*)、《被砍掉的头》(*A SEVERED HEAD*)、《红与绿》(*THE RED AND THE GREEN*)、《黑王子》(*THE BLACK PRINCE*)和《大海,大海》(*THE SEA, THE SEA*)(曾获 1978 年度英国最重要的文学奖项布克奖)。最难能可贵的是,默多克晚年仍旧文思活跃,勤于著述,几乎每隔一年就有一部作品问世,如《指引道德的形而上学》(*METAPHYSICS AS A GUIDE TO MORALS*,1992)、《绿骑士》(*THE GREEN KNIGHT*,1993)和《杰克逊的窘境》(*JACKSON'S DILEMMA*,1996)。默多克其他作品还包括剧本、诗歌和哲学批判研究的文章,她在 1990 年被英国保守党封为爵士。

默多克是英国小说史上第一个把萨特式哲学小说引入英国文坛的人,其小说的典型风格是:围绕许多拥有不同哲学思想的人物,随着情节的发展,人与人之间的关系产生如万花筒般的变化。她把二十世纪中产阶级的生活现实交织在不平凡的事件当中,小说多带有几分恐怖、怪诞和滑稽。默多克的小说揭示出作者本人的矛盾思想:尽管人类认为他们能够自由自在地用理性控制他们的生活和行为,事实上,他们受制于潜意识,受制于众多社会决定因素及其他非人为的力量。这一点在小说《独角兽》中也可见一斑。

《独角兽》(*THE UNICORN*)写于 1963 年,是一个哥特式的爱情故事,发生在一个遗世独立的地方,那儿周围景色荒芜破败,令人心惊胆战。除了两栋破旧的维多利亚时期的房子和几间小屋子,只有海、沼泽和悬崖绝壁。小说的叙述者,在一所学校教书的玛丽安·泰勒与男友杰夫雷分手后，毅然决定离开自己已经熟悉的城市，到一个遁世的绝地盖兹(很可能是作者的出生地爱尔兰)去任家教。令她吃惊的是，她要教的学生不是孩童，而是盖兹的女主人汉娜·克里恩-史密斯夫人。从仆人丹尼斯·诺兰嘴里，她获悉汉娜竟然是被她丈夫软禁在家的囚犯。原来，汉娜曾趁丈夫彼特外出到纽约之际，与邻居莱德斯的少主人皮普·列殊偷情，被丈夫发现。事发后的一天，她将彼特推下悬崖，致使彼特残废。其后彼特远离家乡移居纽约。他把汉娜囚禁在家，让以前的同性恋情人吉拉尔德·司各托看守，并请汉娜的穷亲戚维丽特和杰姆西姐弟俩来对她严加看管。杰姆西曾想用绑架的方式救汉娜出盖兹，但绑架未遂，被吉拉尔德发现，杰姆西自此成为吉拉尔德的情人。近邻莱德斯住着麦克斯·列殊教授、他的儿子皮普以及女儿爱丽丝。老列殊以前的得意门生艾菲汉·库柏常来造访。玛丽安在听完丹尼斯给她讲的有关汉娜的故事之后，就开始谋划拯救汉娜。她和艾菲汉试图给汉娜一个刺激，使汉娜明白离开家她也并不会像当地传说中那样死去，可惜计划破产。随之传来彼特返家的消息，汉娜方寸大乱，最后不得已向吉拉尔德求助。可是彼特归家的电报是捏造的，汉娜终究没有走成，于狂暴之下，她开枪杀死吉拉尔德，自己也投海自尽。维丽特和杰姆西发现汉娜没有将遗产留给他们，反而留给麦克斯，一气之下两人离开盖兹。彼特接到家中出事的消息，从纽约返家，遇到洪水暴发，在路上被丹尼斯溺死在海里。故事结局是：丹尼斯走了，皮普自杀，玛丽安和艾菲汉又回到原来的都市生活。

小说题目中的独角兽，是传说中一种象征美和纯洁的吉祥物，它头和身似马，后腿似牡鹿，尾似狮，前额中部有一螺旋状的独角。在小说中它外化为主人公汉娜，一个美丽、超然，静静承受苦难，不予任何反抗的囚犯。她变成了当地的一个传说：她受到诅咒，在七年内如果走出盖兹大门一步就会丧生。汉娜不同寻常的经历使得她在别人眼里渐渐着上一层谜一样的色彩，不知不觉占据了她周围的人（甚至是老麦克斯）的想像空间。但是在默多克笔下，汉娜成为独角兽、“上帝”、“替罪羊”、完美无缺的爱的对象，或者说是浪漫的传说故事，所呈现的并非她的本来面貌；应该说这是小说的人物，主要是两个外来人玛丽安和艾菲汉，各自根据心理需要塑造出来的。正如麦克斯所指出的，“他们大家都往她身上去寻找他们各自痛苦的意义，把自己的罪恶卸下，放到她那儿去燃烧……”[①]汉娜后来对玛丽安承认，自己只是一个“暴烈的梦”，一个“假上帝”，“我靠一群观众、崇拜者过活，我活在他们的思想、你们的思想中——就像你们活在自以为是我的思想中一样……”[②]而这一点玛丽安和艾菲汉开始并未意识到。汉娜要保持自己在别人眼中的形象，就必须失真，失去自我；换句话说，就是追求小说中一再提到的“放弃”、“投降”、“宁静”或者“死亡”。可是，这一切只有在彼特不在场和汉娜不出家门的条件下才有意义。因此，汉娜不愿意，也不能够离开盖兹，那“会让我变得面目全非”[③]。正因为如此，那封捏造的彼特归家的电报在小说的结构上意义重大，它令汉娜意识到自己的真正处境，所以她才惊慌失措，向吉拉尔德投降，希望他带她离开

---

① 参见本书第三十五章。
② 本书第二十七章。
③ 本书第十一章。

盖兹。彼特的出现自然会打破笼罩在汉娜身上“纯洁无辜”的美丽的独角兽似的光环。开枪杀死吉拉尔德只是汉娜作为一个狂暴妇人在漫长的七年岁月中所积蓄的暴力的自然爆发。暴力摧毁了汉娜“假上帝”的形象，真正的苦难才刚刚开始，她唯一的自由就是死亡。

对玛丽安来说，到盖兹以前的生活“只是一个频频更换序幕的舞台”[1]，她满怀着强烈的爱与被爱的渴望，带着对“高尚”生活的向往来到盖兹。从某种意义上说，为了满足自己爱与被爱的需要，她替自己虚构出一个神话人物，把失去自由的汉娜想像成独角兽，致使她对发生在汉挪身上的事情缺乏客观的认识。她一厢情愿地认为汉娜在承受苦难，心理上已被诅咒镇住，失去了自由的概念，因此需要被绑架出盖兹受受“刺激”。她的计划是注定要失败的。盖兹的另一个外来人是艾菲汉·库柏，一个自我中心主义者。膨胀的自我中心主义使他忽视了汉娜的真实心境，默多克费了不少笔墨来描绘他的心理。可以说，他同玛丽安一样，于潜意识中将汉娜想像成爱的对象，他爱的实际上并不是汉娜，而是“附形于汉娜身上的梦幻女子”[2]，因为一开始汉娜在他眼里是一个纯洁无辜、不可接近的囚徒。“汉娜之于他一直是圣洁的女神和母亲”[3]，在他潜意识里替他承担了他母亲对他父亲和他的背叛。对母亲出轨行为的耿耿于怀使得他同其他女子只能建立精神恋爱关系。故事中，艾菲汉曾经一度以为爱丽丝才是他的真爱，可是在故事结尾，我们同样可以发现这一感觉仍然是他的潜

① 参见本书第一章。

②③ 本书第三十章。

意识在作怪，他爱上爱丽丝“是为了博得汉娜的欢心，是为了让汉娜生气”，并不是为爱丽丝的缘故。[①]从这些人物身上，可以看出这一时期的默多克的创作理念：人的思想和行为常常受制于自我、潜意识和自然。身心自由和主观能动性只是人们的想像，一只美丽的独角兽罢了。

默多克的这部小说结构纤细精巧，但内容却庞杂繁复。人物之间的性爱关系宛如万花筒般变化多端，但是所有的变化都是围绕着主人公汉娜从一个普通人变成独角兽，再由独角兽变成一个普通的“真人”直至死亡的发展过程而产生的。未受监禁之前，汉娜被皮普、彼特爱着，而爱丽丝爱艾菲汉。受监禁之时，杰姆西曾爱过她，后来他被吉拉尔德俘虏；艾菲汉、丹尼斯、玛丽安和维丽特都爱着汉娜。等到她跌回到“真人”时，几乎所有的人都弃她而去：玛丽安突然坠入丹尼斯的情网，艾菲汉转向爱丽丝，而我们发现爱丽丝则一直爱丹尼斯。汉娜死后，玛丽安与丹尼斯之间的爱就没有意义了，就像丹尼斯所说的，“我们俩之间有什么关系呢，玛丽安？……在这里，我们过去能够交谈，似乎彼此心意相通，可是这里的符咒已经破了，魔力已经被驱散了……其实我们并不真正相爱。”[②]而艾菲汉不得不对爱丽丝承认，他对她有过片刻的爱，完全是因为汉娜的缘故。最后他仍回到他的同事——聪明的伊利莎白身边。

这部小说的确是“将传统的传说故事，中世纪浪漫的精神恋爱及现代多种性爱关系成功地杂糅在一起”。[③]富有神秘色彩和想

① 参见本书第三十五章。
② 本书第三十四章。
③ 英国《每日电讯报》(Daily Telegraph)，1963。

像力的作品风貌在英国当代小说领域可谓独树一帜。这一点译者在翻译过程中也有体会。小说的字里行间无不洋溢着作家的智慧与幽默，显示出她深厚的文学与哲学功底。默多克认为，人类的语言不足以概括人类的经验。有些东西存在于我们的表达能力之外。她把这一见解应用到小说《独角兽》的创作技巧上，有意把读者引入迷雾之中，让读者和她一道体会说不清、道不明的迷惑。读起来，《独角兽》似一个未完的故事，其中有几处谜悬而未决：比如，悬崖上彼特与汉娜之间究竟发生了什么事；彼特究竟残废到什么模样；汉娜真正的内心世界是怎样的；为什么把遗产留给从未谋面、年近古稀的老学者麦克斯。这些谜就有待读者用自己的想像和推理去解了。由于译者才疏学浅，译作之中不当之处恐怕不少，敬请读者不吝指正。

译　者

1999 年 3 月于厦门

# 第　一　部

# 第一章

“离这儿多远？”

“十五英里。”

“有公车吗？”

“没有。”

“在村子里能租到出租车或是小汽车吗？”

“不行。”

“那我怎样才能去那儿呢？”

“不妨在附近租匹马。”沉默了半晌，有人建议道。

“可我不会骑马，”她恼羞成怒地说，“况且我带着行李呢。”

人们神色茫然，好奇地盯着她。曾有人告诉她当地人很“友善”，可是面前这些迟钝的大块头虽然谈不上充满敌意，却有失教养。当她讲清楚要前往何处时，他们看她的神情好生奇怪。也许那儿确实是一处离奇古怪的地方。

事先没有告知对方火车到站的确切时间，这下她知道这么做有多愚蠢，多不合礼仪了。原以为自己孤身前来、不期而至会更令人兴奋，多一点浪漫而少几分慌里慌张，可是当这列污泥满身的小火车载着她离开格雷镇火车站，在悬崖峭壁间吃力爬行，最后将她遗弃在这僻静之处，让她成为众人的猎奇对象时，她感到孤独无助、惶惶不安。对本地的荒僻她缺乏心理准备，也从未想过沿路的景色会如此令人心惊胆战。

“司各托先生的车来了。”有人指着路上说。

透过午后的薄雾，她凝望着空旷的山边和向远处如潮水起伏般排开的黄褐色岩石。岩石光秃秃的，巨大无比，光滑的断岩峭壁随处可见，峭壁底下是一条蜿蜒逶迤的陡峭山道。此时路虎车越驶越近，围观的人群开始三三两两地散开，待到车子驶进站台时，周遭已空无一人了。

“是玛丽安·泰勒吗？”

终于有人知道她是谁了，玛丽安如释重负。从车子里走出一位高个男子，玛丽安握住他伸出的手，感觉十分舒畅。

“是的。很抱歉。只是你怎知我在此处？”

“你没有告诉我们何时动身，所以我特别请格雷镇火车站站长留心一下，见到你在等火车就让邮车捎个信来。邮车要比火车足足早到半小时呢。我想应该不难认出你来。”说完，他有意恭维地笑了笑。

他说话的口吻既严肃，又不失关爱，玛丽安对他很有好感。“你就是司各托先生吧？”

“是的。我应早说才是。我是吉拉尔德·司各托。这些行李都是你的吗？”他说话字正腔圆，声音悦耳动听。

她微笑着，神态端庄地随他走到车边，希望留给他一个好印象。刚才她那么惊慌失措，真是愚不可及。

“请上车，我们走吧。”吉拉尔德·司各托说道。

他把行李塞到车子后座时，玛丽安瞥见阴暗的车厢内有什么东西，乍一看她以为是只大狗，随后就认出是一个十五岁左右的英俊少年。男孩没下车，躲在行李后朝她点了点头。

“这是杰姆西·伊夫克里奇。”司各托一边说，一边把玛丽安安顿在前座。

管他叫什么名字。不过，在打招呼时，玛丽安暗想他会不会是她未来的学生。

“你在格雷镇用过像样的午茶吧？今晚的晚饭会迟些。你能加入我们这个被上帝遗忘的角落真是棒极了。”司各托发动引擎，车子开始在曲折迂回的山道盘旋而上。

“你太客气了，到这儿来我高兴都来不及了。”

“第一次来，我猜？沿海一带的风光还不错，称得上美妙，可内陆就差强人意了，我真怀疑从这儿到格雷镇的路上哪怕长有一棵树。”

玛丽安也注意到了，心里琢磨着该如何同他客套一番，就在这时路虎车一个急转弯，大海跃然眼前。玛丽安不禁欢呼起来。

大海宛如一块含着暗紫色条纹的闪闪发光的翠玉，泛着白色泡沫的波涛之上，耸立着一座座小岛，岛的颜色是浅绿色的，比大海的颜色更晦暗，暮色投在岛上，将之一分为二。汽车不停地转弯、爬坡，海景在峻峭的灰色岩石之间忽隐忽现。车子越驶越近，玛丽安渐渐看清岩石上覆满了黄色的石头草、虎耳草和一簇簇的粉色苔藓。

“的确，”司各托说，“挺美丽的，可惜我已司空见惯了，像你这样觉得大海新奇的观光客已经很少见了。过一会儿，你就能一睹名闻遐迩的悬崖。”

“附近住的人多吗？”

“这可是个荒无人烟的地方。你也看到了，此地几乎没有土壤。内陆有土壤的地方大多是沼泽。离这儿最近的居住区在布莱克港，也不过是一个冷冷清清的渔村。”

“难道在盖兹也没有一个村庄？”玛丽安问道，心不由得一沉。

“现在是没有，或者可以说等于没有。过去倒有几间渔民的小屋和小酒馆之类的东西。再上去有一块禁猎地和一片湖泊，虽说不是十分有名，还是有些人会来打猎什么的；但是几年前的一场暴风雨毁了那块地方，渔船全被冲走，湖水泛滥，涌入山谷。那场洪灾挺出名的，你可能在报纸上读到过。如今禁猎地已变为另一块沼泽，连鲑鱼都游走了。”

霎时间玛丽安有了一种不祥的预感，暗想杰夫雷可能是对的。一起查看地图的时候，他对着地图直摇头。可标在上面的“盖兹”二字挺大个的，玛丽安因此确信它是个文明开化的地方，会有一些店铺和一间酒馆。

上个月玛丽安的心情起起落落，忽而狂喜，忽而狂悲。现在她明白把此行的终点想像成某种快乐的开始有多么幼稚可笑。杰夫雷虽非她的初恋情人，但她却投入了初恋般的激情，在与理智的苦苦搏斗中完全投入地爱着他。毕竟，她不再年轻，很快就三十岁了；迄今为止，生活于她只是一个频频更换序幕的舞台，这种感受使她越来越渴望一个完整的故事。彻底绝望之余，她极端理智地面对失落与不幸。确定杰夫雷不爱她，也不可能爱她之后，玛丽安决定远远离去。作为一名教师，她已相当安于现状，或许是过分安于现状了，然而仿佛突然之间，这个城镇乃至这个国家，都无法容纳她与他的同时存在。她津津有味地独自品尝这份残忍，而随后发生的事情却使她的心上人尝到了加倍的苦涩。怎么说呢，当她不再对他魂牵梦萦，不再当他是恋人之时，他们竟然能很好地交流，彼此关爱。她有意显得大度，落落大方地接受他因分手而给予的小小慰藉；在她几乎就要神奇地从自惭形秽中恢复时，他却快爱上她了，这一发现叫她心酸，又令她得意。

注意到那则有趣的小启事纯属偶然。杰夫雷打趣她说，单凭堂皇的名字和想像中的“高尚生活”就能使她着迷。她确实是被盖兹这个名字和那个遥远的有口皆碑的地方迷住了。有位克里恩-史密斯太太有意聘请一位懂法语和意大利语的女家庭教师，报酬极高，高得令人难以置信，杰夫雷说想必是考虑到那个荒僻的地理位置。他不赞同她的计划，玛丽安半是懊恼半是体贴地想，看到她如此迅速地从失意中恢复过来并且准备去冒险，他可能是嫉妒或者说是羡慕了。

玛丽安写了封信，信中说明了她的资历，后来她收到一位叫吉拉尔德·司各托的先生语气友善的回信。通信之后，她得到了这份工作，但她没去弄清楚来由，也不想询问学生的年龄和人数。从司各托先生的口气中她无法探明他与克里恩-史密斯太太之间的关系：朋友、亲戚还是仆人。一直以来，他都以史密斯的名义与她通信。

玛丽安小心翼翼地偏过脑袋打量吉拉尔德·司各托。这不难做到，他就坐在壮阔的大海与她之间。她还想转头瞧瞧一声不吭地坐在她身后的男孩——他的静默令她有几分不自在，可是她太拘谨，不好意思回头。司各托显然是位“绅士”——杰夫雷听见会讥笑她用这么严肃的词的，他的言行举止表明他不可能是谁的下人，因此玛丽安猜他或许是这家人的亲戚或朋友。可是，要是他住在那儿，他是干什么的？他长得高大、英俊，脸部光洁，神情坚毅，颇具军人的风采。浓密鬈曲的棕色头发一直下鬈到被风吹日晒弄得红彤彤的脖子上，褐色的眼睛炯炯有神，年纪大约四十刚出头，正从年轻时的帅气走向成熟。如今他给人的印象是更结实，更魁梧，非常壮硕但不乏优雅。玛丽安把目光转到方向盘上那双多毛的大手上，不由得颤抖了一下，蓦地很想知道是否有一位司各托太太。

“悬崖到了。”

玛丽安曾读过有关那些由黑色沙石构成的大悬崖的报道，朦胧光线下的悬崖呈褐色，拱壁层层叠叠地延伸，一眼望不到头，高大笔直、裂缝纵横的峭壁高耸入云，径直插入漂浮不定的白色云海中。海面黑压压的，夹带着白色泡沫，仿佛是掺了奶油的墨水。

“真是奇观。”玛丽安赞叹道。事实上漫长的黑黝黝的海岸线令她又嫌又怕，她还从未到过一处如此缺乏人性的地方。

“也有人称之为壮丽。”司各托说，“我觉得都可以，熟视无睹了。”

“有可以游泳的好地方吗？”玛丽安问，“我的意思是说，能下到海里去吗？”

“可以，但没人在这儿游泳。”

“为什么不？”

“没人会在这片海域游泳，水太冷，况且这海会淹死人的。”

玛丽安自信是个游泳好手，听到这话，仍然暗自决定要去游上一回。

夕阳之下，海面波光粼粼，玛丽安有些头晕目眩了。她朝陆地望去，身后沉默的男孩还是让她隐隐不安。光秃秃的石灰石荒漠渐渐远去，在悬崖峭壁间取而代之的是低矮、隆起的高地，像庞大的化石怪物，一个挨一个地躺着。岩石上长了些可怜的红色灌木和几棵朝东倾斜的小榛树，阳光的照射使树身变成沙石般的浅黄色。

“景致不错，是吧？”司各托说，“当然众口难调，不过你还是应该在五六月的时候来看看这些岩石。那时节，石头上长满了龙胆草。就是眼下长在石头上的植物也比你粗粗看上去的多。看仔细些，你能发现一些奇形怪状的小野花和某些肉食性植物，还有许多稀奇古怪的山洞与地下河。你对地质学和花花草草之类的东西感兴趣吗？看你随身带着野外望远镜呢。”

“我可不是地质学家，无非做些鸟类观察罢了，虽说我对鸟类也没什么研究。”

“除了打猎时常打的鸟之外我对鸟儿一无所知，当然在附近你可以发现一些珍稀品种，像渡渡鸟、金毛鹰等等。喜欢散步吗？”

“是的，非常喜欢。我想这个地方容易叫人迷路。”

“在斯加伦路标很少。除了巨石和石碑之外，几乎找不到直立的东西。这是一块历史悠久的土地。”

道路向内陆推进，在低矮的岩石间蜿蜒前行，坎坷不平的柏油碎石路逐渐变为颠簸的石子路。司各托减慢速度。前方有团黑乎乎的东西，驶近了才发觉是一小群驴子，中间有两头小驴子，差不多只有猎狐犬那么大。车子朝它们驶去，驴子们懒洋洋地迈着优雅的脚步闪到一边，发出一片怪叫声。

玛丽安趁看驴子的机会转头瞟了一眼身后的男孩，男孩冲她甜甜一笑，可她仍旧看不清对方的五官。

“可爱的小动物，”司各托说，“只是希望它们别走到路上来。幸好，这儿车辆稀少，然而这意味着人们会着魔似的开快车。本地有个说法：一天里你只会碰见一辆车，这辆车却会要你的命。”

一拐弯，远处漂亮的大房子突然出现在眼前。空旷的景色中，房子显得很醒目，在阳光下的暮霭里带着点海市蜃楼的意味。房子高高矗立于悬崖的边角上朝海的一方，是一栋十八世纪的灰色长条形三层楼房。沿途玛丽安曾见过几栋类似的房屋，但房顶都被掀掉了。“那就是盖兹吗？”

“不是。那栋房子叫莱德斯，我们最近的邻居。盖兹还不到它的一半大，但愿你不会感到失望。附近绅士们的住宅都被习惯地冠以城堡之名。”

“莱德斯住着什么人？”从路上屈指可数的文明迹象来看，这一问题显得十分重要。

“一位奇怪的隐士，名叫麦克斯·列殊，是位上了年纪的学者。”

“就他一个人吗？”

“整个冬天是孤身一人，当然，仆人除外。这儿冬天冷得可怕，不是人人都忍受得了的。夏天他有访客。目前他的女儿和儿子跟他住在一起。有个叫艾菲汉·库柏的男子也常来。”

身后响起一个古怪的、尖尖的声音，玛丽安察觉到是那个男孩在笑，同时也明白了男孩的年龄比她猜测的大——那不可能是一个十五岁孩子的笑声。她迅速扭过头，这回他的脸比较清晰了。他是个十九岁左右的天使般的小伙子，面色苍白，一副备受宠爱的模样，脑袋长长的，下巴突出。长长的柔软的鬈发垂到眉前，半掩着淡蓝色的聪慧的细长眼睛，使得他看上去像只狗。男孩向后甩了甩头发，睁大眼睛，顽皮地瞅着玛丽安，令玛丽安感觉她也在分享他的笑话。

司各托接着说道：“那一伙，加上我们这一小群，就是方圆三十英里所有的绅士了。嗯？杰姆西？”声音有些严厉，或许是那笑声惹恼了司各托。

玛丽安极想询问“我们这一小群”包括哪些人。算了，是好是坏，迟早会知道的。

“恐怕你掉进了一个可怕的陷阱，泰勒小姐。这儿的农民都是大老粗，其他人就更糟了。”男孩的声音轻快悦耳，略带本地口音。

“他的话一个字也别信！”司各托说，“杰姆西是我们的阳光，但却是个幻想狂。”

玛丽安尴尬地笑了笑，她不清楚杰姆西的身份，就是对司各托她也胡里胡涂。

司各托像猜出她的心思似的，继续说道：“杰姆西挺不错，允许我开这部车。”

“哦，这是他的车？”话音未落，玛丽安就知道自己搞错了。

“确切地说不是。杰姆西是我们的司机，我们心情忧郁时，他总宽慰我们，替我们打气？”

玛丽安脸红了，为什么她不能早些猜出杰姆西是个“仆人”？

“打这儿起是我们的领地，再过一会儿可以在你的左边看到一块相当引人注目的大石碑。”

大房子已脱离视野，藏身于石灰石的穹顶之后。景致渐渐柔和起来，地面上残留着一些衰萎的野草，可能是簇生地衣吧，在岩石间缀成一片片的橘黄。几只长着明亮的琥珀色眼睛的黑面山羊突然出现在低崖上，羊的身后一座大石碑直指苍天。两块粗大笔直的石头上横着一块压顶巨石，两侧伸得很长。这是一个形状古怪的东西，一边高一边低，看起来似乎平淡无奇，却是意味深长。

“没人知晓是谁，什么时候，为什么把它立在这儿，又是怎样立起来的。这些物事年代久远。话说回来，泰勒小姐，你是学者，会比我懂得多。石碑那边是黑泥沼泽区，绵延好几英里。盖兹就快到了。”

车子开始下坡，玛丽安注意到对面小山上的一栋冷峻的灰色房子，房子正面有短墙相护，狭长的窗户在大海的反光下熠熠生辉。房子用当地的石灰石建造，很醒目，极像那块大石碑，看上去与周围景致融为一体，实则格格不入。

“恐怕一点都不漂亮吧，”司各托说，“是十九世纪的作品。原本还有栋更古老的房子，但它像其他多数房子一样毁于火灾，仅留下十八世纪的露台和马厩。这是我们的小河，看上去并不危险，是吧？这是遗留下来的村庄。”

汽车缓缓减速，小心翼翼地行驶在一座吱吱嘎嘎响的长木桥上。桥横跨在布满带斑点的圆形石头的河道上。一股股如褐色雪利酒的水流在石头间跳跃不止，往海的方向流淌，流入一个泛起涟漪的浅水池里，池边长满了蓬乱的金光闪闪的海草。若干粉刷过的单间茅舍散落在路旁，玛丽安发现其中几间没有屋顶，也看不到一个人影。下面稍远处是金黄色的大海，夹在两侧笔直的黑色悬崖中间，悬崖的高度现在看上去分外惊人。莱德斯又重现在悬崖后头了。汽车开始在山谷的另一侧攀行。

突然间，玛丽安感到极度恐慌，目的地的临近使她惶惶不安。更糟的是，她竟害怕起岩石、悬崖峭壁、古怪的大石碑和那些古老神秘的东西。两位同伴仿佛也不再令人宽慰，反而显得极为陌生，甚至是邪恶。生平第一次，她感到完全孤立无援，危机四伏。恐惧使她离昏厥只有一线之差。

她开口了，带着求助的腔调说："我好难受。"

"我明白。"司各托答道。他笑了笑，没朝她看，话语中依然带着体贴的保护色彩，"别紧张，很快你就能自如起来。我们这群人都挺和善。"

身后的男孩又尖着嗓门笑了。

汽车吱吱咯咯地在羊肠小道上颠簸而行，穿过一扇宏伟的带炮眼的拱门。备受狂风侵袭的灌木荒野中有一间小屋，窗户空空的，没有遮拦，屋顶乱蓬蓬的。一条坎坷不平的石子小径被大雨冲垮了，上面野草莽莽，由左侧向小屋盘旋而上。离开干燥的沙石，土地一下子变得潮湿乌黑，地面上是成片成片生机勃勃的绿油油的野草。花朵满枝的红色晚樱树点缀着山边参差不齐的黑黝黝的杜鹃花丛。小径又拐了个弯，离小屋更近了。玛丽安远远就瞧见环绕露台的石头栏杆，它们把露台高高地架在黑泥地面之上。稍远处，有一堵灰色石墙，几株落满灰尘的杉树和一棵智利松显示出里面的花园缺少打理。车子停了下来，司各托关掉引擎。

面对这突如其来的寂静，玛丽安心里直发毛，幸好那种莫名的恐慌消逝了。现在她的害怕较为正常，只是胃有几分不适，感觉拘束，口张舌结。新的天地在面前令人惊疑不定地展开了。

司各托和杰姆西拎着她的行李，玛丽安跟在他们后面，没抬头去看那些醒目的窗户。他们来到一个满是裂缝、杂草，铺了石子的露台，经过一条宽阔华丽的石头走廊，穿过一扇扇玻璃活动门，里面是别样的寂静、昏暗、冰冷，弥漫着旧窗帘和经年潮湿的气味。两个戴着高高的白色花边帽，垂着一绺绺黑发的女仆低头前来接过她的行李。

杰姆西消失在黑暗中了。司各托说道："我想你要洗洗漱漱什么的，慢慢来，时间早着呢。当然，通常这儿的晚餐时间是不变动的——我是指特殊情况除外。女仆会领你去你的房间。也许半个小时后你能自己摸索下来，我会在露台上等你。"

女仆提着行李快步走上楼梯，玛丽安跟着她们在半昏半明中行进。大部分楼板没有铺地毯，有些倾斜，走上去咯吱作响，空中回荡着脚步声。顶上垂着柔软的悬挂物，拱门上有帷幔，门前角落里张着蜘蛛网，隐约可见，人从那儿经过，蛛网就粘在衣袖上。终于，她被引到一间满屋夕照的大房间里。女仆走了。

玛丽安信步来到窗前。视线越过山谷，她可以清楚地看到莱德斯和大海。大海现在呈孔雀蓝色，而悬崖是黑玉色的，悬崖后面是黄褐色天空下远远的岛群。她一边眺望，一边赞叹，浑然忘我。

装有崭新的野外望远镜的小盒子就垂在她脖子下，玛丽安一面入神地遥望着，一面摸出望远镜。这是可爱的玩意儿。她把望远镜对准山谷，木头桥倏地跃入眼帘，慢慢地她把神奇的镜筒转向小山对面的房子：她看到了墙，留意到石头上不同寻常的纹理，落日余晖斜斜地照在那上面，留下斑驳的阴影；出乎意料的是那儿也有一道类似盖兹这里的石栏杆，栏杆后面是一扇百叶窗。她缓慢地移动望远镜，将视线停在一排色彩斑斓的帆布椅和一张放着酒瓶的白色桌子上，随后一个男子出现在镜头里——男子站在露台上，举着双筒望远镜朝盖兹的方向瞄准，那镜头正对着她的眼睛。玛丽安忙不迭地丢开望远镜，匆匆逃离窗户。莫名的恐慌再次向她袭来。

# 第二章

“克里恩-史密斯太太现在还不能见你，”吉拉尔德·司各托说，“能否劳驾你稍候片刻，我去找找其他人。”

玛丽安在楼上没有闲待多久。从恐慌中苏醒后，她快速审视了一下自己的房间。十八世纪的书桌挺合她的口味，空落落的上了漆的书架颇中她的意，她也蛮喜欢那张式样古老、松松软软的印花棉布扶手椅。床架结实，上面的黄铜拉手仿佛是柔软的金子在闪闪发亮，令人目眩。叫她大惑不解的是，墙上满是乱七八糟的彩色画片，但愿没人反对她拿掉它们。绿色和赭石色瓷砖砌成的洗漱架上放着盛有热水的花水壶和脸盆。粗粗洗漱过后，她壮着胆，忐忑不安地走进沉闷、寂静的走廊。在盥洗室附近，摆着一张宽大的红木椅子，经几代人使用，似乎尚有余温。另有一只浅底宽口的碗，周边饰以花卉图案，与她的水壶和脸盆配套，这一发现让她不知是喜悦还是不安。

匆匆换好外衣，她在漂亮的椴木镜子中端详着自己。镜子不长。她朝鼻子上扑了点粉，梳理好又短又直的黑发。粗大的五官在脸上显得很挤，“漂亮”是谈不上了，她暗想，不过可以说“端正”，至少是“丰满”吧。让人伤脑筋的还有她的面部表情。杰夫雷常说她表情阴沉、凶狠，她可不想在这里露出这副神情。记得杰夫雷说过：“别总以为生活在欺骗你，有什么就用什么，难道你不能现实点吗？”好吧，不管这里有什么，她都将全心全意地接受。也许现实主义的世纪已经到来。她这么想大概是对的，既然序幕已经落下，与杰夫雷的爱情故事也已经完结了。突然间，一阵浓浓的孤独感和对过去那个消逝了的温馨世界的怀念，使她迫切地渴望盖兹的人们会需要她，会爱她。她调整了一下脸部表情，鼓足勇气走下楼去。

司各托引她走进一楼的一间宽敞的客厅。现在她独自一人站在里面，手指间夹着一根未燃的香烟，一点都不打算见所谓的“其他人”。这是个九月的温暖的傍晚，可是房间里却充满着旧日暗淡、冰冷、忧郁的气息。两扇及地的拉窗和一扇高大的玻璃门连接着沐浴在夕阳中的露台，几幅下卷的脏兮兮的白色花边遮蔽了光线。厚厚的红色窗帘硬得如同饰有凹槽的柱子，散发出尘土味。黄褐色的地毯踩上去噗噗作响。一件暗色的嵌有镜子的桃木家什立在地面，高过壁炉，几乎触到灰蒙蒙的天花板，上面摆着层层叠叠的托架、搁板，架上杂乱地堆放着一些小件黄铜制品。一架墨玉色大钢琴被一排小桌子挡住，罩在桌上的刺绣天鹅绒布一直垂到桌脚。零乱的客厅内，处处可见明晃晃的雕花玻璃。厅里还有一面书橱，橱门厚实坚固，用皮革包好边的书架上摆放着好几排牛皮书。屋内四处都是乱糟糟的，一定很少有人光顾或使用。不管孩子们是哪些人，他们都不会来这儿。

玛丽安小心翼翼地环顾四周。屋内弥散着户外日暮时分的黄色光线，除了寂静仍是寂静，可这里总像有人在偷偷窥视，她生怕一不小心就会发现有人悄无声息地藏匿于某个角落。玛丽安蹑手蹑脚地走着，想找火柴点烟。一张铺着天鹅绒布的桌子上有一个褪色的银火柴盒，但里面没有火柴。她在门边仔细寻找电灯开关，没有找到，差点弄下一张松脱了的花墙纸。蓦地，她醒悟过来，盖兹当然是没有电灯的。为了集中注意力，安抚紧张的神经，她走到书架前，想瞧瞧里面放了些什么书，但玻璃太脏，光线太暗。她试着拉一拉橱门，想把它打开。

“上锁了。”身后响起一个声音。

玛丽安惊跳起来，猛地转过身。一位身材高挑的妇女就站在身旁。她看不大清楚对方的脸。那人似乎长着灰色，或是淡黄色，或不知具体是什么颜色的头发，在脑后挽了一个髻子。她穿着一身暗色长衣服，衣领和袖口镶有白色花边。

玛丽安心头如小鹿一般乱撞，差点就要晕过去，“克里恩-史密斯太太吗？”

吉拉尔德·司各托令人宽慰的声音在后头响起，“是伊夫克里奇小姐。伊夫克里奇小姐，这位是泰勒小姐。”

一束明亮的灯光移至门口，三个黑发女仆手擎罩着不透光的奶油色灯罩的油灯走了进来。她们把灯放在几张桌子上，房间顿时换了样子，变得密不透风，人影憧憧。这下玛丽安看得清伊夫克里奇小姐了：她身材瘦削，脸很窄，五官鲜明，颧骨很高，淡蓝色的眼睛油汪汪的，还有一张细长秀气的嘴。头发的颜色依旧很难辨出，年纪也如此，大约在四十岁至六十岁之间。她面无笑容地盯着玛丽安，眉头微蹙，神情严峻，虽无敌意但着实吓人。

“伊夫克里奇小姐是杰姆西的姐姐，”司各托说，“当然，是大姐，实际上等于他的妈妈。”

“我不明白你为什么要说‘当然’，吉拉尔德，”伊夫克里奇小姐说，依然仔细端详着玛丽安，“不明白你为什么要在生客面前暗示我的年龄。”

“得了，得了，维丽特，”司各托说，在她跟前，他像是不太自在，“毕竟泰勒小姐不是生客，她是我们中的一员，很快就是。”

伊夫克里奇小姐沉默片刻，不再打量玛丽安的脸了。“可怜的孩子！吉拉尔德，书橱钥匙放在哪儿？泰勒小姐想要看看里面的书。”

“不，不必了，别麻烦——”玛丽安说道。

“我不清楚，”司各托说，“在我印象中，这书橱从未开过。”

“亲爱的，没开过，书怎么放进去？钥匙可能在那些黄铜碗里。我有印象。把它们都拿下来好吗？”

司各托微微做了个顺从的表情，玛丽安看得出是偷偷做给她看的。他开始把那些黄铜制品一件一件地拿下放到桌上，伊夫克里奇小姐从里面取出各式各样的纽扣、夹子、烟嘴、松紧带，还有一块类似金币的玩意儿，给她塞到口袋里去了。最终，她在一只黄铜驴背上的驮篮里找到了钥匙。伊夫克里奇小姐将钥匙递给玛丽安。由于局促不安，玛丽安手脚都变僵了，她将钥匙插入锁孔中打开书橱。既然人家似乎要她看看，她也就装模作样地瞄了几眼。

“怎么样，孩子？”伊夫克里奇小姐问道。

玛丽安拿不定自己是在受宠还是挨罚，答道：“噢，不错，谢谢，确实不错。”

“汉娜可以见她了吗，吉拉尔德？”

“还不行。”

伊夫克里奇小姐突然紧紧攥住玛丽安的手向窗户走去，直把她拽到窗台边。玛丽安的肩都钻到了花边窗帘下面，激起一股干燥的灰尘味。窗外暮色苍茫，一片金黄，海面上悬挂着一轮橘黄带紫的夕阳。玛丽安的眼睛仍不敢离开那张正凝视着她的脸。像在小小舞台上似的，那张脸熠熠生辉。

“你信什么教，孩子？”

“我不信教。”对此她感觉到心虚，一直巴望把被攥住的手抽出来的想法也同样令她惴惴不安。她下意识地荡开肩上的窗帘。

“起初你会觉得我们神经兮兮的，但用不了多久你就能融到我们中间来。别忘了这一点。要是在这儿有什么需要或要求，来找我。一般我们不拿生活上的琐事去烦扰克里恩-史密斯太太。”

“汉娜现在可以见她了。”司各托的声音从油灯之间传来。

伊夫克里奇小姐兀自握着玛丽安的手，轻轻地捏了捏，说道：“我们很快会再见面的，玛丽安。我叫你玛丽安，不用多久，你会叫我维丽特的。”她的腔调似在暗示什么威胁。她松开了玛丽安的手。

玛丽安轻声道谢后赶紧退开，她无法忍受伊夫克里奇小姐观察人时的专注。她向司各托友善的身影走去，心头舒坦了许多。

像是有意缓和气氛似的，司各托口气轻松地说道：“看看落下什么没有，手袋或别的东西？这间房常上锁，我们不太用它。现在跟我走吧。”

他们走进摇曳着橘黄色光影的大厅。这时一个男人穿过玻璃门从露台上走了进来。

“噢，丹尼斯，是你呀。”

“是的，先生。”

“泰勒小姐来了。泰勒小姐，这位是丹尼斯·诺兰。”

一位女仆举着油灯从身旁走过。客厅又暗了下来。借着过路的灯光，玛丽安看到一位与她身高相若的矮个男子，手里捧着一个大锡碗。男子长着当地人的黑头发和蓝眼睛。灯光消逝之前，他转过身面对着她，玛丽安看清了那确实是宝石蓝色的眼睛。他说话本地口音很重，而且看上去——玛丽安琢磨着——显得抑郁、驯服。

司各托接着说道："丹尼斯是我的得力助手。他替我们管账，想办法不让我们有赤字。是吗，丹尼斯？"

丹尼斯哼了一声。

"你碗里装的是什么，丹尼斯？或者我该问，你碗里装的是谁？"

那人递过锡碗，玛丽安大吃一惊地发现碗里盛着水和一条硕大的金鱼。"是'草莓鼻子'。"

"要给'草莓鼻子'洗海水浴吗？"

"是的，先生。"那人面无笑容地答道。

司各托笑容满面地对两人说："丹尼斯是位了不起的爱鱼之人。赶明儿你得去欣赏欣赏他的鱼塘，那是我们仅有的几项消遣之一。好了，我们上楼去吧，克里恩-史密斯太太在等着呢。"

玛丽安惴惴不安地随司各托走上昏暗的楼梯，楼梯口点了一盏灯，灯光若明若暗，像是从神龛里发出的一般。他们一直走到一扇巨大的双开门前，司各托将门轻轻地推开。走进幽暗的前厅，玛丽安捕捉到前方有一缕金黄色的光亮。吉拉尔德·司各托敲了敲门。

"请进。"

司各托恭顺地走进房间，玛丽安尾随其后。

虽然外面天色尚早，但窗帘已被拉下，盏盏油灯将屋内照得透亮。玛丽安被漫溢的灯光和内心的恐惧弄得晕头转向。

“她来了。”司各托低声说道。

玛丽安踏上厚实的地毯，向坐在房间远端的那人走去。

“啊……很好……”

玛丽安想当然地以为见到的定会是位上了年纪的妇人，然而她跟前的女子却很年轻，可能年纪与她不相上下，虽非绝色佳丽，却也楚楚动人。她的头发很乱，是金红色的，眼睛的颜色与之相似，宽宽的脸庞苍白失色，长有雀斑，不施脂粉，身着一袭既可做晚礼服，也可做睡袍用的飘逸的黄色刺绣丝质长袍。

玛丽安握住伸向她的白皙而有斑点的手，轻轻地道声荣幸。她闻到一股熟悉的浓郁的气味，但一时辨不清楚。房间里充斥着各种情绪，有她的，也有来自汉娜和司各托的。

“你能来真是棒极了，”克里恩-史密斯太太说，“真希望你不介意和我们一起禁闭在这远离尘寰的地方。”

“我也希望如此。”玛丽安说完，立刻意识到这话听起来挺粗鲁，赶忙补充说，“谁也不会介意禁闭在这可爱的地方。”这话还是粗鲁，于是她又说，“这也不算是禁闭。”

司各托在身后叫了声“汉娜”。

玛丽安侧身退到墙边，以免挡住他们。

“我想你愿意与泰勒小姐共进晚餐吧？”

“当然，吉拉尔德，如果方便的话。你和维丽特商量一下好吗？我不想惹麻烦，但我很愿意这么做，我敢说泰勒小姐一定饿坏了。这样好吗，泰勒小姐？”

玛丽安感觉不太舒服，说道：“好，挺好，就随便什么——”

大家都不吭声了。吉拉尔德鞠个躬退了下去。玛丽安离开墙壁。

“这儿的日子不好打发，我们独来独往，自娱自乐。真希望你旅途愉快。除非到了大山，一路上都是很乏味的。靠火炉近些，夜晚的凉意已经上来了。”

泥炭块在大壁炉里微微燃烧着，黑色大理石炉台上陈设着精美的瓷器。房间里镜子很多，有些还挺雅致的，但没挂装饰画，房间也看不出要有心打理整齐的迹象。两只黄铜花瓶里的银苇草和干缎花显然插了颇长时间了。这间屋子和楼下那间一样破旧和过于老式，但东西却堆得满满的。玛丽安觉得那圈堆满书报的褪色的扶手椅在隐隐威胁着她，会把她关闭起来。书桌的真皮桌面上乱糟糟地堆了许多稿纸，她注意到上面有一帧穿制服男子的照片。她走到炉火边和东家坐在一起，彼此打量着。

这时玛丽安发觉克里恩-史密斯太太光着脚丫，这让她明白了黄色长袍是做睡衣用的。此刻的她，总给人不拘小节、不修边幅的印象——她头发蓬乱，指甲未洗干净，动人的脸蜡黄、油腻，带点疲倦，像个久病的人。玛丽安不禁猜想克里恩-史密斯太太是否真的有病在身，她有点嫌恶病人，对此她心怀愧疚，不过，她也觉得如释重负，暗暗欢喜。这个人是与人无害的。

“满意你的房间吗？需要什么，尽管说。请坐，来点威士忌吗？”

“谢谢。”玛丽安霎时间明白房间里弥漫的是威士忌的酒香。

“谈谈你自己吧。我想你也有问题要问，这个地方在你眼中一定很古怪。”

“我一直在想，”玛丽安说，“想打听我的学生们的情况。可能我应早点问的，但司各托先生在信中对此只字未提。”

“你的……学生们？”

“我指的是小孩子，我要教的孩子们。”

克里恩-史密斯太太的眼里空洞洞的，玛丽安顿时忐忑不安起来。她的问题里有什么可怕的、荒唐可笑的错误吗？

克里恩-史密斯太太收住凝视的目光，走到威士忌酒瓶前，“这里没有什么孩子们，泰勒小姐，司各托先生应该早讲清楚这一点。我就是你要教的那个人。”

# 第三章

亲爱的玛丽安，你走的当天我就想给你去信，可是讨厌的考试和竞选工作缠得我无法脱身。不知信到你那个偏远的地方确切地说要花多长时间，我会时刻提醒自己把信寄走的。要是你能告诉我收信的准确时间，我们可以估算出来。希望很快就能收到你的信，我一直都在查阅有关书籍和地图，一俟有空，我会拟订些简单的旅行日程表，某些史前遗迹是绝对必须瞻仰一番的。顺便说一下，如果要我把自行车捎给你，告诉我。可以想像少了它，你就像头笨驴子。

比起你的“高尚”生活，我更羡慕你与鸟同乐的生活。说起鸟，我刚刚把你要的两本关于鸟的书打好包，准备明天寄出。包裹里还有一本介绍贝壳的书和一本讲述石灰石岩层的书(相当有趣但不易领会)。这些书是作为礼物送给你的，请笑纳。至于那“高尚”生活，希望你正饶有兴味地享受着，满足于得体入流的衣着(以区区之见，你那件蓝色礼服可以出入任何场合)。酒吧怎么样，能抽空去坐坐吗？更重要的是，孩子们怎么样，你都教他们些什么？但愿不是些小笨蛋。若是受不了了就吱一声，我会捏造一封某人去世的电报把你解救出来。

还得赶去竞选总部处理些日常琐事，故草草几笔。希望你在那儿生活愉快，亲爱的玛丽安，无须再为我这庸人烦恼伤神，但也不要将我忘怀！知己难得，我不能没有你。

我得飞奔了。在竞选的咖啡派对上，一位叫弗丽达什么的肥胖风骚娘们说认识你，非要我向你转达她的问候，现在我照办了。上帝，我已精疲力竭了，可竞选才刚刚起步。你能置身事外真是幸运。祝你成功，情况是好是坏都讲给我听。

永远爱你的

杰夫雷

亲爱的杰夫雷，天晓得收到你的信我有多开心。这里的糟糕尚可忍受，可怕的是它实在太与世隔绝了。才到五天，我就开始忘记自己是谁了。不知道本地人是如何保持头脑清醒的，我猜想实际上他们并不正常。让我把详情说给你听吧。

首先，没有孩子们！我要“教”的是克里恩-史密斯太太本人，就是同她一道读些法语，之后可能要教些意大利语。我怀疑——多多少少他们也承认——他们真正想招聘的是个“女伴”而已，用聘请“女家庭教师”的方式，可以找到一位聪明的伙伴！对此我并不觉得上当受骗，反而相当欣赏。细细看来，克里恩-史密斯太太还挺年轻貌美，超凡脱俗的。这儿还有位爱打猎弄枪的人叫司各托（就是写信给我的那位），此人为人相当不错，平易近人，像是主人家的代理人兼闺中密友。还有个让人毛骨悚然的叫伊夫克里奇的女人，像是管家（这儿的一切都是像是），我想大概是克里恩-史密斯太太的穷亲戚。她的弟弟杰姆西（名字就是这么拼的）·伊夫克里奇是司机。起初我认为他身份很一般，但如果是主人的亲戚，我想应该不是普通的司机吧。我尚未弄清是否有位克里恩-史密斯先生，可从来没人提起过他，所以我猜想这位太太是寡妇。还有位叫诺兰的神情郁郁的小个子秘书，以及一些黑人女仆，她们老是斜着眼看人，讲话口音很重，不知所云。（其中一位在星期五下午四点三十分拿来这封信，不知它是怎么送到这儿的，想想真是个谜。记得常来信。）绝对谈不上宏伟壮观！这座“城堡”不过是栋维多利亚时代的房子，周围除了几间茅屋和另一位绅士的住所外空空如也。最近的酒吧在布莱克港，但不接待妇女！所幸在盖兹威士忌多如流水，这里人人都喝上一点，睡得也早。快发疯时我会告诉你的。

就此搁笔，我要去游泳了。我的工作并不繁重！我甚至期望有人会建议我学学骑马。（想想看，骑在马背上！这儿有几匹马，前几天看见司各托先生和杰姆西扬鞭策马，真是好生羡慕！）那个叫弗丽达的女孩想必是弗丽达·达西，她可是位文静的好姑娘，一点儿也不风骚！是我学校里的同事，也替我问候她。希望竞选进展顺利。刚刚想起到这儿来后，我都没看过报纸，也没兴趣看！或许我正在被潜移默化。一切都似乎离我很遥远——除了你。在你的信中，在我的心中，你光彩照人，充满魅力，一点儿也不烦人。别为我担心，亲爱的。拥抱你，会很快再写信给你的。

深深爱你的

玛

又及：司各托先生说这里有金毛鹰，可我不信他能认出既不能打又不能吃的鸟来！

玛丽安写完信，装进信封封好，却不知如何投递。大厅边上有个标着“信函”的古旧的箱子，贴着一张纸，上面有五十年前的邮费标准。不打听清楚，就把她的长篇大作投进去，似乎有欠稳当，她决定在喝茶时问问杰姆西。接着她把泳衣裹好。

整个下午依然死气沉沉。在盖兹，人们吃完午饭就各自回房歇息，不到五点钟是听不见人声的，可能都在睡觉。玛丽安诧异地想知道他们究竟要睡多少觉，因为晚上十点后他们又回房去了。连续两个夜里，在十一点钟，她到露台上散步，没看见一丝灯光。

玛丽安颇感失望，但对雇主的忠诚使她不愿承认这一点。的确，她有更多的期待和冀望。隐隐约约地，她意识到自己向往，并且一直在向往某种难以捕捉的优越非凡的生活，可是自己从未真正了解该如何生活，她的个性从没得到充分如意的发展；迄今为止，她所生活的社会也从未施与她任何援手。她不够优雅，也缺乏风度，这些她都清楚。似乎自己该顺其自然地默认这一点，可她又觉得受到了不公正的压制，只能怯怯地退回到自身的世界。反躬自问时——玛丽安常这么做，她抚心自省：对更稳定、更富于自信的社交生活的向往是否不仅仅是因为势利的缘故。对此，她不知如何作答。杰夫雷完完全全属于她熟悉的世界，是那个世界的真正主宰者之一，爱上他，一开始似乎是为了证明那个世界的正当，证明自己平凡的角色——这一角色在他的熏陶下变得光彩夺目。可一旦失去杰夫雷，她便觉得空虚无聊，食不甘味，曾经有过的对与众不同生活的朦胧渴望开始恣肆生长，疯狂地刺激她，促使她离开，对此她欣然接受，憧憬不已。

这个行动似乎是她的胆怯的终结。玛丽安的父母都很胆小怕事，一辈子安分守己地生活在英格兰中部的一座小镇上，父亲开了一间杂货店。玛丽安早年的记忆全是有关小店的，有时她觉得自己好像是被装在标着“此端向上，小心轻放”的纸箱中发送出去的。当然童年的她还是备受关怀的，她是家中的独生女。她喜欢父母，并不以他们为耻，但她有种挥之不去的担心，害怕最终会像父母一样，碌碌无为。如果真的那样，她的聪明将变得毫无意义。大学对她而言，更像是争名逐利的竞赛场，而不是一个社交场合，这种看法同样缘于她的胆怯自闭。

就这样，她把盖兹视为某种新生活的起点，所以她隐隐约约地觉得，如果一开始就感到失望，并不是因为这里缺少活动，或是缺少伙伴和消遣，而是因为这个地方本身极其缺乏安全感。这个地方不知怎的，奇怪地与她相似，也令她心烦意乱。这儿的安静是漫无目的的，而非宁静安谧；这儿昏沉拖沓的日常生活表达的更像是某种无所事事，而非玛丽安依然钟情的有闲阶级的恬淡安逸。漫漫长日的单一模式在她眼中显得畸形，仿佛这种单调乏味与生俱来，而不是日积月累的。生活好似一曲几乎听不见的冗长的音乐。她的一天从九点的早餐开始，早餐是一位眼睛斜视、难以沟通的女仆端进来的。大约十点三十分，她动身到克里恩-史密斯太太的屋里，在那儿待上小半个上午。至今她们只是闲聊，或是讨论一下可能要读的书。克里恩-史密斯太太——虽然她比玛丽安更有教养也更富机智——开始就对玛丽安大加赞赏，她似乎并不着急上课；玛丽安虽然有心教课，可由她来主动提出，又显得唐突冒昧。午饭后，她又得回到房里，独自一人一直待到下午五点，届时在伊夫克里奇小姐的房里有个盛大的茶会。克里恩-史密斯太太不参加这个活动，但司各托、杰姆西都会在场，有时还加上诺兰。奇怪的是大家聚在一起时都兴高采烈的。伊夫克里奇小姐很在乎玛丽安的参加，似乎是把这场饭局当作对她权力的承认。在茶会上，司各托表现出降纡屈尊的样子，杰姆西嘻嘻哈哈，诺兰则一声不吭。尽管玛丽安发觉交谈很吃力，但是过后她还是盼望茶会的到来。如此这般，便是盖兹能最大限度提供的与通常社交生活最相近的交际机会。六点三十分左右，玛丽安回到克里恩-史密斯太太的屋里，那会儿她正喝着威士忌，玛丽安和她一起待到八点三十分的晚餐时间。到九点三十分时，克里恩-史密斯太太已经哈欠连连，准备上床就寝了。

周围的环境与气氛并不十分叫人快乐，令人宽慰。夜深人静时，玛丽安会感到莫名的不安，虽然第一天的恐慌再没来过。盖兹的人们并非索然无味之辈，但他们都是一副焦灼不安、忧心忡忡的神情，就连吉拉尔德也不例外。玛丽安把原因归之于此地的荒僻孤寂。还好有两样东西牢牢地支撑着她。一是纯粹的好奇心。在这栋遗世独立的大宅子里有许多令人困惑不解的事情，玛丽安时常很窘迫地发现自己仍然无法“弄清”这里人与人之间的关系；她对莱德斯也充满好奇，同样惊异于到如今还没有一个人谈到与那房子的任何交往，事实上，除了司各托在她初到那天所谈的，她不知道与莱德斯有关的任何情况。

另一样更为牢靠地支撑她的是她感觉到克里恩-史密斯太太对她的出现和存在感到愉快。玛丽安渴望爱与被爱，她也需要这些。她很乐意把自己和东家联系起来，温婉善感而又缺乏自信的东家招人怜惜，而事实上，正是这种不自信，以及缺少安全感所带来的逾常的笨拙无能——克里恩-史密斯太太自身所有的特质与盖兹流行的浮躁不安迥然相异——成为她们之间交流的障碍。玛丽安也准备喜欢杰姆西，这人总是嘻嘻哈哈，疯疯癫癫，和他在一起，她感到轻松自如。吉拉尔德 · 司各托牢牢地占据了她的心灵，但她没有获得丝毫新的可供揣想的素材。和他相处时，她莫名其妙地变得暴躁易怒，而他总是那么体贴周到，彬彬有礼。不过，她不打算对维丽特 · 伊夫克里奇表现出任何好感。

离午茶时间还有一个多小时，宅子安安静静地沉睡着。玛丽安踮起脚尖，心虚似的摸下楼梯，她把泳衣之类的东西装进合上口的挎包里，以免有人发觉了她的计划后提出异议。至今她还未到海边去过，除了在附近和别人溜达过几次外，这是她第一次有足够的信心独自离开宅子。她自认为现在她晓得了到海湾的捷径，因为她曾用望远镜仔细地观察过地形。花园围墙最靠海的一面有两扇门：一扇是南门，对着通向崖顶的小路；北边的门后则是一条通往山下的陡峭的石子路，隐没在饱受狂风蹂躏的樱花丛、覆满地衣的大石头以及一片片参差不齐的天鹅绒般的草地之间。玛丽安穿过北门，太阳暖洋洋地照着，她快步像山羊似的在石子路上蹦跳着跑下山去，海面越来越开阔，是一片一成不变的蔚蓝色。她比预计还要快地到达山脚下，来到一条暗褐色的小溪旁，平坦的溪底满是灰色的大圆石。现在，小村在身后依稀可见，海湾两侧的悬崖高高耸立，莱德斯和盖兹都已掩藏在层峦叠嶂之间了。玛丽安停下脚步，侧耳倾听近处小溪叮咚的流水声和稍远处大海的波涛澎湃声。

阳光下的小溪闪烁着耀眼的金光，潺潺地朝着一边流泻，在有灰色斑点的大圆石间忽隐忽现，时而隐没不见，时而一跃而起，聚成小小的瀑布，呈扇面状泻入水波荡漾的池塘，随之淌过那些圆石，悄无声息地潜入罅隙，滋润着黝黑的泥炭土地，最后朝大海奔流而去。玛丽安漫不经心地沿着溪岸行走，直到脚陷进软糖一般稠密的泥中时才猛地一惊。她犹犹豫豫，几乎弄丢了鞋子才费力攀上左边泥地上突出的灰色岩石。她磕磕绊绊地越过一连串水洼——它们又暖又黑又黏，四周长满了发出刺鼻气味的金黄色水草，终于来到山崖脚下鹅卵石满地的小海滩边，盖兹就高高矗立在山崖之上。走了那么一大段路，她的心怦怦直跳。

黑魆魆的山崖耸立在她身旁，微微发着光，好像悬挂在空中。阳光直射其上，它黑乎乎的那部分如影子一般悬在头顶。山崖脚下的海滩也是黑魆魆的，海水边遍布的是漆黑的鹅卵石。对大海玛丽安从无畏惧之心，不知这会儿出了什么问题，一想到下海，她就不寒而栗，浑身哆嗦，像处在性高潮中一般，既让人厌恶羞恼，又让人不由自主地去迎合。突然间，她感觉呼吸困难，不得不停了下来，做几下均匀的深呼吸，然后把包扔在沙滩上，向海边走去。

从上面俯瞰下来，大海安谧宁静。的确，就在离岸边不远处看上去仍是如此。但是，向前二十码左右的地方，原本平静的浪花陡然加速汇聚成滔天大浪，汹涌而来，随着一声惊天动地的巨响狠狠地砸在海边的圆石上，然后急遽地落下，向后退去。明媚的阳光下，海面上汹涌回旋的雪白的浪花泡沫更映衬得大海墨黑一片。玛丽安打量着遍布卵石的海滩，海滩看上去似乎很陡，能形成回流，一浪接着一浪，每一次回流的浪头转瞬间便涓滴不留地消失在迎面而来的海浪又阔又平的浪尖里。玛丽安开始手足无措。她抬起头，眼前出现一张脸。

那张脸就在她正前方的海上载沉载浮，离海浪开始冲刺的地方不远，转眼就消失了。玛丽安冲着咆哮的大海惊叫一声，随之便恍然大悟。那不过是只海豹——她从未这么近地看过海豹。海豹重新浮出海面，露出湿淋淋的柔滑的脑袋——亘古以来这副脑袋即是一副狗模狗样，它一双凸起的大眼滴溜溜地盯着她。玛丽安能看到它的胡须和微微张着的黑嘴。海豹懒洋洋地浮在海面上，只保持着不靠近汹涌的浪涛，老练而冷漠的眼光始终不离玛丽安左右。玛丽安觉得这只动物既令人同情又让人害怕。它那上古海神似的脑袋仿佛是个征兆，然而这究竟是警告她远离大海还是邀请她进入大海，玛丽安不得其解。过了一会儿，它游走了，留下玛丽安在瑟瑟发抖。

事到如今，玛丽安已怕极了下海游泳，但她还是决定无论如何都要游上一遭。这是尊严问题，玛丽安隐隐感到若是现在就开始畏惧大海，她的生活便会裂开缺口，其他更为可怕的恐惧势必趁隙而入，只要避开回流，勇敢地冲过四溅的浪花，她可以随着一个较小的浪头游回来，让它把她送到卵石滩上，接着再麻利地爬起来就行了。玛丽安一边发抖，一边开始笨手笨脚地脱衣服。

穿好泳衣，玛丽安走到陡峻的海滩边。在湿滑不平的卵石坡上行走不但伤脚，也很难立稳足跟。冰冷的浪花溅了她一身，轰然作响的怒涛在回流前迅猛地冲击着她的双脚，连拉带扯地把黑色的碎卵石卷进接踵而来的如万马奔腾般的白沫底下无边的黑暗中。玛丽安一阵踉跄，手足并用，气喘吁吁地往回爬，浑身都湿透了。海水凉得刺骨。她试图站起身来，摇摇晃晃地在纷纷下滑的石子上勉力保持平衡。

“嗨，你！”

她吃惊地转身，一屁股坐在地上，已经筋疲力尽了。一个男子朝她走来。

她坐在海滩上，直到男子走近时，才站起来往肩上围了条浴巾。大海和浪涛击石的声音震耳欲聋，很难听清他说些什么。那人看上去像本地人。

“你不该到那片海里游泳。”

已是泪水盈眶了，玛丽安恼羞成怒，故意曲解道：“为什么不该？难道这是私人海滩不成？我可是从盖兹来的。”

“你不该到这里游泳，”那男子说，好像没听到她的话，也许真的没有，“眨眼间你就会淹死的。”

“胡说！”玛丽安嚷着，“我游得棒极了。”但一种更大的恐慌仿佛就要来临，告诉她她这一回合输了。

“上周淹死了两个德国佬，”那男子说，“他们在布莱克港附近下水。尸体至今尚未找到。”话音稍带点本地腔，神态认真、严肃、矜持。他审视着玛丽安，眼神老练而陌生，极像那只海豹。

“够了。”玛丽安斩钉截铁地说道，转过身暗示他走开。

“别在这儿逗留太久，潮水涨得很快。你不想不得已地去爬悬崖，对吧。”他说完就离去了。

玛丽安开始手忙脚乱地换衣服，热泪模糊了双眼。日头缩回去了，料峭的冷风一阵阵吹着。

“你好。”

玛丽安赶忙扯过浴巾抹了把脸，拉上泳衣的带子，转过身来。又有一个人影越来越近，这回是个女人。

“你好。”玛丽安回应道。

那女人身着当地的蜜色花呢，手里握着根奇形怪状的竿子。显而易见，用不着听她的言语，就知道她属于“绅士”一族。

“敢问您是泰勒小姐吗？”

“我就是。”

“我是爱丽丝·列殊。”她伸出手。

玛丽安握了握她的手，旋即回想起列殊是莱德斯那家的姓。司各托曾提过那个与儿子女儿住在一起的老人。“真是幸会。”尽管如此，她还是希望自己衣冠齐整，这样看上去会更端庄体面些。她肩上披的薄薄的浴巾在风中几欲飘去。

爱丽丝·列殊看上去大约三十多岁，是个高大、俊俏的碧眼女人，留着金黄色的短发，鼻子挺拔秀气，眉毛既宽且直，身架粗壮结实，气势咄咄逼人。她像根桩子似的立在那儿，花呢裙紧紧裹住腿，湿漉漉的厚底皮鞋深深地陷入卵石间。玛丽安觉得自己在她面前显得弱不禁风，她把两只光脚丫不停地交换着跳来跳去，努力不让牙齿咯咯作响。

“呃，我听说你刚到。”爱丽丝·列殊说道。

“是的，这一带我不太熟，但我挺喜欢它的。”

“有些寂寞，对吗？”

“啊，是的，没有几个同道。”玛丽安说道，然后自卫似的补充说，“但我喜欢盖兹的每一个人。”这话听上去不太自然。

“哦，是吗？挺好的。你会来看我们吗？”

“非常荣幸。”玛丽安说道，不知不觉她喜欢上这个女人的唐突粗鲁，这时她才意识到在过去的这些日子里，她是多么怀念普普通通、简简单单的人的反应，在盖兹，人们反应迟缓，态度含糊。

“我们定个时间吧。”爱丽丝·列殊说，“别去劳驾任何人。我想他们不会让你干得很辛苦，是吧？能在这里碰见你真是运气，确实如此。等下周艾菲汉来了的什么时候吧。我是说，我的朋友艾菲汉。他来时，或是有什么人要招待时，我们都会一起消遣消遣。你知道，在这小乡村里，为了喝点酒，人们情愿开上五十英里的车。”

玛丽安刚刚弄明白那古怪的竿子是根钓鱼竿，她说道：“但我们是近邻呀，希望我们能常见面，随便在你那儿或在盖兹。”

“别在盖兹，我从不这么想。呃，别介意，下周艾菲汉和我要举行个酒会，不醉不散。让老爸开开心心是我们的本分。你晓得，入冬以来，他就变得有些古怪。”

“他是觉得孤独了吧？我想你——还有你弟弟——只是夏天才来待一段时间吧？”

“谁说的？哦，是的，谁都可能。他不孤独，整个冬天有上帝与他为伴。咱们得好好聊聊，等艾菲汉来了，我们会给你送请柬，艾菲汉和我一道。这主意不错，给你送请柬。咱们别去烦其他人。我不耽搁你了，瞧你颤抖得像片树叶。游得开心吗？”

“我没下海。”玛丽安说道，感到羞愧难当，像是遭到这位身材丰满、衣着齐整的女人欺侮似的。“我没敢下海。”她又说道。

“要我说，这是明智之举。我以前没这么胖时常在这里游泳。现在游进游出都不利索了。好了，我得走了，好让你穿衣服。最好别转悠太久，要涨潮了。等艾菲汉来了，我们会送请柬给你。再会！”

玛丽安目送爱丽丝离去，见她稳稳当当地大踏步在石子上咔嚓咔嚓地走着。玛丽安几乎要冻僵了，差点连衣服都穿不上。她沿着海滩磕磕绊绊地往回走，浑身冰冷，直打寒战。寒风夹带着雨水呼呼吹着，玛丽安满心希望自己带了件毛绒衫。她已筋疲力尽了。看了看表，她惊恐地发现差一刻就快到六点了。她拔腿就跑。

她跑过那一连串长满水草的水洼，在那儿跌了两跤，把膝盖摔破了，然后又气喘吁吁地沿着陡峭的石子小径朝房子跑去。

“好啦，好啦，用不着这么急急忙忙，用不着这么急急忙忙的。”

她昏头昏脑，差点撞进吉拉尔德·司各托的怀里。

“万分抱歉，”玛丽安一边说，一边喘着粗气，“我赶不上喝茶了。”

“我们都挺担心你的。天哪，你没下海吧，是不是？”

“没有，我临阵退缩了。”玛丽安说完，坐在一块石头上号啕大哭起来。

司各托高大的身体伫立在她身旁。而后，他轻轻地把她拉起来。他的样子既关切备至，又充满威严。

“好了，别再哭了。我想我提醒过你别去游泳吧？”

“你提醒过，你提醒过了。”玛丽安呜咽道。

朝小山上走的时候，司各托松开了她的胳膊，“好了，下回可要听话，玛丽安小姐，这样可以少掉些眼泪，嗯？”

# 第四章

"告诉他要是再在这里放鱼，我就把它从厕所里冲下去。"

维丽特·伊夫克里奇站在楼梯平台上冲着一个女仆叫道。玛丽安蹲在地上看着脸盆里来回游弋的金鱼已有一段工夫，听到这话，身板一僵，大气都不敢出，祈祷着伊夫克里奇小姐不会再走进浴室，指责她与诺兰同流合污。她自作聪明地把油灯吹灭。

"嘿，嘿，黑灯瞎火的你在这干吗？"

"真抱歉。"玛丽安说道。在维丽特·伊夫克里奇面前她总是难为情。

"我看不出有什么好抱歉的。"伊夫克里奇小姐说着重新把灯点亮。"真恶心！"她对着金鱼说，"起来走吧。"

在盖兹，人们总是无意识地将她召来唤去，近乎当作用人看待。

玛丽安讷讷地走出浴室。她们在敞开的门旁半明半暗的灯光下打了个照面。两个黑衣女仆从楼梯平台上走了下去，不见了。伊夫克里奇小姐身旁似乎总有那么一两个女仆随时听候调遣，和她如影随形。

"到我屋里来，玛丽安。"伊夫克里奇小姐说道。

话虽这么说，听上去却不像邀请反倒像是要挟，仿佛等待她的不是娱乐而是惩罚。这种邀请以往从未有过，然而从对方对她令人紧张不安的关注中，玛丽安有几分预感：她们之间将有一场非同寻常的对话。

“恐怕我去不了，”玛丽安说，“我这就要到克里恩-史密斯太太那儿去。我们要一块儿读点诗。”虽是实话实说，听起来却像是搪塞的谎言。

“做那种事有点太晚了，不是吗？”

按盖兹的标准而言，的确很晚，都快到夜里十点钟了。那天早些时候，东家提议晚饭后再聚一聚，一道读读《海滨墓园》。玛丽安很中意这一建议，盖兹的深夜对她来说，渐渐变得难以消磨。曾几何时，她多么盼望、渴求有时间，有时间读书，有时间写作，有时间思考，有时间点一根烟独坐，敞开胸怀，与天地同在。眼下拥有的时间却发生了小小的变异，仿佛时间在到达她手里之前，就已被玷污、删减或是使用过一般。在那样的深夜里，她不知如何是好。她曾试过独自坐在楼下那间小起居室里，巴望有人前来同她聊聊天，可谁也没来；油尽灯枯，她也没法再点着。所以现在她常常是缩在自己的房里，想方设法早些入眠，不让自己倾听宅子的寂寞，不让自己对吉拉尔德·司各托念念不忘。有的时候，她久久地伫立在房间的黑暗中，眺望着莱德斯星星点点的灯光，想从灯光中读出自己期盼的消息，它们却是一如既往地神秘莫测。爱丽丝·列殊约定过的邀请杳无音讯。在这些时间里，玛丽安读不进书，做不好事，睡意全无却疲惫不堪，好像仅仅在抵抗过分沉寂的环境对自己的影响中便消耗了所有的精力。如今有机会使长夜缩短，她喜出望外。另外出于能够重操旧业这个简单的理由，她也不胜欢喜。毫无疑问，她是有点好为人师的。

“我不好说，伊夫克里奇小姐。总之，今晚我们要读书。请您原谅，我得走了。”她心虚地猜测：不知伊夫克里奇小姐有没有注意到她屋里墙面上所有的画片全被她扯掉了。极有可能女仆中已经有人向她报告过了。

伊夫克里奇小姐把手搭在玛丽安的手肘那儿，轻柔地握着，像在抚摸一枚鸡蛋，“到这时辰你该叫我维丽特了，也许就在我们聊上几句以后。”

“您太客气了。”

维丽特摁了她一下，然后松开她的手肘，“不是客气，只是喜欢你。在这儿没有什么值得喜欢的东西。晚安。”

抛开说话的语气，她的话语颇令人感动。玛丽安不由得更仔细地端详起那张瘦长苍白、忽明忽暗的脸来。孩提时的某种恐惧袭遍了她的全身，令她战栗，她暗想她一反常态地对维丽特缺乏兴趣，是否只是出于害怕的缘故。她注视着那个修长的身影穿过挂着帷幔的拱门，消失在黑暗中。一盏灯冒了出来，紧随其后，渐渐远去。

这段日子以来，玛丽安已能在宅子各处摸黑辨路。夜幕降临时，有时宅子里会点灯，有时则不然；有时在油灯熄灭后，可以透过黑暗中间歇的光亮和远处极微弱的灯光找到方向。眼下她正是沿着阴暗的走廊匆匆地向克里恩-史密斯太太的房间走去。夜晚最后一缕微弱的光线透过高高的窗户，从窗帘的间隙间洒了进来。

“请进。啊，你好，玛丽安，是你呀。我还以为是吉拉尔德呢。”

“要我叫他来吗？”

“不，不麻烦了。到炉火边来吧，今晚的风很大。过来瞧瞧这儿有什么好东西。”

玛丽安往前走的时候，看见有个东西在动，还发现屋内另有其人。那是丹尼斯·诺兰，他躲在壁炉的阴影里。诺兰挪到灯光下，湛蓝色的眸子冷冷地朝她一瞥。

汉娜·克里恩-史密斯今晚穿着一件外套，没有同往常一样穿睡袍。她正跪在炉前的地毯上，专心致志地盯着放在面前地板上的东西。

“这是什么？”玛丽安问道。

她走过去同他们一道研究地上那玩艺儿。那是个褐色的小东西，过了半晌她才认出是只蝙蝠，吓得微微哆嗦了一下。

“可不可爱？”汉娜·克里恩-史密斯问。“是丹尼斯给我的。他总是带东西给我，像刺猬啦，蛇啦，蟾蜍啦等等可爱的动物。”

“它有点不对劲了，”诺兰阴郁地说，“我想它活不成了。”

玛丽安也跪了下来。这只小小的伏翼属动物，鼓着像起皱的皮革似的双翼，扭来扭去地在地毯上缓缓地蠕动。它停了下来，抬头向上看，玛丽安谛视着那张古怪的狗模狗样的小脸和明亮的黑眼睛：那上面有种几乎令人难以置信的神态，叫人对它的存在不容忽视。然后它张大满是牙的小嘴，发出一声尖锐粗重的叫声。玛丽安笑了一下，猛然有股想哭的冲动。她莫名其妙地感到自己对克里恩-史密斯太太和这只蝙蝠在一起看不下去了，陡然间他们似乎变成了同病相怜、怪诞可笑、无依无靠的伙伴。

“真是个小可爱，”克里恩-史密斯太太说，“很难想像它同我们一样是哺乳动物。我能感觉到自己奇怪地与它相亲相近，你感觉得到吗？”她用一根手指在它毛茸茸的背上画来画去，蝙蝠蜷缩成一团。“把它放回盒子里去吧，丹尼斯。你会照顾它的，是吧？”那蝙蝠的可怜模样让她也有点看不下去。

“我无能为力了。”诺兰说道。他用一只手轻巧地把蝙蝠拾起——他的手又小又脏，他把它放回桌上的盒子里。

“来点威士忌吧，玛丽安。书带来没有？好的，我希望你不介意稍候片刻，丹尼斯正准备给我理发呢。”

玛丽安吃惊不小。到目前为止，在她看来，诺兰只能同户外的活儿相关联，她曾把他看成某些畏畏缩缩的泥腿子，把他和豢养在杜鹃花坡那边的神秘的马群联系在一起。她本来认为他不配充当贴身男仆的角色。

有人旁观，诺兰显得挺难为情，甚至有了些敌意。可是，汉娜·克里恩-史密斯已在椅子上坐定，还抓了一条毛巾围住双肩，他只好动手理发了。他拣起梳子和剪刀，开始处理那丛浓密的金黄色头发。

玛丽安也觉得尴尬，仿佛被硬逼着出席了一场太过亲昵的典礼，但她还是非常钦佩东家在这离奇的小场合里所表现出的泰然自若。

诺兰称职得令人叹服。一旦动起手来，他的神情逐渐缓和，变得严肃专注，他把柔软如丝的头发这边挽挽，那边撩撩，忙碌地用剪子铰着。明亮的金色碎发纷纷掉在毛巾上，有的轻轻地滑落到地板上。玛丽安第一次察觉到他是个相当好看的男子。蓬乱的蓝黑色头发映衬出一张坚毅、红润、五官小巧的脸庞，现在看上去脸上的神情不再显得有敌意，而是审慎、警觉，眼睛也变得分外迷人。诺兰察觉到她的凝视，抬起头从金红色脑袋上方瞅了她一会儿，眼光如翠鸟一般闪烁着，他们的目光突然相碰，玛丽安惊慌失措，赶忙掉转目光到克里恩-史密斯太太的脸上。那张脸流露着一派迷迷蒙蒙的神情。

“真不知道缺了丹尼斯我该如何是好。”克里恩-史密斯太太说道，脑袋在依旧繁忙的剪子下一动不动，一只手向后伸，抓住诺兰的花呢外套，而后摸摸索索地钻进他的口袋里。玛丽安别过脸，目光落在桌上的照片上。

“你的头发又被烟烫焦了。”

“我真不乖，真是的！”

玛丽安以前就注意到她的刘海鬈得古怪。

“大功告成了。”诺兰抽走毛巾，把剪下的碎发抖进火炉，头发遇火便着。随后他跪在地上把地板上的碎发归拢。当他伏在她脚下时，克里恩-史密斯太太轻轻地几乎有点腼腆地抚摸着他的肩膀。

玛丽安给弄糊涂了，然而此情此景却十分自然，她感觉得到类似的情景以前曾有好多次。

“我的鞋子和长袜。过会儿我想到外头去。”

诺兰取过她的长袜，面无表情地看着她穿上袜子，里面的衬裙和束袜带都稍稍露了出来。然后，他又跪下替她把鞋穿上。

玛丽安看见鞋底还未磨损，为了打破这令人烦闷的沉默，她说道：“多漂亮的新鞋啊。”

“不是新鞋，”克里恩-史密斯太太说，“有七年历史了。”

诺兰抬头望着她。

东家的行为常让她感到格外古怪，此刻她又有了这样的感觉。她仍旧无法弄明白克里恩-史密斯太太身上是否有病，或是大病初愈。宅中的人们对她的态度有时让人不由得这么想。还有一个想法萦绕在她脑际：从吉拉尔德·司各托令人费解的态度中，她猜想克里恩-史密斯太太的脑子并不总是完全、真正正常的。无疑，她是位叫人捉摸不透的女士。

为了消弭这时的奇怪气氛，玛丽安说道：“你把它们保养得真好。”

“我不常走路的。”

的确，玛丽安想起来在她到来的这段时间里，克里恩-史密斯太太还没出过房门。她一定是有病，玛丽安想。

诺兰在后面准备告辞。他皱着眉头，驼着背，看上去比两个女人还要矮，还要小，几乎有点像侏儒了。

“待着吧，丹尼斯，你也可以读读。”

玛丽安心生疑惑，她不假思索地问道：“噢，你也懂法语？”

“当然。”他不太友善地瞅了她一眼。

玛丽安想，他有点嫉妒我，当我是这里的不速之客。

“丹尼斯可聪明了，”克里恩-史密斯太太说，“你得听听他弹钢琴，他还会唱歌呢。我们很快就会有个音乐之夜。就待着吧。”

“不了，我得去照料我的鱼儿。”他拿起装着蝙蝠的盒子，“晚安。”他匆忙告退了。

“照看好我的小蝙蝠。”克里恩-史密斯太太在他身后嚷道。她叹了 口气，“他领你去看过鲑鱼池了吗？”

“没有。”玛丽安说，“我和诺兰先生没说过几句话。这里有鲑鱼吗？司各托先生说它们都游走了。”

“又游回来了。只是别告诉司各托先生。”

真是有病——还是精神失常呢？玛丽安想。

“他定会带你看鲑鱼池的，我想。见过跳跃的鲑鱼吗？那是十分令人感动的一幕。它们蹦出水面，挣扎地跃上岩石。不可思议地勇敢，为了到另一个地方去那样拼命。就像灵魂奋力接近上帝一样。”

玛丽安还在琢磨她那稍稍不自然的微笑时，东家已起身开始在房里作滑翔状，她很着迷地望着镜中的身影，从一面镜子移到另一面。“听听这风声。这儿的风吹得很可怕，冬天里都会让人发疯。它就这么从早到晚没日没夜地刮着，搅得人心烦意乱。你觉得我的男仆怎样？”

“你的……诺兰先生？他看起来忠心耿耿。”

“我想他会允许我慢慢杀死他。”

话语里透着令人惊诧的残酷，与她平日里的温馨截然不同。然而她的神态——玛丽安突然明白过来——是一种绝望。身体有病或是精神失常，在绝望的深渊中。

“可是这儿人人都对你忠心耿耿，克里恩-史密斯太太。”

“叫我汉娜好吗？是的，我懂，我很幸运。吉拉尔德·司各托是一座力量之塔。我们可以开始了吗？你先读，你的嗓音是那么优雅动听，然后看看我能不能把它全部译出来。”

玛丽安登时精神一振，把别的一切都置诸脑后，重新回到熟稔的快乐世界中。她读了起来。

这片平静的屋顶上的白色鸽群在游荡，
在松林和荒冢间瑟缩闪光；
公正的中午将大海变成一片烈火，
大海总是从这里扬起长涛短浪……[1]

---

① 原文是法文，摘自法国诗人保尔·瓦雷里(Paul Valery，1871—1945)的《海滨墓园》。

# 第五章

“这里所有的人都与精灵有关。”杰姆西·伊夫克里奇说道。

玛丽安听了哈哈大笑。

她兴致不错。这天阳光明媚，大海呈现出紫水晶的颜色。风已住了。冬日暖阳曝晒之下，水汽从黝黑的悬崖底下袅袅上升。她和杰姆西驾着路虎车轻快地朝布莱克港方向行驶，去取一箱威士忌酒和汉娜订购的衣服，热中于摆弄相机的杰姆西还要买些照相器材。昨天，他替玛丽安照了一大堆相片，用完了最后一卷彩色胶卷。看到他如此殷勤，玛丽安有点受宠若惊，又隐隐不安。

今天，人人似乎都很有兴致，很正常。玛丽安一想到即将踏上文明开化的土地就心花怒放。瞧瞧砌得齐整的街道，买份报纸，逛逛商店，看看芸芸众生来来往往，凡此种种，对于她都是不寻常的赏心乐事。虽然酒吧对女子来说是块禁地，但想必那里会有一间渔家小客栈，摆着一排排的酒瓶，她可以替自己叫上一杯酒。这是老习惯了，亲切而令人怀念。

最近几天来，在盖兹的日子特别使人慵懒、渴睡。她和汉娜已经开始读《克莱芙王妃》[①]了，才早上十一点，她们俩读着读着就差点睡着了。风依然凄厉，像汉娜所说的那样令人心烦意乱，甚至隐隐作痛。吉拉尔德·司各托不露声色地离开，又不露声色地回来，一直都是彬彬有礼，雍容高贵，魅力四射，却又不可接近。维丽特·伊夫克里奇依然殷勤周到，但再没提过“谈谈”那回事。爱丽丝·列殊音讯全无。玛丽安左思右想了很久，想知道为何盖兹的人们绝口不提列殊一家的事，然而却是白费心思。她时常从望远镜中扫视莱德斯，有一两次看到一个青年男子和一条狗在露台上。今天她自己感觉兴致高昂，与以往的腼腆害羞不同，因此决定在旅途结束之前向杰姆西打听些事儿。

“你不是这一带的人，是吧？我是说，你身上有精灵的血统吗？”

“没有。我属于另外一群。”

“当然——你和克里恩-史密斯太太是亲戚？”

“远房的。”他发出了他独有的怪异的笑声。

汽车径直朝着峡谷冲去，那儿的小路隐藏在一堵低矮的防洪堤坝后，几乎紧贴着海平面。忽然间离海这么近，玛丽安不安地打了个冷战，像是做了亏心事似的。打上次以后，她再也没动过下海游泳的念头。她连忙把目光投向内陆，它的上方是雾霭蒙蒙、树影憧憧的山壑。远处有一条明晃晃的颤动的光带，那是瀑布。

“多美的地方啊。”

“实际上，这是个相当可恶的地方，被称为魔鬼堤道。再往上一点，有一些奇形怪状的石堆，只是从这儿看不见。”他补充说，“以前山洪暴发的夜里那儿发生了一件可怕的事情。”

“什么？”

“你瞧那条小河，和我们盖兹的一样，骤然间从沼泽地里咆

---

① 法国女作家拉法耶特夫人(Mme de La Fayette，1634—1693)的代表作。该小说在1678年发表。

哮直下，冲走了路上的一辆车子，把它掀翻到海里，没有一个人生还。”

“太可怕了，那时你在这儿吗？”

“不在，但司各托先生在。”

“他在这儿有多久了？”

“七年了。”

“我想应该不会再有发大水的危险，就是像上回那样的危险吧？”

“噢，不会的。你瞧，湖都不见了。改日你得想法儿到上面的沼泽去，哪怕是边缘也好。那儿如今美多了，挺好玩的，当然，当地人还是很害怕它，只敢在大白天去那里割草皮，天色一变暗就往回跑。那时的沼泽色彩斑斓，令人眩晕。”

“我想他们认为他们的精灵亲戚住在那里吧！”

“他们的的确确住在那儿。给再多的钱，天黑了我也不敢一个人上去，那儿有鬼火。再说了，除非你认得道，不然会掉进沼泽地里。虽然有条灌木小道，但仍有被吸下去的可能。两年前有个人掉进去了，人们听见他整宿呼号，可就没人能靠近他，他还是沉下去死了。”

玛丽安浑身一抖，不仅是因为这个故事，还因为杰姆西讲故事时饶有兴味的样子。这个男孩根本不是阳光。

“丹尼斯·诺兰是本地人吧？”

“是的，他是，但实际上他就像不存在似的，属于看不见的人当中的一员，我们都叫他隐形人。他的父亲是莱德斯的狩猎向导。”

“莱德斯，真的？前几天我碰到过列殊小姐，她说等有个叫艾菲汉的人来了之后会请我过去。”

“这可是一大乐事！她是不是张口闭口都念叨着艾菲汉·库柏？”

“哦，你这么一问，我倒想起来她确实多次提起他的名字。他们是……订婚了，还是别的什么关系？”

杰姆西尖声尖气地笑着说道：“没的事。不过，我想她倒情愿你这么想！大家都知道这么多年来，她为艾菲汉·库柏神魂颠倒，可人家根本无动于衷。”

玛丽安来劲了。她想把有关莱德斯的话题延续下去，“那么，他干吗来这儿？”

“为了那老头。但主要是——噢，主要是为了克里恩-史密斯太太。”杰姆西说着又咯咯直笑。

玛丽安越发来劲了，但她不想表现得太好奇，也不愿显得想与杰姆西拨弄汉娜的是非，却还是忍不住闲闲地问了句：“克里恩-史密斯太太是个寡妇吧？”

“怎么可能？克里恩-史密斯先生在纽约活得好好的。”杰姆西冲着空荡荡的小路微笑，他把车速加快了。

“那他们……离婚了？”

“不，不。”他仍旧笑容满面，飞快地瞟了她一眼。

看到杰姆西富于挑逗地玩弄她的好奇心，玛丽安不由得坐立不安。一方面为了改换话题，另一方面新话题的内容看上去也挺有趣——她说，“你说司各托先生是七年前来此地的？”

“噢，不。他是七年前到盖兹的。他的一生几乎都在此地度过，也是个本地人，就出生在那村子里，他的母亲现在还住在那儿呢。”

“真的！”玛丽安叫道。她大为吃惊，不知怎的，还有些心慌意乱。从此以后，吉拉尔德·司各托在她印象里变得比过去更加扑朔迷离，神秘莫测。他也应该有精灵血统。

“是真的。现在他已相当绅士化，是吧？”杰姆西说，“他不乐意老妈抛头露面！”说完他咯咯乱笑，好像披露这个秘密很开心似的。不过，玛丽安还是感觉到他似乎非常喜欢司各托。

杰姆西接着说道：“他们家老爹和丹尼斯的老爹一样在莱德斯干活。只是丹尼斯待着没动，而吉拉尔德到镇上过好日子去了。”

“噢，丹尼斯在莱德斯做过事？”任何同那栋宅子有关的事情都不容错过。

“是的，直到他被撵走为止。”

“他们干吗撵他走？”

“要我说吗？好，我说！有一天他向列殊小姐扑了过去。”

“向她扑去？”

“是的。想要爬到她身上，你晓得的。他们俩一块在上面的鲑鱼池边，那儿过去有鲑鱼的。突然间他扑到她身上。那种事我是做不出来的，尽管我想当时她要更漂亮几分。这事发生也没多久，后来，他们担心女仆们，担心所有的东西，就请他另寻出路了。”

“真不可思议啊！”玛丽安感叹道。诚然不可思议。她怎么也没法想像沉默内向、郁郁寡欢的丹尼斯会干出那种事。他可压根不像个色情狂。他不是那种四处追逐的动物，相反，是那种躲避追捕的动物。也许这就是他带着怨恨、懊悔的表情的缘故了。不过这件事反倒增添了他的魅力。她暗想：克里恩-史密斯太太怕不怕被“扑了过去”。

“这就是最出色的风景地了。”杰姆西说道。他忽然减慢速度，把车子驶离小路。两人都陷入沉默，然后下车走到和煦的阳光下。悬崖近在咫尺，他们走了过去。

天气十分晴朗。地平线那边的海水蓝蓝的，朦朦胧胧，颜色渐渐消退至蔚蓝，与天空浑然一色。向北是暗紫色的石灰石巉岩，向南，地面向下倾斜，到了悬崖的末端。几间零落的小木屋和几块围好的田地的朝海一侧，一排晚樱花正开得如火如荼。再过去就是布莱克港，港口有黄黑相间的灯塔和一队帆船。远方是一片狭长的绿色海岬。这里的景致柔和、平凡，带着人情味。那块令人心惊胆战的土地也到此结束了。

玛丽安兴致勃勃地沉迷于景色中，忽然意识到杰姆西在目不转睛地盯着她。她马上朝他望去，彼此交换了某种重要且严肃的信息。等她回头凝望时，景色已经模糊了。

杰姆西还是定定地盯着她。她看得清他的脸。终于，他声音低沉地说道：“我从未见过你这样的女人，你与众不同，实实在在，像个男人。”

对方声调出人意料的转变令玛丽安既惶恐又得意。哪个女人会介意老对手的突然缴械投降？她紧张得一动不动，意识到他下一步可能会抚摸她。她可不愿这么来，于是轻声而急促地说道：“噢，希望这没什么不妥！”

“非常好。你带来了变化。”

给什么带来变化？玛丽安直纳闷。她似笑非笑地离他远了些，向悬崖的边缘走去。蓦地，害怕会掉下去的感觉穿透了她的躯体，她侧耳聆听着远处的海水拍岸声，几乎是不能自已地跪下来。

杰姆西跪在她身旁。这像个奇特的仪式。她感觉到他粗糙的衣袖挨着她的裸臂，她有点眩晕，又有几分警觉，于是随口说道：“瞧，下面多深，从这儿掉下去怕是活不成了。”

他说了些什么，但她没听清。

“什么？”

“我说彼特·克里恩-史密斯能够。”

“什么？”

“掉到悬崖下面没死。在七年前。”

玛丽安侧身对着他。杰姆西正带着一种兴奋的神情注视着她。悬崖似乎在随着大海的心跳而摇晃。她张口想说些什么。

“嗨，你们两个，在上面做什么呢？”

杰姆西和玛丽安立刻爬起来，扭身分开，跌跌撞撞地从悬崖边往回走。

吉拉尔德·司各托骑着一匹灰色的高头大马，就站在他们身后。海浪声淹没了马蹄声。一见到他，一种复杂的感情就涌上玛丽安的心头，有心虚，有激动，也有慰藉。

杰姆西走近司各托，站在马头边看着他。他这么迅速地靠近他，表明了某种信任和顺从。玛丽安慢慢地跟了过去。

司各托骑在马上显得高大伟岸。他身着便装，格子衬衫在又粗又长的脖子边敞开，马靴油光可鉴。朝他走近时可闻到一股甜丝丝的树脂皮革味。玛丽安很高兴杰姆西没有碰她。

司各托和杰姆西还在相互打量。司各托说道：“你有没有讲精灵的故事？”说完笑着用马鞭轻轻拂过男孩的脸颊。

# 第六章

“这条适合你，玛丽安，快看哪！”汉娜叫道，手中举起一面她们带到露台上的大镜子。

夜晚安静而暖和。吃完晚饭，时候尚早，她们俩到外面的一张白色铁制小桌子边坐下，一面呷着威士忌，一面试戴汉娜的首饰。一轮夕阳，周遭没有一丝云彩，徐徐沉向金色的海面，余晖将地上万物染成一派橘黄。玛丽安觉得她和汉娜仿佛站在舞台上似的，灯光明亮得不同寻常。脸和手都镀上了一层金色，身子后头拖着长长的影子。石子小径的缝隙中生长着一簇簇圆圆的、硕大的野石竹，竹影将她们脚边的露台隔成一块斑斑驳驳的格子布。两人都身着晚礼服，这就更像是在台上演戏。玛丽安终于穿上了那件颇受杰夫雷青睐的蓝色鸡尾酒会晚装；汉娜穿的是一袭长裙，从定购的那些服装中精心挑选出来的。这是件浅紫色丝质礼服，缀满珠子，上半身束胸紧身，依稀可见中世纪的风格；搭配着脖子上的金项圈——玛丽安暗忖——她看上去酷似传说故事中英勇不屈、身陷囹圄的贵妇，要不就像某个画家笔下的“遥远年代”的梦。

汉娜建议今晚为她身上的新礼服小庆一番，喝点香槟和比平常好一点的酒，还建议玛丽安穿上礼服应景。吉拉尔德·司各托和维丽特·伊夫克里奇同她们一起喝香槟，大家谈兴不错，虽然只是客客气气地聊一些稀松平常的事。她们两人[①]一块吃了晚饭。汉娜半真半假地抱怨吉拉尔德老是冷落她，玛丽安心里则以为吉拉尔德是在躲避汉娜，她也不清楚这个念头从何而来。这个新颖别致的小型晚宴她挺喜欢，可是不知怎的，晚宴隐隐透露出压抑不住的悲凉。

她们把玩着汉娜那一大盒珠宝。汉娜坚持要把它们取出来，漫不经心地撒得一桌子都是。玛丽安已经眼疾手快地抢救了一只掉到地上、滚进地面裂缝中的耳环。她对珠宝几乎一窍不通，但凭感觉知道这些都是上好的精品。

刚才汉娜往她的脖子上扣了一条小珍珠和红宝石嵌金的项链。她对着镜子仔细端详。项链有点像是维多利亚和阿尔伯特博物馆②的收藏品。长这么大她从未动过渴求这样一件宝贝的念头。项链似乎登时让她变了一个模样，甚至身上的蓝色礼服也变样了。有样东西——不知是项链，还是金色的夕阳，还是镜子本身——因频频映照主人的俏脸而沾染了魔力，连玛丽安都觉得自己明艳动人了。

沉默良久之后，她才说道："的确，很美。"

"归你所有了！"

"你是指——"

"项链，请收下。你知道，我有许多条，而且我几乎都不戴。能把这一条送给你，我非常开心。"

"噢，使不得——"玛丽安说。"太……华美，太贵重了！"这话听上去忽然显得口是心非。

---

① 原文是法语，意思为两人一起。

② 阿尔伯特博物馆，位于伦敦南肯辛顿，收藏有世界上最好的艺术品。

“胡说！我要说句重话了，你应该有一条项链。是的，一条就好。别扯它了，买它来就是给人戴的。”

玛丽安讷讷地连声道谢，内心颇为不安，羞得面颊绯红，不过得到一份如此不同寻常的礼物，她还是不由自主地由衷欢喜。她的手指局促不安地摸着项链。

两人都不吭声了，玛丽安是因为忸怩，而汉娜似乎已经沉浸到别的思绪中去了。今天晚上——玛丽安揣摩——她似乎较平常更为警觉，睡意也不那么浓。圆圆的红彤彤的太阳已经落到地平线上，正徐徐地往燃烧的大海里沉落。金色的光辉渐渐隐没进蓝莹莹的暮色之中，一轮巨大的银月在一旁已经恭候多时，这时出现在房顶上空。这一片风景中有个什么吸引了玛丽安的眼光，那是莱德斯的灯火。她偏过头来，看到汉娜也在朝那个方向眺望，便立刻想努力找一个能自自然然提到另一栋房子的办法。

汉娜先她一步开口：“我应该请艾菲汉 · 库柏过来看我的新衣裳。你一定得见见他。”

玛丽安张口结舌。莱德斯的话题沉默了如此之久，现在就这么轻轻松松、直截了当地被提起来，令她分外惊诧、疑惑不解。然而她马上意识到其实并非那么轻松。汉娜的态度略微有点尴尬，好像这话在她腹中酝酿已久，一直难以启齿。

玛丽安想顺势接过她的话茬，问道：“库柏先生眼下在那里吗？”可是这话却表明她是知道底细的。

“他明天会到。”

那么过了明天，爱丽丝 · 列殊就会请她过去。她们不再相互打量。玛丽安不希望中断这个话题，她问：“老列殊先生应该会高兴有客来访。司各托先生说他是个学者，你知道他研究什么来着？”

“希腊文，我猜。柏拉图。他在写一本关于柏拉图的书。”

“希望我也懂希腊文。这位老绅士是个什么样的人？”

“我不知道，”汉娜说，“我从未见过他。”她转过脸对着玛丽安。

玛丽安无言以对，几乎不敢直视东家的目光。等到她有勇气的时候，汉娜又在想别的了。过了一会儿，玛丽安才意识到东家急切地伸向她的戴满戒指的手是要给她握的，她赶紧握住它。

玛丽安第一次这样直视汉娜。确实，长这么大她几乎没有见过这种眼神，刹那间她明白了一份巨大的责任即将落到她的身上。她挺直腰杆准备随时听候调遣。这张长着一双金色眸子的俏脸显得焦虑、疲倦、沮丧，在昏暗的光线下对着她闪闪发光，似乎真的在燃烧。

“请原谅。”汉娜说。

“原谅什么？”

“这么恬不知耻地渴求爱。”她仍旧把玛丽安的手攥在手心里，过了一会儿才松开，抬头扫了一眼房子，很快又用焦灼的目光盯住姑娘的脸，似乎在暗示她们的谈话没有中断，将照原样继续。

“噢——你知道，我爱你。”玛丽安脱口而出。听到自己说出这样的话她吃了一惊。这可不是她平时常说的话，可是在这个地方说这话似乎很自然；要不就像骨鲠在喉，不吐不快。

“是的，谢谢你。不知你认不认为人应该去呼唤，去索取更多一点的爱。很奇怪人们多么畏惧这个词啊，可是我们大家都需要爱，就连上帝也不例外。我想这就是他创造我们的原因。”

“他失算了。”玛丽安微笑着说。既然“爱”字已经出口，她觉得自己真的更爱汉娜了；或者说爱她原本就是事实，只是从未给她的感情正名罢了。

“你以为人们不爱上帝吗？啊，他们爱的。真的，我们大家都在种种掩饰下爱他。我们得爱他。他渴望我们的爱，对爱的强烈渴望会孕育爱。你信上帝吗？”

“不信。”玛丽安回答。承认这一点她并不觉得惭愧，她整个心思都沉浸在谈话之中，尚未意识到汉娜信教。她的脚从未踏进过教堂的大门。“你信吗？”

“是的，我想我信，我从未怀疑过上帝。我一点都不擅长思考，只是不得不信，不得不爱。”

“可是想一想你爱的……是一个根本不存在的东西？”

“从某种意义上说，人们无法爱上不存在之物，但是我想如果是真正的爱，那样东西就存在。只是我不大明白个中原委。”

天快黑了。莱德斯的轮廓已经从天边消失，只剩下一盏盏灯火。有人经过露台走下台阶，消失在鱼池的方向。银月已经缩成一个淡金色的硬币，清辉渐渐消融到最后的黄昏中。海面上吹来一阵微风。

汉娜打了一个寒战，将披肩裹紧。“希望不会再吹那种风。”

“‘风起了！必须去走人生之路。’①”

“啊——”她顿了一下，接着说，“现在是白天和黑夜交接的伤感时分。昼夜多么神奇啊，永无休止地交替。这种交替常常影响我的情绪，我想我的感觉和那些处境窘迫、心存畏惧的人，和

① 原文是法文，引自法国诗人保尔·瓦雷里的《海滨墓园》。

所有孤独者和囚犯心中的酸楚都是相同的。好了，我要进屋了，你在花园中再转悠转悠吧。”

“你不一起去吗？我们一起到外面的悬崖上赏月吧。”

“不，你去吧。我希望你去。往那边去更快些。晚安，失陪了。”玛丽安还没来得及起身，她已经迅速站起来，飘然离去。

姑娘在原地站了片刻，疑惑不解，忽有所悟。她很高兴冲破了一些障碍。汉娜的恳求对她触动不小，差点她就要脱口而出：我不明白你要我做什么，可我会尽力而为，尽力成全你。不过这次的谈话还是令她不明所以。

月亮已经占领了整个天空。她慢悠悠地穿过花园，来到汉娜说的大门口，想用力把门拉开但是没有成功，好像对面有人在拼老命抵住它不放似的。她紧张地愣了半晌，然后又拉了一下，门开了，泥沙俱下，都溅到她身上了。她想走出大门。

月光将一堵石墙的黑影投进她身后的花园里。眼前就是通向崖顶的光溜溜的草坪，它被羊啃食过，上面空荡荡的，没有一丝阴影，在昏暗冷清的月光下异常沉寂。玛丽安站在大门口，身后有什么东西，一个令她心惊胆战的东西，像块磁铁一样牢牢吸住她的脚步。背后的花园夜色浓厚，充满磁力。她外出的想法顿时烟消云散了。她不敢迈出大门，瘫痪似的呆立良久，吓得大气也不敢出。崖顶上宽阔的草坪依然很冷清，依稀可见但看不真切，它正专注地等待着她的决断。

# 第七章

过了一会儿，玛丽安转身走回衰败的花园。月亮已经藏身云海。她没敢出去，惊恐异常，似乎所有的东西都在她身边忽前忽后地闪闪烁烁，离开拱门的时候，她几乎得使劲才能把自己扶在石墙上的手拔下来。她不曾记得单独一人外出时有过这般惊恐的体验，可是，这次给她的感觉又不完全像是单独一人，在广袤无际的黑暗里，有个东西在什么地方不断侵扰她。她自言自语道，我熬不下去了，一定得找个人谈谈。可是找谁好呢？又谈些什么呢？除去谁都料想得到的寂寞孤独和百无聊赖之外又有啥可抱怨的呢？此时此刻，为什么她会突如其来地如此惶恐难受呢？

看见前头有一点光亮在黑黝黝的花园中忽闪忽闪，她不敢往前走了，一阵新的惊慌涌了上来。那亮光在四下打探，狐疑地移动。一小圈光在树叶和石头间时有时无地跳荡。玛丽安判断那一定是手电筒光。她在石子路上蹑手蹑脚地朝前走，路面上杂草丛生，布满青苔，走上去悄无声息。亮光往左边照了照，姑娘吓得屏住气，一心只盼能快快从旁溜过，然后便可朝房子方向撒腿猛跑。她的心咚咚狂跳着，她加快脚步。

光圈倏地射向她，她顿时迈不开步子，眼见着自己的双脚与衣服突然被照亮。小石子在鞋底下沙沙作响，这么久了，这是第一个声响。光圈移向她的脸盘，照得她晕头转向，她站在那儿直喘粗气，动弹不得。

“泰勒小姐。”

是丹尼斯·诺兰的声音。早就应该想到他会时不时地在深更半夜打手电筒出来看他的宝贝鱼的。

“诺兰先生，你吓了我一大跳。”

“万分抱歉。”

他们仍然保持着这种十分正式而客客气气的关系。玛丽安走到前面粗硬的草地上，朝他迎面走去，这时候想起了他“扑到爱丽丝·列殊身上”的故事，可是这会儿她并不觉得他可怕。

他们站在那儿，光圈落在两人之间的草地上。稍后她问：“我能看看鱼吗？我还从未仔细瞧过它们呢。”

他用手电筒照着她的脚步，领着她走到那个处处是裂痕的石头池子边。这三个椭圆形百合花池子曾经是一个意大利式装饰花园的一部分，可惜它们周围以前铺砌好的地方早已长满了金雀花、小白蜡树和各种各样的野花。白色和暗红色的百合依然茂盛，手电掠过硕大的枯叶和收拢了的花瓣朝下面探去。

诺兰跪在地上，玛丽安也跟着跪在他的身边。平时罩着鱼池的铁丝网已被掀起。

“这铁丝网是干啥用的？”

“防鹤的。”

“鹤？噢，苍鹭吧。是的，我想它们会捉鱼吃。”

她朝水下世界瞧去。池子绿莹莹的，望不到底，上面覆满了浓密而蓬乱的纹丝不动的水草。鱼儿一点不受手电光的干扰，肥大的金色身子依然优哉游哉地、若有所思地摆来摆去。

“那些是金鱼，那些是朱文金，那些游得很快的瘦长的家伙是圆腹雅罗鱼，金色的那种。你还能看见鲤属鱼，就在那儿，墨绿色的那条，难得一见，绿色的鲤鱼，就是丁鲹鱼。”

“那是它的学名。”

“是的。”

“真美啊。‘草莓鼻子’在哪儿呢？”

诺兰在黑暗中转向她，手电筒射出的柔和的光线划破了池子的黑暗。

“你怎么知道那个名字？”

“我第一次见到你的时候，你把它盛在一只碗里，当时你曾对司各托先生提起它的名字。”

“噢。它在另一个池子里，现在挺好的。”

玛丽安感觉到自己伤害了他的自尊心。他属于那种既要保持尊严又没有一点幽默感的当地人，一丁点儿的嘲讽都受不了，可是她的话里并没有嘲讽的意味。于是她赶紧说：“那只小蝙蝠还好吗？”

“它死了。”

玛丽安坐回到池子的石头边上。她感觉得到周围芳香袭人的黑乎乎的草木，以及伫立在天空下的附近房子的庞大身影。天色被躲藏在云层里的月亮映射得黑蓝黑蓝的。有一扇窗户还透出灯光，但是她辨不出是哪扇。被太阳曝晒了一天的石头仍然微微发烫。手电光摇晃不定，拂过水面便被熄灭了。

玛丽安说：“诺兰先生，你不会介意我问几个问题吧？”

丹尼斯已经站起来了，看样子准备走。她可以模模糊糊地看见自己头顶上方他的脑袋和双肩。“什么问题？”

“这个地方有什么不对劲之处？”

他没有马上回答。过了一会儿，他打开手电，迅速把四周照了一遍。暗绿的金雀花丛、一簇蓝铃花、白色雏菊和衰萎的野豌豆在眼前倏地一闪便不见了。他说："这里没有什么不对劲，只是你还不习惯这么孤寂的地方罢了。"

"别搪塞我。"玛丽安应道。一离开那条石子路，她就意识到解开心中疑惑的时候到了。"坐下来吧，诺兰先生。你得告诉我，无论如何得告诉我一点。七年前到底发生了什么事？"

他单腿跪在她身边，身影隐没在比这边更幽暗的花园里。"什么也没有发生，没发生什么特别的事。问这干吗？"

"得了，"玛丽安说，"我已经了解到好多情况了，比方说像克里恩-史密斯坠落悬崖之类的事。你得多给我讲讲。这里有些事情确实非常怪异，不仅仅是孤寂，我敢肯定。求求你告诉我吧。想必你清楚我待在这儿多么不容易，从某种意义上来说，有多糟糕。你告诉我吧，否则我会向别人打听的。"这番话想都没想就溜出了嘴边，不过她感觉到诺兰听完后触动不小。他坐了下来。坐在温热又粗糙的石头上，两人的膝盖紧紧挨在一起。

"我没法告诉你什么。"

"那么，是有什么可说的啦？但是我得知道，如果想在这里待下去而又不神经失常——"

"跟我们其他人一样——"他柔声接过她的话茬。

"请说一点吧。要不我就去问克里恩-史密斯太太好了。"

"啊，不要去——"

他惊慌失措起来。这回她又击中了他的要害。"说吧，丹尼斯。"这下她非常自然地叫出了他的名字。

"瞧……噢……等一等。"他又用手电将周围慢慢地、仔细地照了一遍。房子里的灯光已经熄灭了。"我给你讲一点情况吧。

的确，如果你要在这儿待下去，就得了解清楚情况。与其让你向别人打听，还不如我来告诉你。”

他稍微停顿了一会儿。一尾鱼噗的一声破水而出。“你问这里有什么不对劲之处，我告诉你吧，不对劲之处就是：这儿是一所监狱。”

“监狱？”玛丽安惊问。眼看就要真相大白，她又吃惊又紧张，心跳快得让她难受。“监狱？谁是囚犯？”

“克里恩-史密斯太太。”

她觉得自己隐隐约约猜到了这个答案。可是怎么猜着的？至今她仍搞不清楚。“那么，看守是谁？”

“司各托先生，伊夫克里奇小姐，杰姆西，我，你。”

“不对！不对！”她叫起来，“我不是！我可不明白你在说什么。难道你以为克里恩-史密斯太太——被关在这儿，监禁在这儿？”

“正是。”

“不可理喻。克里恩-史密斯先生呢，为什么他不来——”

“救她？是他下令把她关起来的。”

“我被弄糊涂了，”玛丽安说，她又感受到在大门口掳获了她的令人极度难受的惶恐，这种惶恐她在来盖兹的第一天就预感到了，“克里恩-史密斯太太……病了……我是指疯了，或是很危险，还是怎么了？”

“都不是。”

“那么，干吗把她关起来？不至于无缘无故地把人关起来吧？我们又不是生活在中世纪。”

“在这儿，我们是的。但是别担心，她丈夫把她关起来是因为她欺骗了他，还试图谋害他。”

“噢，天哪——”现在她可不仅仅是好奇了。她害怕极了，好像后面的故事会使她丧失理智一样。有那么一会儿，她好想叫他别说下去了。

可是他低声接着说道：“我最好还是把故事原原本本地讲给你听，既然已经给你说了这么多，很快就能讲完了。要是我冤枉了谁，上帝宽恕我。事情是这样的：汉娜·克里恩-史密斯是个富人。当时她是个有钱的姑娘，本人就十分富有，她是当地一个地主的孩子。比方说，这房子，还有方圆几英里的土地都是她的。她年纪很轻就结婚了，嫁给她的大表哥，彼特·克里恩-史密斯。上帝宽恕我——要是我冤枉了他，他是一个年轻的恶棍，虽然很帅气，但是酗酒，追女人，打老婆，无恶不作。这不是一桩美满的婚姻，她很不愉快，可是日子就这么熬下来了。后来菲利普·列殊来了。”

“菲利普·列殊？”

“是的。人们都叫他皮普，老列殊先生的儿子。小列殊先生以贱价买下了莱德斯。当时它还是一栋破破烂烂的房子，被买来当作打猎的营地。他租了一些地方来打猎、钓鱼，就这样结识了克里恩-史密斯夫妇。男人们常在一起打猎。那大约是九年前的事了。后来，克里恩-史密斯先生去美国办事，除了知道他十分有钱之外，对他其他的情况我就一无所知了。他走后，克里恩-史密斯太太和列殊先生双双坠入爱河，两人很缠绵，难舍难分。”他停下不讲了，又把手电筒打开。花园中万籁俱寂。

“他们这样处了一段时间，克里恩-史密斯先生对此一无所知，我不清楚他们处了多久，也不知道克里恩-史密斯太太有什么打算。可是，有一天，克里恩-史密斯先生出人意料地回来了，回到盖兹，发现妻子和小列殊双双躺在床上，”他顿了一下，“那是七年前的事了。”

然后他便一声不吭，仿佛完全沉浸在故事里了。过了一会儿他才说：“我对你提过克里恩-史密斯是个恶棍，是的，现在还是。要是冤枉了他，上帝宽恕我。当时他气得暴跳如雷。”

“冲着列殊？”

“冲着妻子。”

像是太激动了，他话都说不出来，过了半晌才接着说：“之后他把她关在房子里，把她锁在里面。”

“列殊先生有没有做什么？”

“他走掉了。还能做什么呢？他本来可以带她走，可以救她出去，她心中有数。他们之间有信件来往，有人送信，尽管送信人得冒着受到她丈夫可怕报复的危险。可是她没有走。”

“干吗不走呢？如果克里恩-史密斯先生是这么——”

“他们是在教堂里结的婚。”

“即便是这样，还是可以，当——”

“我们怎能知道她想的是什么呢？也许她怕他；的确，她一定非常怕他。要离开这栋房子谈何容易，有人看守，有人监视。再说，离开丈夫到外面去，也许她根本就办不到，别忘了她年纪轻轻就结婚了。也许就在当时，她就为自己的所作所为而愧疚难过了。”

“就在当时？”

“还发生了别的事，我讲给你听的只是发生在一小段时间内的事，才几个月，要么是几周。我不知道她有何打算，但是还发生了别的事。一天——可能是他俩刚刚动手之后，我不知道为什么——她跑出房子，从通向悬崖的大门跑出去，就是你刚才穿过的大门。她朝崖顶跑去。仁慈的上帝知道她想做什么——可能想自杀，从悬崖上跳下去；也可能只想跑开，根本没有别的想法。克里恩-史密斯先生在后面追她。后来发生的事谁也不知底细。不过他们俩大打出手，克里恩-史密斯先生失足跌下了悬崖。”

“噢，天哪——”玛丽安叫道。她感到十分恶心气闷，像吃了或闻到了烧焦的东西一样。手电一闪的时候，她吓得跳了起来。很快，周围又是黑压压一片。

“他还活着，像个奇迹。悬崖那里有一条缝，不知你注意到没有，有一个裂口，可能是以前小溪流过的碎石河道，他恰好掉在那里。摔得很惨，但没有死。”

“他伤得……很重吗？”

“我不清楚。他活下来了。人家说他残废了，受了伤，永远治不好了，但是关于他身上发生的事众说纷纭，我是不知道的。”

“你没有再见过他——打那以后？”

“没有。事实上，从比那事还要早一些时候我就没再见到他。当时我不在盖兹。七年前的那件事之后，他再也没有踏上这块土地。”

“那么她呢？”

“她被……关起来了。”

“你是指从那以后，七年以来？”

“是的。他把她关起来了。就是在那时候他把吉拉尔德·司各托带进房子。吉拉尔德是他的朋友，尽管两人家庭背景迥然不同，但是从孩提时代起，从小彼特来这儿钓鱼开始，他们就是朋友了。他信任吉拉尔德，叫吉拉尔德看管她。时光就这样流逝了。”

“可是，我的天哪！”玛丽安叫着，“不可理喻。她不是被迫待在这里的，对吧，要是愿意她可以离家出走，她——”

“你忘了她是谁了。”

“你以为她现在……心甘情愿待在这儿？”

“谁知道她想的是什么？起初，她可以在属地里活动。随便往哪个方向走都有好几英里，她也常常骑马四处溜达。后来，五年前的一天，她突然离开盖兹，骑马跑到格雷镇，没等大家反应过来就登上火车，跑到她父亲家里。”

“后来出什么事了？”

“她父亲不肯收容她，把她送回盖兹。”

“但是她为什么走呢？”

“谁知道她想的是什么？别忘了她是嫁给她的大表哥，家庭压力很大，那种家庭就是如此。她结婚又早，自己连火柴都不会划，真难为她还能自己买火车票。她回来了。”

“那后来呢？”

“后来流言四起，说他——彼特·克里恩-史密斯要回来了。她都快急疯了，但是他没有回来，只是把她的活动范围限制到花园为止。”

“你是说她五年来都没有迈出花园一步？”

“没有。就在那时他叫伊夫克里奇姐弟到这里来，他们是她的穷亲戚，他叫他们来严加看守。他们不是很近的亲戚，但是除了丈夫，他们就是她最亲的人了，因为她的父亲现在已经过世了。”

“好个没有人性的故事！”玛丽安尖声说道。她低下嗓门接着说：“我不是指我不相信你说的故事。但是这一切太不可理喻了，你说‘我忘了她是谁了’，但是她怎么了？为什么默默忍受下来？为什么不干脆整理好行李一走了事？当然了，吉拉尔德·司各托和你们其他人不会强留她吧？再说，总会有人认识她吧？那个艾菲汉·库柏怎么样？小列殊先生呢？他在干什么？还有——”

“列殊先生在观望等待。每个夏天他都到这里来。他已经把房子修葺一新，并把老父亲接到这里。他来守候着，但是他无事可做。我不知道现在……还有什么事是他想做的。”

玛丽安想起了在盖兹的第一个夜晚突然看见的拿望远镜的年轻人。“他没有……来看她，与她联系？”

“不允许他见她。就我所知，他没有同她联系。他只会帮倒忙，只会伤害她。”

“但是，这一切让人毛骨悚然。你呢？当然你可以帮她一把，当然你不是站在他们那一边的，是吗？”

“什么是……帮她一把？”

“我还是没搞懂。难道她想待在这儿不成？”

“也许吧。想必你知道她信教？”

“宗教跟这事有什么关系？难道她——你以为她真的把他推下了悬崖？”

“我不清楚。可能现在她自己都糊涂了。但是……有些事做了就是做了，不管动机何在。”

“你的意思就是她得为此负责了？你真以为是她把他推下悬崖的？”

他停顿了一下才说："是的，可能是的。说这些都无关紧要了。她自己已经承认了，别人无权替她分辩。"

"我真想不通，在这么窄小的地方能待上这么久，她竟然没有疯掉。我很吃惊。"

"在布莱克港的修道院里，虔诚的嬷嬷们还要在更狭小的空间里生活一辈子呢。"

"但是她们有信仰啊。"

"也许克里恩-史密斯太太就有信仰。"

"你说的有道理，可是她错了。我是指对那种事情让步是不对的。这太荒唐可恶了，对他、对她都不好。附近的人大概都知道她这么个人吧？"

"当地人？是的，知道。她成了这个地方传说中的人物。他们深信她一迈出花园就会丧命。"

"他们真的认为她受到了诅咒？"

"是的，而且认为在这七年的末尾会有什么事降临到她身上。"

"为什么是七年？只是因为七年是传说中的时间期限吗？"

"是的，不过什么都不会发生的。"

"已经发生了，我不是来了吗？"

他不吱声了，好像耸了耸肩膀。

"我为什么来这儿？"玛丽安问。这是她第一次考虑到自己在故事中的角色。这个可恶的故事已经成为她身边的现实，故事将继续发展下去，而且在这样的故事中没有什么事情会无缘无故地发生。"谁决定了我的到来？为什么？"

"这也令我费解，"他回答，"我想或许只是哪个人偶然动了恻隐之心。或者可能要你来充当女伴。”

“要我陪谁呢？我是指谁同她在一起？”

“噢，所有的人。比如库柏先生。被允许见她的人屈指可数，他就是其中一个，他这人与人无害，但这需要一个女伴方可确定。要不就是一种折磨。”

“折磨？”

“我不大清楚。让她喜欢上你，然后再把你打发走。好一点的女仆都走光了。你最好聪明些，不要与她太亲近。还有一件事，别与吉拉尔德·司各托作对。”

霎时间她恍然大悟，激动得全身发烫。这就是她来这儿的原因。她是为吉拉尔德·司各托而来：作为他的对手，他的敌对的天使。通过与吉拉尔德的较量，她进入到故事里来。这些想法零零星星地从意识中一闪而过。她马上接口问道：“为什么她的朋友们——你、列殊先生、库柏先生——不劝她离开呢？她不能一直等着他发慈悲而原谅她吧？依我之见，她像是被符咒镇住了——我指的是心理上的符咒，连她自己都差点相信她必须待在这儿。难道不该将她唤醒吗？我想说这所有的一切都太不健康，太反常了。”

“精神上的东西就是反常的。负罪的灵魂无处可逃。这里，束缚她的东西也以各种方式束缚着我们大家。你无法走进她和她的苦难中，因为它错综复杂，异常罕见。我们不得不玩她的游戏，不管是什么游戏，而且得信她的信仰。我们能为她办到的就这些。”

“行了，我可不会这么做，”玛丽安说，“我要跟她谈谈自由是什么。”

“别去，”他急切地说，“自由如今对她毫无意义。不管你怎么看待她的心灵世界和思想状态，即便你认为她只是害怕外面的世界，或者单纯被幻觉迷惑，或者现在她已经处在半疯状态，都不要同她谈自由。这么多年来，她已经求得了一种深沉的、了不起的心灵的宁静。我以为，她已经同上帝讲和了。不要去打搅她的宁静。我想你就是尝试着去做，也无法干扰她的平静，她比你所看见的要坚强得多；但是别去试。不管你怎么认为，宁静就是她的特质，是她最宝贵的财富。”

玛丽安在黑暗中拼命摇头。“可是有时她看起来那么痛苦，那么绝望……”

“真正的遵从是没有幻想的。普通的士兵默默倒下，而基督却会大声呼喊。”

她嘟囔道：“遵从？”

但是他们的谈话就此结束了。他一边说一边爬起来，她也跟着站了起来。她全身上下冰冷僵硬，衣服被露水打湿了，紧紧裹在身上。小小的月儿似乎在云朵的碎片间疾行，为他们照亮回家的小路。他们开始往回走了。

“你是什么时候到这里来的？”

“五年前。”

“你是不是其中一个送信人，是冒着生命危险替列殊先生送信给她的人之一？”

“是的，我想我们最好分头进屋。”

他们来到露台上。月光映照着不久前她与汉娜一起坐在边上的那张桌子。一大堆珠宝首饰仍旧乱糟糟地散在桌上，在清冷的月光下零零落落地闪着光。她停下来把它们收妥。

她仰望着房子幽暗的窗户，它们仿佛是蒙着面纱的眼睛。这时候那种令人窒息的恐慌和恶心又涌上心头。她喃喃地问：“那么，什么才能结束这一切呢？”

“也许是他的死。晚安。”

# 第　二　部

# 第八章

艾菲汉·库柏坐在火车一等车厢里朝窗外眺望。他刚刚开始熟悉这里的景色。现在每一个景象都能告诉他下一处是什么地方。每逢这个时候，他总是忧喜交集。火车驶过了圆塔，驶过了那栋破败的乔治时期的有飞檐的房子，驶过了那块倾斜的磐石，终于来到黄褐色岩石分布的地区，这也就意味着火车开始驶入斯加伦。尽管还有二十分钟火车才会到站，他已经取下行李箱，穿上外套，理好领带，在车厢的镜子面前一本正经地端详自己。小小的火车摇摇晃晃地继续向前行驶。天气很热。

距上次到那儿已经有将近半年光景，不过他会发现他们还是老样子。不用说，他们会发现他也还是老样子。他仍在镜子前端详自己。这副模样总让那些只闻其声名的人大吃一惊。当然他还年轻，才四十来岁，尽管有时他感觉自己苍老不堪，就像梅修色拉老人[①]一样。就取得的成就而言，他确是年少有为，年纪轻轻就成为一个部门的主管。他风趣而又带点嘲讽地审视着自己。他身材魁梧，脸膛红润，嘴巴阔大而坚毅，大鼻子直直的，还长着一双灰蓝色的大眼睛。头发偏栗色，鬈曲，因常年戴宽檐帽和使用发油而十分柔顺服帖。他看上去男子汉味十足——毋庸讳言，在他频频出入的社交圈里他是一位聪明的人见人羡的成功人士。他若有所思地朝镜子里的人抬起下巴，回想起伊丽莎白——那个唯一敢嘲讽他的人——曾经说过他最喜欢的表情就是“安静而浑身充满力量”的样子。他冲着镜子里的自己苦笑了一下，便坐下来。

不知不觉他咬起指甲来。这一次会有什么事情发生吗？当他再次乘火车朝另一个方向离去的时候，会有什么事情发生呢？这个问题他每次来时都要想，除此之外，他还举棋不定：该不该做点什么？实际上，一年三百六十五天，无论是在午夜醒来的时候，还是在令人紧张不安的回忆中，或是在电梯里、火车站上，这个问题无时无刻不在他的脑海里萦绕。有时候他觉得自己最有能力，是唯一真正能有行动的人，可他却时常在警觉地躲避这样的念头。难道他不该采取些激烈的措施吗？难道他们不是在静候他的行动吗？想到这儿他不胜恐慌。

艾菲汉认识汉娜·克里恩-史密斯已有四年。他与列殊一家有二十年的交情。麦克斯·列殊是艾菲汉在牛津时的导师，读书时他就见过列殊姐弟俩。麦克斯的妻子在生皮普的时候死于难产，艾菲汉初识麦克斯之时，麦克斯是个脾气暴戾的光棍，两个孩子虽然的的确确是他的，但却好像是他没有女人的帮助就独自发明创造出来的一样。列殊太太，这个有口皆碑的红发美人的照片总是摆在桌上。艾菲汉从麦克斯手下的头号害群之马变成最优秀的学生，直至成为一名大学助教，但是他很不安分，令麦克斯伤心的是，不久他离开了学校，不做学问，转去做公共事业。他干得不错，相当出色。现在再后悔当年的选择是毫无意义的了。

可怜的爱丽丝·列殊一次从寄宿学校回家度周末，爱上了父亲的得意门生。她的全部心思都放在爱情上，心无旁骛，让艾菲

---

① 基督教《圣经·创世记》中以诺之子，据传享年九百六十九岁。

汉既感激又恼火。她读中学时，艾菲汉对她恩威并重；读大学时，同她嘻嘻哈哈；再后来，在他脆弱又懊恼时，就是在他想方设法逃离亲爱的伊丽莎白的掌心时，他同她打情骂俏。他很庆幸没有娶伊丽莎白，娶一个铁石心肠的职业妇女为妻该有多尴尬啊。伊丽莎白太过聪明，不管从什么角度来看，他们现在的关系都是再好不过的了。他只是很遗憾，他伤了爱丽丝的心，令麦克斯失望，一直以来，麦克斯都在巧妙暗示着希望他娶爱丽丝。可怜的姑娘在这无望的爱情里越陷越深，两人的年纪也越来越大了。

麦克斯·列殊曾经是他生命中的巨大力量。艾菲汉不安地承认，迄今为止，麦克斯仍是他生命中的巨大力量。他一度完全受导师左右，使得他的学术成绩完全被大众忽略，只有自己心知肚明。毫无疑问，他曾把麦克斯看做伟大的智者。年轻时他对这位长者钦佩有加。后来年纪大了，成熟了，两人同处一个圈子，艾菲汉发现自己常常不由自主地害怕起麦克斯来。倒不是害怕受到批评，而是害怕与他相处过密会不知不觉丧失自己的个性。有一阵子他想方设法躲着自己从前的导师，可是到头来总是乖乖地回到他的身边。最近几年，他取得了一些成就，有才干，有名望，对麦克斯的看法也有所改变：他可以随心所欲地戏谑麦克斯，视其为一个“怪老头”。这种感受就像是重物卸掉之后，双肩在颤抖不已。他发觉麦克斯深不可测，是个老脑筋，一个空洞的智者，只会整天对着自己为之沉迷了大半生的东西自言自语。尽管如此，最终他还是回到了麦克斯的身边。

他与皮普·列殊的关系一直是若即若离、磕磕碰碰的。皮普比爱丽丝小四岁。他慢慢地出现在艾菲汉的视野里。皮普还是中学生时，看到爱丽丝对艾菲汉的感情遮掩不住，就会打趣他。艾菲汉怀疑这个男孩与他姐姐如出一辙，一样顽固执着，可是他还是挺喜欢皮普的，在工作上帮了他好几回忙。可怜的皮普一心一意认为自己是块写诗的材料，可是迫于经济需要和艾菲汉的压力，最终不得不成为一个还蛮称职的记者。有一个事实不容置疑，就是实际上他什么事情都做不成。从爱丽丝那儿听得皮普的爱情故事和故事出人意外的结局，艾菲汉兴味盎然，惊羡不已。不管怎样，皮普改变了这个地方的本来面貌。很难说这儿变得更好了，但是至少他改变了它。

一两年后麦克斯退休了，他搬到莱德斯隐居，埋头撰写一部关于柏拉图的巨著。他向艾菲汉建议恢复以前“读书聚会”的老习惯，建议他到莱德斯与他一块儿读希腊文学。艾菲汉听了满心欢喜：他喜欢与老人一起读希腊文学。他盼望着假期的到来，盼望早日见到爱丽丝，届时她会从目前工作的园艺学研究所告假回来。到达莱德斯之后，他看见皮普也在，整天在露台上闲逛，拿望远镜瞄另一栋房子，他心里略略有点不开心。艾菲汉刚开始还以为那儿出了什么事。可是，那里平静如常，没有一点动静。皮普待人一贯彬彬有礼，爱丽丝机智乖巧；皮普去钓鱼，爱丽丝就去寻花觅草，麦克斯急于着手研究《蒂迈欧篇》①。阳光从早到晚照耀着这片非凡的海滨和绚烂的大海。看来没有什么会使他在这儿待得不愉快：没有什么，除了附近那位被监禁的太太。

自然，爱丽丝告诉过艾菲汉这个故事的梗概，他对此也很感兴趣。对这个故事的好奇渐渐变成他愿意到这儿来的缘由之一。

---

① 指古希腊哲学名著《柏拉图对话录》中的《蒂迈欧篇》。

可是到达此地之后，情况就迥然不同了。那位太太使他着迷，扰乱了他内心世界的宁静，他甚至开始梦见她。他朝另一栋房子的方向散步，尽管不敢太靠近它；他几小时几小时地从窗口眺望着它，虽然心里对使用望远镜来眺望的绝妙办法依然深恶痛绝。他决定要么离开这里，要么就得采取行动，可是他能采取什么行动呢？列殊一家对那位太太讳莫如深，他们的沉默构筑了一个框架，而她的形象在框架里日渐清晰。

会发生的事情用不着下决心去做，它最终总会到来。一天傍晚，艾菲汉到盖兹那边的悬崖上散步，没想到黄昏已过，走错了路，他迷失在悬崖边和沼泽之间的羊肠小道上，不知何去何从。他心里有点发慌，这时遇见了一个人，恰巧是丹尼斯·诺兰，他领艾菲汉回到正确的路上。那里只有一条勉强可走的路，所以他俩一路同行。快到盖兹的时候，遇上一场暴风雨，他就自然被诺兰请到盖兹避雨。诺兰显然不是心甘情愿的。他到来的消息传到汉娜的耳朵里，她立即派人请他过去。

艾菲汉在心里一遍一遍演示过与汉娜相见的情形，现在自然是急不可待，激动万分，神情亢奋。一切准备就绪了。没有哪个宇航员在登上即将发射的火箭时所做的准备，能和艾菲汉爱上汉娜时的准备一样周详。他坠入爱河了。回想当时的相会，情形已经可笑地混成一团，模糊不清了，当时他一定是真的瘫软在地，伏在汉娜的脚边气喘吁吁；然而，事实上他们俩只是就着一杯威士忌，客客气气地闲话家常。一小时以后，他晕乎乎地离开盖兹，在雨中几乎走了一宿。

后来在莱德斯的日子是在争吵不休和误会频繁中度过的。他过得糊里糊涂。他掩饰不住自己的感情。确实，过了不惑之年还会陷入爱河的得意使他兴奋不安，免不了逢人便说。他曾以为聪明的伊丽莎白是他此生的最爱，可是这个精神上备受折磨却默默忍受、不予反抗的古怪美人汉娜在他眼里仿佛是一座危险的城堡，他不由自主地一点一点朝它靠近。他根本不管这会带来什么痛苦，只顾胡言乱语。不难想像，他的确给爱丽丝带来了巨大的痛苦，嫉妒令她伤心欲绝、肝肠寸断；同样不难想像，虽然目前皮普对汉娜的感情艾菲汉尚不清楚，但是艾菲汉胆大妄为的激情无疑令他苦恼焦虑，甚至怒不可遏；这一切也隐隐地使麦克斯难过，他倒不是因为爱丽丝而难过，很早以前他就打消了要艾菲汉娶他女儿的念头，奇怪的是他因为汉娜而难过。麦克斯并没有尝试与另一栋房子来往——艾菲汉头脑清醒过来之后暗自揣度，一定是那位身处囹圄的太太也莫名其妙地占据了老人的想像空间。

艾菲汉在痛苦的煎熬中挨过了两天，然后又去见汉娜。他走到前门敲了敲，有人应门，他独自一人见到了她。他喋喋不休地倾吐着他的爱慕之情。讲完后，汉娜无比惊诧，略微有些不快，但是并没有惊慌失措。他知道自己的行为的确出人意外，不仅仅是让她一个人大吃一惊。她不知道该如何待他才好，一边用眼睛不住地看看四周又看看他，似乎想弄明白他是怎样与这里的情形联系起来的，一边用爱怜的口气说一些含糊不清又沉闷乏味的家常话紧紧包裹住他的激情。这些话显然是在拒人美意。她说，她不会把他的话当真，暗示他并不受欢迎。她笑嘻嘻地叫他离开，可是等他真的动身离去之时，她又突如其来地带着一种绝望和求助的神情握住他的手。于是他又去看望她了，一次又一次，不能自已。他们之间什么事也没有发生。汉娜变得不那么激动了，但是更为友好；不那么狂乱了，但是更为客气。他们越来越熟悉，他也越来越担心会有外力干涉他们的交往，但是实际上，他们并没有遇到干涉。出于某种无法明了的原因，大家容忍了他的拜访。

然而，他们的关系一直没有很紧密，没有亲密过度。在艾菲汉不再担心见不到汉娜时，他又开始为下一步该如何行动而烦恼。他尚不清楚她的真实处境和真实心态，她决意用一种模棱两可的态度对待他。那个常年在外的丈夫开始在他的梦中频繁出现。他把那人想像成一个瞎眼瘸子，带着满腔仇恨。他想知道那天在悬崖顶上到底出了什么事，想把发生在这里的每一件事情的来龙去脉弄得清清楚楚、明明白白，但是他不敢问汉娜。起初，他老是在汉娜耳边唠叨“我带你离开这里吧”，但她一口回绝了他，没有讲明是何缘由，什么都没说。显而易见——这简直不用多说——他不可能成为她的心上人。

整个夏天，艾菲汉都处在烦躁不安中。他迟迟不回去上班，请了特别事假。他同列殊一家口角不断，每次都差点搬到布莱克港的渔家客栈去住，但是没有成行。他整日疯疯癫癫、坐卧不安；不过事后他还是不得不承认——确切地说是向伊丽莎白坦白——他莫名其妙地觉得那种滋味很好。然而，甚至就在那时他也担心有朝一日真的要带汉娜离开此地。最后，他只好无可奈何地回到原来的工作岗位上，把这一切暂时抛到一边，等待以后来解决。汉娜的来信言辞热情，十分友善；而他的回信则字斟句酌，含含糊糊。他想自己的去信可能会受到检查。

圣诞节时他又回来了。不过，这幕戏已经有了固定的形式。汉娜见到他很高兴，列殊一家也是如此，在那里他占有一席之地，他乐意接受那个位置。他时刻准备着与汉娜相爱，成为汉娜的仆人，一有空他就跑到盖兹，大伙都容忍他，他这个人与人无害。的确与人无害，他心想，从一开始，他们——不管是谁——就认定他是这种人，可是他究竟是怎样与人无害呢？当然，到目前为止，他没有做一点儿坏事。他仍然不得不对伊丽莎白——这人对精神恋爱的看法相当尖锐而明智——承认，实际上这种境遇让他觉得其乐无穷。它能成为一个奇妙故事的素材，这一点不容置疑。当他坐在办公室里遥想着汉娜，想着她可能为他而受到囚禁，默默忍受着与世隔绝的痛苦时，一种奇怪的、掺杂着一丝愧疚的喜悦就不由自主地涌上心头。

后来，在考虑自己为什么没有任何行动时，他发现是因为受到了汉娜本人的巨大影响。她多么不可思议地把这一切不幸忍受下来，没有任何反抗，仿佛自己已经被判处死刑，或者已经死去一样。她的求助是无声的、模棱两可的、表面上的，极其罕见。求助的背后仍是投降。到底是怎样的投降、怎样的放弃，他一直摸不着头脑：是向彼特让步，还是向责任、上帝，或者是她疯狂的幻觉让步。他难以分辨这种让步是她所孕育的伟大美德还是可怕的邪恶。它无疑是极为极端的：这是一种——他常常想——不该用幸福或自由这些不堪一击的言词来形容的东西。

列殊一家对他的到来表示由衷的高兴，他们全都原谅了他。麦克斯已经克服了起初那种奇怪的悲伤情绪，如今他似乎怀着不加掩饰的好奇心，乐不可支地看着艾菲汉享受特权，自由出入另一栋房子。爱丽丝也从以往的伤痛中恢复过来，虽然她对整桩事的态度仍有几分生硬，但是艾菲汉认为，当她看到如果他不能成为她的爱人，至少令他神魂颠倒的是一个可遇而不可求的女子时，她不知怎的暗暗有点高兴。爱丽丝从来没有停止对伊丽莎白的担忧。对汉娜的迷恋把他带到了莱德斯，使他至今独身，而皮普到底怎么想还是一个谜：他仍然在那栋房子四周游荡，他的行为中暗含了某种阴险邪恶的意图，这很令艾菲汉不快，有时候他会想，或许皮普因为窥视那位美丽的、被监禁的太太而获得了巨大的满足。不管皮普有何想法，他容忍了艾菲汉的角色，尽管艾菲汉常常在这个昔日很危险的中学生的目光中捕捉到一抹嘲讽的神色。当然，那目光挺温和，而嘲讽也转瞬即逝。

火车开始减速，艾菲汉的心跳越来越快，目的地就要到了，这让他既欢喜又担忧。 毫无疑问他与人无害，毫无疑问一切都还是老样子；然而每过一年，他都感觉朝那个中心迈进了一步，不管那个中心最终会是什么。他把手搁在车厢门上。一层炫目的白茫茫的雾霭像窗帘一般挂在小小的、荒凉的火车站四周。有一个人在接站。亲爱的爱丽丝。可怜的爱丽丝。

# 第九章

“那里新来了一位姑娘，名叫玛丽安·泰勒。”

“哪里？”

“哪里，艾菲[1]。雇她来给汉娜当伙伴。受过相当不错的教育，以前在学校或是别的什么地方教法语。”

“你是怎么知道这些的？拜访过汉娜？你真幸福。”

近两年，爱丽丝偶尔会去见见她的情敌，这令艾菲汉相当欣喜。

“没有。我不敢冒昧前去。现在还不知道她晓不晓得我在这里呢。这是丹尼斯告诉我的。”

爱丽丝还在庇护那个行为不端的丹尼斯，艾菲汉对此深感费解和愤怒。他弄不懂那件事之后，她眼睛里怎么还容得下这只小老鼠。

“噢。汉娜在信中模模糊糊地提到个姑娘，我当她是个女仆呢。很高兴她又多了个女伴。看来你并不称职呀。”

“你明知我不是她的女伴。我纯粹是出于好奇才去看她。我不讨厌她，谁也不会讨厌她，但是我们俩就是合不来。总之，性情有点不同。但是这个姑娘不一样，模样俊俏，人挺不错。你应该见见她，艾菲。我说过会请她过来的。”

听她急切的口吻，艾菲汉心想，爱丽丝嫉妒了。她把所有的女人都视为威胁，认为她们都会追求我。每个女人都追求他的想法令他暗暗得意。“你在哪里见到了这个姑娘？”

“在海滩，她正鼓足勇气准备下海，不过没敢下。”

“明智的孩子！希望你没有再去游泳吧？”

“没有。自从自己长得跟海豚一样，就没再去过了。说到游泳倒提醒了我，昨晚我梦到了你，我们在一起游泳，不光是游泳。我讲的是真话，你别往心里去。”

在别人梦中的生活想必很奇怪。他想知道汉娜有没有梦到过他。他从来没有问过她。

“你比以前丰满了些，不过这样很适合你。”可怜的爱丽丝现在的的确确越来越壮实了：她成了一个体格粗壮，模样有点像狗的穿着花呢衣服的中年妇女。也许是园艺师这份职业导致了她这副样子：两脚站得开开的，弓着腰驼着背。

他们刚刚坐爱丽丝的奥斯丁七型从火车站回来，现在在艾菲汉的卧室里。大行李箱里的东西差点把床铺弄得狼籍一片，他苦恼又怜爱地看着爱丽丝精心摆放在他房间里的一大堆小摆设：壁炉台上的贝壳，瓷的小狗小猫，毫无用处的小坐垫，绣花小垫，精美的茶具中破了边的茶托。尽管缺乏品味，她还是不知疲倦地走访各地的古董店，得意洋洋地满手提着破碎的廉价的小玩意回家。爱丽丝用起钱来小里小气，干家务笨手笨脚，这大概也跟她从事园艺这一行有关。“你把房间整理得真漂亮。那些小野花多美啊，是沼泽里的吗？”

“是的。就是那些古怪的肉食性野花。我想，它们不会把你吃了吧！多希望我们的花园能有些像样的花，可是，整个花园都

---

① 艾菲(Effie)，艾菲汉(Effingharn)的昵称。

被该死的风糟蹋了。我又得从头开始。现在我有时间，真的。”

“时间？”

“我不是告诉过你我辞职不干了吗？”

“为什么？”

“该磨磨刀准备行动了。你知道，这是第七个年头。”

“你居然会信那个——你是说着玩的吧？到底为什么？”

“咳，你晓得，父亲年岁越来越高。再说，他就快把书写完了。”

“他也是在磨刀准备行动吧！”

“等他把书写完时——我想他会骤然间苍老下来。这本书陪伴他这么久了，书写完了，他的一生也好像走到尽头了。”

艾菲汉听了不寒而栗。他从来不知道，没有这部书麦克斯该怎么办？以后的日子到底该怎么打发？

“再怎么样，”爱丽丝接着说，“如今也不能把他一个人孤零零地扔在这儿过冬呀。你尚未领教过这里的冬天吧？噢，你是知道的，可是你待的时间总是很短。当然，女仆们都棒极了，但是不能指望她们负什么责任。现在好了，我和皮普都在这儿……”

“皮普？”

“是的，他也辞职不干了。我不是告诉过你了吗？他刚刚出了一本诗集，我还以为你已经翻过了。现在他打算在诗歌方面花两年工夫，自认为能够写出点与众不同的东西来。”

“我知道了，你们三个人都待在这里。言下之意就是要发生什么事情。”艾菲汉的确看见过一篇关于那些诗作的好评，不过，他没有费时去读那些玩意儿。他早就心中有数，它们只能是一些无病呻吟之作。

一个俊俏的红发女仆在门口探了探头。莱德斯的女仆都是红头发，她们属于众多分布在沿海一带的饱受天灾蹂躏的诺曼底人中的“一小部分”。

“哦，凯丽，亲爱的，进来吧，”爱丽丝说，“凯丽是来给你生火的。你会需要它的，如今的傍晚已经变得这么冷了。到我的屋里来吧，看看风景。”

“你好，凯丽。”艾菲汉说。他握了握她的手，看见她羞得满脸绯红，凯丽相当喜欢他。所有的女仆都很迷人。丹尼斯·诺兰在他的脑海里一闪而过。离开房间的时候，他看了看那一盆肉食性野花，心想，它们看上去好恶心。

艾菲汉的房间对着大海。从爱丽丝的房间里可以看到山谷对面的盖兹堡。一看到这座域堡，艾菲汉就不由自主地沉浸到这个神秘而真实的地方里。在他的想像中，它气度恢宏，而每回亲眼见到时，那暗淡衰弱的形象总让他感到有些吃惊。过了一会儿，一个身影吸引住他的目光，他看见皮普·列殊在下面的露台上，猎犬泰基在他的脚边，皮普举着望远镜瞄准了对面的房子。艾菲汉眉头一蹙，抽身退回。

“皮普太浪漫了。”爱丽丝说道。看到艾菲汉生气了，她想替皮普申辩一下。

“汉娜让我们大家都浪漫起来了。”他不想伤害爱丽丝，妥协似的笑了笑。

“希望我能让你浪漫起来，艾菲。好了，别惊慌失措的，我不会旧话重提。”

艾菲汉打量了一下她短短的、笔直的、上了粉的鼻子，短短的、下垂的上嘴唇和短短的、往后梳理的金发。脸颊上的肉更多了。她不再是个漂亮的姑娘，但无疑仍是一位俊美的引人注目的中年妇女，她生来就是他人的支柱。可惜的是，她一直没有结婚。在他的目光下，她强悍的脸渐渐柔和起来，容光焕发。他为她的脆弱而害臊。“你脸红了，爱丽丝！”他身子朝前倾了倾。

“不，艾菲。在火车站时，我就应该告诉你。我得了重感冒。”

该死，艾菲汉想，现在我可能染上她的感冒了，跟爱丽丝一样。他不想带着感冒出现在汉娜面前，不想把感冒传染给汉娜，不想看到汉娜得感冒。他吻了吻爱丽丝的嘴唇。

她又用以前那种急切的、困惑的眼神盯着他，然后笑了，神情有点像她的兄弟。“你真体贴。我们下楼看看父亲吧。”

艾菲汉转身时看见床上好像有堆白色的东西，随后看出那儿堆满了贝壳。爱丽丝收集了大量的本地贝壳，艾菲汉时不时也贡献一些。“你把所有的贝壳都拿出来了。它们看上去真奇怪，像个用贝壳做的女孩。我记得曾经看过一个故事，里面有个鲜花做的女孩，但是想不起来还有贝壳做的女孩。这倒是一个崭新的魔术。”

“给你施点魔力！我送你一些。”她挑了一把小贝壳，倒进他的口袋里。他们走下楼去。

露台外面，金毛猎犬朝艾菲汉直冲过来，爪子趴在他的背心上，然后，它用背滚在地上，咧着毛茸茸的嘴，晃动着两只爪子。艾菲汉费了一些时候来应对它的热情。“你好，泰基。你好，皮普。”

“‘主啊，你带着祝福，注视着我们又一次在此相聚。’你好，艾菲。”

爱丽丝越来越肥胖，皮普却似乎越来越苗条、单薄了。他现在是一个纤弱的小伙子，行将谢顶的脑袋上长着一些柔软如丝的头发。湿润的嘴巴老是在动，整洁的面孔简直是爱丽丝的缩影。他狭长的蓝灰色的眼睛在碰到觉得可笑的东西时会不停地眨着。他似乎是一座防范森严的堡垒。

“要不要瞧上一眼？”

“不，谢谢。”到如今，皮普当然知道对自己那个荒唐的独特品味艾菲汉会有何感想，“去看一看麦克斯，回头见。”

他最后瞥了一眼皮普的小脑袋，在他的脑袋后面，盖兹已经笼罩在阴影之中，下面的山边是红彤彤的晚樱，上面是黑乎乎的沼泽边界。

“我就不往前走了。”爱丽丝说。像个领着他去见上级的女牧师，她在门槛边驻足不前。在他与她父亲的关系上，她的态度总是有点莫名其妙的体贴，令他感动不已。

麦克斯的书房面朝内陆，可以看见石子地上被啃食过的草地、矮小的灌木和远处斯加伦黄褐色的隆起，但看不见沼泽。

艾菲汉走到门边。他内心涌起一股痛苦而沉重的紧迫感，一种猛然间警醒过来，又回到自身的情感。他毕竟是尊重麦克斯对终极事物的关怀的。从某种意义上来说，麦克斯为他而活，为他过另一种方式的生活。麦克斯已经在此地贮藏了如此多的优点，而且，每次回来，不管艾菲汉的信仰如何动摇，他发现麦克斯的优点都永远新鲜而且不容置疑。想到自己刚才突如其来的惶恐，他笑了。知道麦克斯的魅力一如既往，他还是很欣慰的。他轻轻地敲了敲门。

他等了等。不一会儿，就听到一个很久以前都熟悉的声音，一种与众不同的音色。从里面传来的是深沉、沙哑的吟诵声，他推开了门。

屋里烟雾弥漫，窗帘半掩着，麦克斯背对着门坐在昏暗中，没有招呼他。他正以独特的嗓子，用素歌[①]的韵律，吟唱着一首埃斯库罗斯的合唱曲。

艾菲汉在他的背后坐下。他的手指摸着口袋里爱丽丝送给他的尖锐的贝壳碎片，这想必是他在途中因紧张过度而弄碎的。他听出了最后几句熟悉的诗行。

> 宙斯，引领凡人走上智慧之路。他制定了这条有效的法则：智慧自苦难中来。回想起从前的灾难，痛苦会在梦寐中，一滴一滴滴在心上。甚至一个顽固的人也会从此小心谨慎。[②]

---

① 一种不分小节的无伴奏宗教歌曲。

② 引自古希腊悲剧诗人埃斯库罗斯的《阿伽门农》中的进场歌。

# 第十章

“我从来没见过周围有这么多野兔，”爱丽丝说，“看上去它们好像都发疯了。”

“这是它们倒霉的一个月份。”艾菲汉说，“最近在钓鱼吗？”他有点不知道自己在说些什么。这是次日的早晨，他步行去看汉娜。爱丽丝说要跟他一块去，他听了满肚子恼火，恨不得杀了她。

“很少去，”爱丽丝说，“钓鲑鱼还凑和吧，钓茴鱼就为时过早了，必须等到夏天的圣马丁节。”

兔子的确不少，在沼泽地下面葱绿的山边蹦蹦跳跳。艾菲汉和爱丽丝走过内陆一条经过村庄上头的羊肠小道，越过稍高处的小溪。小溪从黑暗的沼泽地里流淌下来，分成好几道小小的瀑布。一对嘤嘤做声的小虫盘旋在他们头顶上晴朗的天空。

山边洪水留下的痕迹依旧可见。那条宽阔的黑色沼泽地带和四处散落的石头，表明此处曾遭受洪水袭击。如今这无辜的溪流蜿蜒流淌在沼泽带中，水黑如泥，往低处下落时突然变亮了。他们踩着一块块闪亮的圆石越过小溪。艾菲汉不经意地拉了她一把。

每次回来初见汉娜时，他心里都特别忐忑不安。汉娜不在眼前，他对他俩的关系倒是泰然自若。只有当他重新走近真实的、活生生的汉娜的时候，他才意识到汉娜在他心目中的形象有多少是他想像和虚构出来的。在他看来，汉娜以一种难以言表的、甜蜜的方式爱着他，甚至深深迷恋着他。这一点当她不在眼前时是不言而喻的；而当她在眼前，就必须经受严峻的考验方可变为现实。尽管后来艾菲汉发现即便汉娜在眼前，幻想和现实的结合也十分愉悦自然，可是，性和爱毕竟更多地属于想像，只有初次邂逅才是惊心动魄的。

他会发现情况已经有所改变，这样的可能性总是有的。毕竟，如此奇怪的情形不会一直持续下去。难道会吗？他并不真的把汉娜想像成一颗越变越小直至毁灭的星星。在汉娜身上，他没有发现什么不断增长的狂热，相反，他看到她个人意志的消失，这使他心烦意乱。他并不期望汉娜会突然感情崩溃或突然向他求救。当然，要是她真这样了，他肯定会设法满足她，可是，不会的，他想，她是永远不会向他求救的。即便如此，这种情形也必须得到改变。但是，谁来改变呢？谁先开始改变呢？因为，一旦情形发生变化，那么原先被奇怪地织进这块沉寂的挂毯中的人物就会不可预料地跃入生活。艾菲汉记起爱丽丝说过的“磨磨刀准备行动”的话。想到行动会导致怎样惨痛的结局时，他浑身一颤。当然，他不信“七年”这个传说。可是，对一个人来说，七年仍是一段漫长的岁月，比如说彼特·克里恩-史密斯。他又颤抖了一下。

“喂，泰基！”小狗向爱丽丝猛扑过来，两只泥爪把爱丽丝的裙子弄得脏兮兮的，而后，狗绕着她跑来跑去：“皮普一定就在近处。他一大清早就出去打猎了。”

远处山那边传来一声喊叫，溪流尽头，有个人影正在从石头上下来。斯加伦巨大的隆起在溪边沿着草坡裂成一块块黄色的断岩。皮普越走越近，笨重的短枪夹在胳膊底下，很明显，他还打了些别的东西，原来是一圈雉鸡。艾菲汉颇为不悦。这个地方目所能及之处都属于汉娜。在艾菲汉看来，皮普随随便便的盗猎是卑劣粗暴的行径，配不上他那种潜在的高贵身份。

爱丽丝揣摩到艾菲汉的心思，说道："皮普，你说过到海岸边去打北极雁的嘛！"

"起得不够早，"他朝艾菲汉咧嘴一笑，"前去致敬，嗯，艾菲？"

艾菲汉一声不吭。他强忍住心中的狂躁，有一阵子差点儿要气昏过去。他永远都没法理解皮普。在皮普满心喜悦地转向姐姐，和她说起在斯加伦看到的一些乌鸦时，艾菲汉打量着这个小伙子。尽管有点秃顶，他看上去还是十分年轻。长脖子、小脑袋从肮脏褴褛的衬衫里露出来，脸颊在阳光下显得很红润，光滑得像姑娘的脸。他讲话的时候时不时地朝艾菲汉投以调侃的眼光，脸还抽搐着。那支枪靠在他的大腿边，与他十分般配。艾菲汉很害怕火器，这支枪让他害怕也让他着迷。皮普属于另一个与他迥然不同的种族。那会儿，他不再把这个男孩看成一个荒谬麻木的青年，而是一个消瘦的、微笑着的远古时代的阿波罗，不可理喻且杀气腾腾。

死去的雉鸡在滴答滴答地滴着血，艾菲汉晃动了一下身子，正准备开口说他要继续往前走，这时他越过皮普的肩膀，注意到沼泽下面的山边有一幕景象越来越清晰。一个男子和一个姑娘从盖兹那边的小路走来。不一会儿，他认出那个男子是丹尼斯·诺兰。

皮普和爱丽丝停止了闲聊。"同丹尼斯在一起的是泰勒小姐，”爱丽丝说，“我想我最好叫她过来吃午饭或什么的，是这样。”

皮普向他们打招呼：“早上好，丹尼斯！”

“早上好，先生。”

皮普似乎对丹尼斯颇具好感。就在艾菲汉想着“要是哪个男人曾对我的姐姐欲行不轨”时，他注意上了那个姑娘。

说她俏丽并不准确，但是她有一张强壮的令人感兴趣的脸，一只长长的像狗一样的鼻子，一对小小的生动的褐色眼睛和一张紧闭着的咄咄逼人的嘴。她神态自若地、严肃沉着地看着艾菲汉。

爱丽丝说：“库柏先生。我的弟弟。泰勒小姐。”

“你好。”

“这个地方对你来讲很新鲜吧？”艾菲汉问道。

“是的。我都快被它威慑住了。没有料想到这般独特的景色，得过一段时间才能适应过来。壮观是壮观，但并不漂亮，对吧？”她的声音悦耳纯正。

看到她有点想讨他喜欢的样子，艾菲汉兴致来了。他又说了几句客套话，接着爱丽丝凑了进来。寒暄完毕，因为泰勒小姐的腼腆可笑和小心谨慎，他完全把她视为同类：聪明的姑娘，一个小伊丽莎白。

在溪流那头搜寻的泰基发现了站在他们三人旁边的丹尼斯，便像着了魔，兴奋地汪汪叫着直冲向他，声音令人窒息。它在他四周摇摇摆摆，用力甩着尾巴。气氛顿时热闹起来。

“泰基崇拜丹尼斯，”爱丽丝说，“它永远忘不了他。还是小狗仔的时候是丹尼斯训练它的，当时，丹尼斯同我们在一起。”

很快，丹尼斯就同泰基搅在一块。他坐在草地上，让狗爬到他身上舔他的脸。艾菲汉觉得这种亲热不堪入目。他朝两个女人扫了一眼，看见她们俩都饶有兴致地注视着这一情景，表情温和。他不满地咳嗽了一声。“我得往前走了。”

“去盖兹吗？”泰勒小姐问，“我想克里恩-史密斯太太正在等你。”她看艾菲汉的时候，掩饰不住好奇的神情。

艾菲汉当下有些不自在。这个姑娘并非等闲之辈，与她打交道得动点脑筋，但他不想把这个讨人喜欢的年轻姑娘视为敌人。他冲她笑了笑，她也笑了笑。

皮普先前一直在对丹尼斯讲泰基的英勇事迹，现在也加入了他们的谈话。“我就是从这儿掉转回头的。我五点钟就来了。很高兴见到你，泰勒小姐。不知你愿意到莱德斯来看我们吗？”

“十分荣幸。”

“是的，我们得合计合计。”爱丽丝含含糊糊地说。

泰勒小姐定定地看着皮普的羽毛光亮的战利品。“可怜的鸟儿！”

“你是素食者吗？”爱丽丝问道。

艾菲汉赶忙看了那姑娘一眼。爱丽丝言语中的敌意没有逃过她的耳朵，很快他就明白她知道原因所在。一定有人给她讲过可怜的爱丽丝的情况。他既生自己老朋友的气又着急地想保护她。

泰勒小姐的脸有些红，微笑道：“不，的确不是！我不会身体力行。城里人都给宠坏了，我敢保证要我亲手杀生的话，我就会是个素食者。”

“大家早上好。”

这个响亮的声音从艾菲汉身后响起，惊得他跳了起来。大家全都转过身来。

吉拉尔德·司各托和杰姆西·伊夫克里奇从山谷低处走上来，径直走近这一小伙神情专注的人，溪流声淹没了他们的脚步。

“早上好。”他们应道。爱丽丝态度生硬，艾菲汉彬彬有礼，皮普眉飞色舞，丹尼斯满不在乎，泰勒小姐带着某种隐约可见的情绪。艾菲汉捕捉到她的情绪，迅速瞥了一眼司各托。随后他发现杰姆西冲着泰勒小姐直眨眼睛。毫无疑问，她所知道的有关爱丽丝的情况就是从他那里泄露出来的。艾菲汉对杰姆西厌恶极了，气愤难当。

司各托和杰姆西两人也身携短枪，两对毛绒绒的褐色耳朵从杰姆西的狩猎袋中伸出来。有两只疯狂的野兔再也不能蹿来蹿去了。

“哦，”司各托说，“很高兴能见到大家在一起。我们并不总是这么幸运。我想库柏先生是来看我们的吧？太好了！你知道我们都很想念你。你把我们都抛到脑后去了。列殊先生，早上过得不错吧？我看见你打中了克里恩-史密斯太太的两只乖鸟儿。”

皮普笑了。他转向丹尼斯，丹尼斯像接到预先安排好的暗号似的，站在他前面。他把雉鸡递给丹尼斯，然后不慌不忙地朝莱德斯方向走去。这个小插曲来得十分自然，像精心彩排过的仪式，或是芭蕾舞剧中的一幕。

司各托哭笑不得地看着他的背影。“哎，列殊小姐，希望我没有冒犯你的弟弟。我只是说笑罢了，请一定告诉他。”

“我得赶路了。”艾菲汉再次说道。那些枪让他很不安。这次会面好像影射着一场真刀真枪、血流满地的真正的战斗。

丹尼斯已经提着雉鸡往盖兹走去。泰勒小姐显然犹豫不决。

司各托欢快地说："好了，我和杰姆西还得继续我们的杀戮。看得出泰勒小姐根本不好此道——但她不会拒绝罐煲兔肉的，我保证！走吧，杰姆西。"

这个高大魁梧的男人和那略显单薄的男孩继续上山，开始穿越小溪，蓝色的天空映衬着他俩携枪的身影。另外三人开始动身前往盖兹。

这个小插曲和一种心照不宣的感觉顿时让他们三人不约而同地缄默不语了。艾菲汉走在两个女人中间。泰勒小姐瞟了一下她的同伴，然后皱着眉头往前看。艾菲汉从眼角捕捉到她紧皱着的眉头，心想，这个纯洁无瑕的年轻女人的确是这里的新事物，可以想见她会是一个活泼的新事物。这么自然而然地认为她纯洁无瑕让他窘迫不安。那么，是不是其余的人都是邪恶堕落的了？

为了不让自己七想八想，艾菲汉开始问泰勒小姐来盖兹之前的工作，在学校教书的情况，以及待在巴黎的时光。他坦然自若地与她交谈，就像她是他的一个年轻学生，他自己又变成了大学老师。他感觉到她对他的态度越来越自然，那种戒备的忸怩情绪已消失殆尽。爱丽丝安静得出奇。他们走到盖兹的大门口。

"我听说列殊先生是位研究希腊文的学者，"泰勒小姐说，她不想把爱丽丝一个人干晾在一边。"多希望我能懂希腊文。我想法自学了点德文，但是，从来不敢去碰希腊文。"

"我教你希腊文吧。"艾菲汉说道。

爱丽丝身子稍稍挪了一下，仰起头。上帝，艾菲汉想，看我有多蠢。说出去的话如同泼出去的水。泰勒小姐满脸绯红。她朝爱丽丝看去，爱丽丝把脸扭开；她又朝艾菲汉看了看，霎时间，两人交换了好多信息。噢，艾菲汉想，我真是愚不可及。“我是说，如果你愿意的话，”他赶紧说，想让气氛缓和下来，“也许，我可以给你上几节入门的课。”

泰勒小姐说：“你真好。我看看有没有空，好吗？”

她反应真快，艾菲汉心想。

“泰基去哪儿了？”爱丽丝问，“它没有跟皮普回去。我还认为它同我们在一起呢。”

“那只狗吗？”泰勒小姐回答，“它刚刚跟丹尼斯走了。”

“噢，该死！”爱丽丝叫着，“这下我得进去牵它走了。只要跟着丹尼斯，它就不会乖乖地自己回去。”

“要我去牵吗？”泰勒小姐问。

“不，不用。它不会跟你回来的。我们加快步伐朝前走，好吗？让艾菲一个人在后面想入非非。他不需要我们。”爱丽丝抓住姑娘的手，催着她往前走。

艾菲汉看着她们从身边走开。汉娜的形象如同一个巨大的宁静的金色塑像一般浮现在面前，前景是那两个小小的脚步匆匆的人影。

# 第十一章

他张开双臂把她拥进怀里。这时艾菲汉感觉幸福极了，简直无法想像自己以前怎么能够离她而去，准确地说，他无法想像自己过去竟然能够离开她，转去追寻那种漫无边际、虚无缥缈的天国至福。她是他唯一的、伟大的不死鸟，他的真理，他的家园和他的神话[①]。她唤起了他心中汹涌澎湃的爱，使得他对她无比谦卑，充满了战战兢兢的感激之情。

“老天，艾菲，我多想你呀。你回来了我真幸福。”

“我离你而去，你一定在暗暗骂我，没有好好照顾你。”

“行了。你把我照顾得够好的了。不要，不要坐到地上去。过来亲亲我，艾菲。”

他牵着她走到沙发边，两人手拉手地坐下。艾菲汉环顾了一下房间。令人舒心的是一切如故：威士忌酒瓶，乱七八糟的纸堆，昏暗的炉火，银苇草和比以前更脆弱的干缎花。他的目光又回到汉娜身上。

“你好吗？没什么糟糕的事吧？没什么不能在信中说的事吧？”

“没有，我很好。一切如故。”

“不是一切。来了个姑娘，泰勒小姐。”

“噢，是的，玛丽安，但这是件好事。我告诉过你，不是吗？她在这儿让我喜出望外。每天清早一觉醒来，我就知道有个可心人在身旁，那就是她。”

“现在还有我！我嫉妒了。”

“现在还有你，亲爱的。喝点威士忌，艾菲汉，给我也倒一些。我只想坐下，感受感受见到你的喜悦。”

艾菲汉走过去倒酒。汉娜说的关于那姑娘的话很令他感动，但是，她能被允许留用那姑娘多久呢？那姑娘到底会在这个小小的僻静的疯人院里待上多长时间呢？不言而喻，汉娜见到他很高兴，但是，他不是很快就要回去，下个月的这个时候不是已经坐在一家高级饭馆里，听伊丽莎白海阔天空地笑话那遥远的公主[②]了吗？

他开始倒威士忌，那种独特牌子的酒的香气扑鼻而来，让他感到既亲切又不安，有种窒息的感觉。头脑里模模糊糊的一幕幕感情经历神秘地聚集在一起，恍若一个梦，突然栩栩如生地呈现在眼前，几乎让他透不过气来。他倒好了酒。一切如故。可是，他在这里干什么呢？究竟为什么要听任自己到这个梦魇一般的地方来呢？

他回到汉娜跟前，她仰面望着他。金红色的头发从头顶平平地梳到脑后，露出宽阔而苍白的额头。在他眼里，她一年更比一年漂亮，当然，不会一年比一年更年轻。她的额头上留着某种烙印，苦难的烙印，可惜他读不懂。那双恬静得出奇的金褐色眸子关切地打量着他。有时，他觉得她在他面前表现出来的安静，酷似心理医生诊断病人时那种夸张的平静。不过，难道她不是病

① “神话”一词原文是希腊语。

② “遥远的公主”原文是法语。

人？他们俩究竟谁的心理有问题？他一只手按住脑袋。

“艾菲，看样子你累了。是不是——”

“别这样，汉娜——”他跪倒在沙发边，双手笨拙地抓着她的裙子。她身穿一条墨绿色的亚麻短裙。他的手扶在她的膝盖上。“别这样——”

“别怎样？怎么了，艾菲汉？你在这儿，我也在。什么都跟往常一模一样……”

“问题就在这里。我在这儿，你也在，都跟往常一模一样，但是不应该如此的。”

“为什么不呢？真的，给我倒点威士忌吧，我渴极了，你这么疯疯癫癫，我能不需要酒嘛！”

他尴尬地从地上爬起来，理好领带，递了一杯威士忌给她。她盘腿坐着，像个小女孩似的，矜持拘谨，朝他仰起宽宽的、严肃的脸蛋。她拍了拍坐垫，请他坐下。突然间这就像是一个聚会。艾菲汉仍然情绪激昂：整个事件一定要弄个水落石出。

“汉娜，我们不能再这样下去。不知为什么，全都乱套了。你说是不是？”

她的脸板了起来，但她的表情并非冷若冰霜，看起来她像一只盘旋着守望猎物的鸟。“这么说你宁愿不再来了？”

“不是。不是那个意思，”艾菲汉说，“我的意思是我们必须做点什么，我和你，做点什么，即使只是一起睡觉。”

“嘘。如果你真的以为，继续我们这种奇怪的残缺的爱已经毫无意义——为什么你不能这么认为呢？那么，你晓得，我很难过。你也晓得，不来看我会更好一些，我受得了，艾菲汉。这样一来你心上的石头也卸下了。我知道你在替我担心。希望我能阻止你。”

“你想错了。”艾菲汉绝望地说。他把她的手合在手心里，急切地祈求说，“我爱你，汉娜。我要你，决不是闹着玩的，但是还有更重要的。我感觉我们需要做些什么，什么都行，只要能打破这个符咒。因为它是个符咒，一个施在我们身上的符咒，所以，我们大家全都在睡梦中走来走去。这是一个恶劣的、病态的符咒。如果无休止地沉默下去，我们只会杀死某些东西——”

“或许是的。”她抽回手，然后抓住他的手，轻轻抚摸着他的手指关节。“也许我们是在以某种方式杀死一些无权存活的东西。别担心，我知道别人的苦难总是比自己的更沉重，别人的病痛常常比自己的厉害。因为别人的苦难都是想像出来的；对自己的苦难，人们知道它的方式和极限。艾菲，你真的不想甩甩手一走了之？我想像得出这种状况会令你多么反感。在这里你得实话实说。说吧，艾菲汉，说出心里话。”

他几乎受不住她恬静的命令的口气。他想看到的是她的眼泪，想听到的是她的哭泣，想要的是她对他疯狂的需要。他语无伦次地、结结巴巴地说了几句话，然后闭上嘴巴。在这里他必须保持冷静，像面对敌人一样。

“瞧，”他说，“我不想走，你知道的。我终究还是想做点合情合理的事情。我想把你从这儿带走，带你回到寻常生活中去。汉娜，让我带你走吧。”他来的时候，没打算说这话。难道是她用什么方法促使他说出来的？

“别太大声，艾菲。很抱歉，给你添麻烦了。我知道，这是一个大麻烦，同时还知道，在你眼里，这一切不知怎的都不合情理，不健康。你是那些意料之外的，一些不允许我拥有的东西，我常想，应当一开始就打发你走。换到现在，我想我会打发你走的，根本不会让这样的故事萌芽。”

“老天，你不会现在就把我赶出去吧！”艾菲汉嚷道。

“不会。嘘！你的嗓门真大。当然不会，如果你确实想维持我俩的关系。但是，这很不容易，艾菲汉，很不容易。都怪我一开始没有想办法让你知难而退。”

“我不明白，”艾菲汉悲哀地说，“刚才我只是提出带你走。你会走吗？我指的是，你愿意走吗？”

“不，怎么会呢？马上你就会为你的提议后悔，现在你就已经在后悔了。我们根本没法过那种生活，没法拥有那种爱。我们已经被生活抛弃了，至少我是的。我做的事情不同寻常——也许，本应该让你也来做，否则就该让你离我远远的。”

“我不知道你在做什么，”艾菲汉说，“但是我确信无疑我做不了，再说，我也不清楚你应当不应当做。”

她笑了起来。“给自己倒点酒吧，亲爱的。你知道我讨厌独自一个人喝酒。我说让你也来做，当然不是指同一件事，不可能的，但是，我应当在某些方面让你更加痛苦。”

“更加？”

“是的。你在痛苦，是的，但是我只不过是你的一个故事，我们之间的关系一直都是浪漫的，不现实。”

艾菲汉盯着那只还在敏感地、专横地爱抚着他的长有雀斑的手。他感觉受到了深深的伤害和指责，心里赶紧安慰自己：啊，要是她知道我的痛苦是多么微乎其微的话！他说：“或许，我早应该努力去做我力所能及的事，就是说拯救你，用一种直截了当的方式帮助你，要么不管你，随你的便。可是，我爱你，你知道对于我来说这不仅仅是个故事。”

“怪我好了。我禁不住要你以一种不直截了当的方式帮我，同时又没有给你任何提示。我让你想入非非。当然，我也还是浪漫的。你就是我浪漫的产物。”

“好了，别改变我了。到如今再叫我不要用直截了当的方式帮你，难道不会为时已晚了吗？我以为，不管怎么样，可以试试，对你的爱足以让我去尝试一番。”

“刚刚我吓着你了。”

“不，没有。汉娜，对我更坦白些吧。告诉我你的过去，告诉我你对这里的奇怪的事情的真正想法。让我亲眼看看你在做什么。那样的话，也许我能与你在一起，实际上，在内心世界——”

“啊，在我的内心世界中没人能够与我在一起，没人看得见我的内心世界。你说的是另一个幻想，一个更为危险的幻想。现在我们俩倒真的像在互相试探，很抱歉。”突然间她有些惊恐地说道。

“吓到你了，”他说，“你知道，我还是原来的艾菲，与人无害的艾菲。实际上我很容易被控制。我只是希望能多懂点你的心思。我想说……你是不是以为……这一切……即将结束……然而怎样结束呢？”

“瞧，这么说简直不可理喻，我只管得过且过，头脑里几乎没有时间意识了。”

他盯着她那双大大的金色眸子。她陌生极了，在他眼里，她时不时地像个有魔法的通神灵的人。他最爱的恰恰就是她身上这种古里古怪的、捉摸不定的气质，这种从普通人身上看不到的气质。带她走的想法突然间变得十分粗鲁莽撞，叫人无法忍受。

“这就像——原谅我打这么简单的比方——必须同一个无药可救的病人一起经受种种磨难吗？你觉得——”

她脸上泛起笑容，好像他的比方的确简单。她把腿伸直，站了起来。“哦，我整天浑浑噩噩，已经没有感觉了，只关心一些眼前的事——如晚饭吃什么，丹尼斯的鱼，等等。过去的许多事情让我害怕又愧疚——但现在不会了。”

“那么，为什么你不放下心上的包袱呢？”艾菲汉问，“为什么不暗暗振作起精神，悄悄地离开这里呢？不一定要跟我，只要离开就是。”

她已经挪到窗前，立在灰尘弥漫的阳光下。她吃惊地回头看着他。“可是究竟为什么走呢？我属于这里，完全属于这里。如今再到别的什么地方去可不是件简单的事，它会让我变得面目全非。”

艾菲汉也站了起来。“我是个笨头笨脑的学生，”他说，“但是，我还是领会了一点你的话。你想叫我不要东想西想，不切实际。你想要我……放弃投降，和你一起……怎么说呢，和你一起，静静等死。我可以试试看，我不是个傻瓜，我知道在哪里会有安慰……”

“在梦中？是的。我没有预想到我们会有这样的谈话，艾菲。也许这并没有什么不好，看来，也许到了以不同方式对待对方的时候了，听上去似乎不甚愉快，但结果会更好。少胡思乱想一些，如果我们做得到的话。”

“哦，上帝。”艾菲汉叫道。他听得稀里糊涂，人傻傻的，好像死亡的过程已经开始。

“看，爱丽丝在这里。”汉娜说。

艾菲汉也走到窗前，与她站在一起。爱丽丝使劲拽着泰基的链子，走过露台，丹尼斯急匆匆地跟在后面。吉拉尔德·司各托和杰姆西肩负着猎物在车道上大踏步地走着。维丽特·伊夫克里奇挎着大篮子，随身带着一个黑人女仆，消失在厨房菜园子那边。远处是莱德斯，黑黝黝的悬崖峭壁，郁郁葱葱的岛屿和起了风的大海。靠近地平线的地方泊着若干渔船和一艘蒸汽船。一架银色的飞机从高空向机场俯冲。艾菲汉惊愕地望着这一切。外面的生活，平平静静的生活，美妙自由的生活正在大踏步地前行。可是，在这房间里面，他刚刚信誓旦旦地说了什么？

# 第十二章

“她还好吗？”麦克斯把棋盘推到一旁问。夜已深了。麦克斯和艾菲汉在麦克斯的书房里已经坐了一会儿，两人一边喝威士忌一边下棋。同汉娜在一起时，离开汉娜之后，还有吃晚饭的时候，艾菲汉都在喝酒，已经喝了不少，感觉疲惫不堪。每回刚到这里，麦克斯都会问这个问题，不知怎的，麦克斯的询问总叫他提心吊胆，觉得自己受到严格的审查，而答复却又很不合格。这让他想起以前的辅导课，回忆起一种既难受又欢喜的心情，那时他第一次明白对麦克斯只能给予最佳、最准确、最深思熟虑和最真实的答案。麦克斯使他真正地初窥门径。打那以后，他一直没有从惊诧中完全恢复过来。

麦克斯在一张大红木饭桌上工作，他腾出一个地方放棋盘，书和纸堆得高高的，摇摇欲坠，到了夜里就会悄然坍塌下来，或者滑落在地。大桌子那边的房间尽头，炉子里的泥炭快烧完了，发着微光，昏昏沉沉的。在两人之间，一盏高高的油灯梨黄色的光照着他们。烟雾袅袅地经过油灯，升入书塔之上的黑暗中。书桌尽头有什么苍白的模糊不清的东西，原来是永远摆放着的列殊太太的照片。艾菲汉警觉起来，小心谨慎地选择措辞：“说不准。看上去与往常一样，很平静，她说没有发生任何特别的事。不过，我们之间有了一场简短而奇怪的谈话。”

“奇怪？怎么会？要白兰地吗？”麦克斯拿着酒瓶，身子前倾，硕大的脑袋对着艾菲汉。一圈齐整的银灰色头发把麦克斯光洁的秃顶与他皱巴巴的脖子和脸分开，给人的感觉像是戴了一顶样式奇特的帽子，因此，他初看起来神情有点像东方人，就像那种在厚厚的帘子里或者东方的店铺和寺庙里，不停地吟唱或颂经的老人家的子孙。然而，那张仔细修饰过的脸因长年待在屋里而苍白如羊皮纸，像戴了一个温文尔雅的、思想深邃的学者的面具，只有那些熟识他的人才能从面具中看出别的内容。年岁越大，他的大鼻子就越厚越粗，露出一簇浓密的黑毛，嘴巴扁平湿润，蓝色的眼睛依然清澈，寒光闪闪。那双手仍然很大，毛茸茸的，手指又粗又宽，像爪子一般。艾菲汉在读大学的时候，每次看到那双手，心里就莫名其妙地感到恐慌。麦克斯虽然块头大、身板宽，但是关节炎和长年的伏案读书使他有点弯腰驼背。如今，他几乎足不出户了。

“我想，她在向我祈求什么。”

“你想？你没把握？”

“不，有把握，但我不大清楚她实际上在祈求些什么，也许‘命令’这个词比‘祈求’更准确。我当时很情绪化，就说想带她走。我本没打算说，可鬼使神差地话就溜出口了。她含含糊糊地说不行；接着就责备我对她的想法都太浪漫了，说我本应该走进她的内心世界里，多考虑一点她在这种境遇中的心理；然后又说我当然不能真的进入她的内心世界，那样想也太危险了。接着，我说还不算太晚，我可以试试看。我问她心里究竟想些什么。她讲了一些不再会感到愧疚、不再有感觉之类的话。我说我会尽力少浪漫些，多现实点。再后来，我们转移了话题，谈别的东西去了。”

"嗯。这些我也都想到了。"

艾菲汉有点应付了事，胡乱地讲了这通话，听到麦克斯的回答，他迅速抬起头，不知该如何理解：这是不是某种责备？但是麦克斯好像已经陷入沉思中，目光落在远处他妻子的照片上。

"你知道有时候，"麦克斯接着说，声音变得粗哑而抑扬顿挫，"有时候，特别是在冬天，这一切在我看来都那么微妙而细致，任何行动都太粗鲁，当然我的行动也不例外。似乎正因为如此，我一直无所作为。"

"是这么回事吗？"

"我不知道。当然，这情形让大家着迷，也让我着迷，但是从某种意义上说，我对她心存恐惧。"

"害怕她需要你？"

"害怕她会妨碍我的工作。"

"是的。你一门心思都在工作上。"艾菲汉说。突然间，他感到浑身不自在。屋子里的静默以某种气息威胁着他。他接着说，"你的心思都花在工作上了。书快写完了吧？"

"快了。比爱丽丝知道的还要快。她认为书写完了，我的生命便会油尽灯枯。"

"你不会的。"艾菲汉说。随后，一个念头闪进他的脑海，让他感到无可名状的难过。"啊……等书写完了，你就会去看她……"

麦克斯没有回答。沉默了一会儿，说道："希望我能多知道一些。"

"我也是。"艾菲汉应道。他抬起手往上挥，驱开烟雾。他觉得郁闷窒息，因为备感威胁而忧心忡忡。他想找个办法缓和谈话的语调，扰乱麦克斯沉闷的奇想。"比方说，我想多了解一点吉拉尔德·司各托。”他拿定主意要向皮普打听他。

“冬天里，我更真实，”麦克斯轻声说，“那时我能思考。我当然想过她。简单的反应就是正确的反应，这一点看起来是显而易见的。譬如，爱丽丝的反应。”

“什么是爱丽丝的反应？”艾菲汉有点不高兴地问。他这会儿后悔把汉娜的话讲给老人听了。

“爱丽丝只是觉得震惊，认为应该采取行动。要是她没有给你说过这些，毫无疑问她自有道理。”

艾菲汉哼了一声。他知道麦克斯老早以前就打消了要他娶爱丽丝的念头。他不清楚爱丽丝有没有同他讲过，便说道：“当然令人震惊。我今天到那个地方就像到了警察局。从那儿出来的人会好好感受自由的社会。”

“自由的社会？无聊的自由！自由可以是政治上的价值，但不是道德上的价值。真理是的，但自由不是。就像幸福一样，自由是个不堪一击的观念。从道德上说，我们都是囚犯，但是拯救我们的良药不叫自由。”

全都是囚犯，艾菲汉心想。是说你自己吧，老头？你本人就是一个囚犯，书的囚犯，年纪的囚犯，疾病的囚犯。蓦地，他想到麦克斯从对面房子的景象中，从另外一个囚徒和自己形象的畸形映照中，以一种奇怪的方式获得了安慰。

“怎么说呢，我确实在想，”艾菲汉说，“我干吗不能有更简单的反应呢？我猜这部分是出于对她承受这事的方式的敬畏；部分是因为——坦白说吧——我觉得这一切不知怎的很美。但是这是愚蠢的浪漫主义的想法。这一点她倒是说对了。”

“不尽然，”麦克斯说，“柏拉图告诉我们在所有属于精神世界的物体中，美是最显而易见的。我们只能模模糊糊地看到智慧，但是我们可以清楚地看到美，不管是谁，用不着训练就会爱上美。因为美是精神物质，它需要崇拜，而并不唤起欲望。这就是精神恋爱的真谛。汉娜是美丽的，她的故事如你所说‘不知怎的很美’。当然，除非有其他美德、其他价值，不然这种崇拜会变成堕落。”

麦克斯对弗洛伊德的所有观点都不屑一顾，这是艾菲汉喜欢上他的原因之一。他说：“我不知道自己有没有那些其他美德。我想最好还是努力去培养！我觉得，如果我能够摸清情况，知道是什么理由促使她这么做，至少我能以某种方式参与进去，同她一起放弃，或做别的，而不再……津津有味地旁观。刚才你说，这一切你也都想到了，言下之意是不是我不应该再津津有味地旁观了？”

“那是最重要的。从某种意义上说，我们都不由自主地把她当成替罪羊。在某一点上，她就是想成为一只替罪羊，而且承认这是对她的褒奖。在我们的头脑里她是我们的苦难的意义的化身，可是，我们又必须把她看成一个活生生的凡人，于是我们也得承受苦难。”

“我想我不大明白，”艾菲汉说，“我知道，我们不应该把她看成传说中的动物，美丽的独角兽……”

“独角兽也是耶稣的形象，但是我们讲的只是一个普通的罪人。”

“你真的把她看成一个在赎罪的人？”

“我不是基督徒，说她有罪只是说她跟我们一样。如果她的确不感到愧疚，那对她自己最好。愧疚会囚禁自我。我们不应该忘记确实有一种罪恶存在。到如今，究竟是谁的过错可能已经不重要了。”

“我以为重要，”艾菲汉说，“但是我不认为她有罪在身，就算她果真把那个恶棍推下了悬崖。我恨不得能够亲手把他推下去。有时，想到她可能——为他——承受这一切，我就生气。”

“为什么？”麦克斯问，“人家与她的关系可不同一般，十分特殊。”

“因为他是她的丈夫，那不错！”

“我不是指这个。因为他是她的刽子手。”

“不同一般？你是指他是她有权力原谅的人？”

“原谅这个词太不够分量。不妨回忆一下希腊人亲身体验过的埃特[1]理念。埃特变成了把痛苦从一个人身上几乎自动地转到另一个人身上的代名词。权力就是埃特的化身。任何权力下都有受害者，他们之间会互相感染。为了把苦难延续下去，他们用权力对别人施加影响。这就是邪恶，全能的上帝的原始形态是一种渎神行为。善并不完全等同于没有权力。因为完全没有权力，彻头彻尾的受害者可能具有另一种权力。但是善是非权力性的，当一个纯粹的受害者只想默默忍受，而不想把伤痛传播给他人时，埃特的怒气最终就在善中平息了。”

“你认为汉娜就是那样的人吗？”

麦克斯沉默了半晌，然后一边掐灭烟头一边说道：“我不知道。”过了一会儿又说，“可能我也在为自己那种被你称之为浪漫的东西而痛苦。有关她的事实真相可能是另一回事，也许她只是

① 希腊女神，被视为惩罚或复仇女神。

一个妖妇，一个女巫喀耳刻[1]，一个精神上的珀涅罗珀[2]，不停地迷惑、奴役她的追求者。”

“我不喜欢珀涅罗珀这个形象。我可不愿意彼特·克里恩-史密斯回来用箭射穿我。你说纯粹的受害者不会传播苦难，又说人们应该与她一起受苦。”

“没错，但是她不能是苦难的根源。倘若苦难被净化了，那么它就是合情合理的。除非这种情况。”

“你指的是出于同情的那种。是的。如果我们不得不费这么多的心思，也许最终她是不是邪恶的女妖已无关宏旨了，说不定她已经把我们变成圣人了！不过实际上，我可不会陷入这样的精神冒险故事中。我只是想了解她。她身上显现出一种怪异的与众不同的宁静。今天她说过她对一切都麻木不仁了，这是不行的，女人是为爱、为感情而生的，她必须有感情，必须有爱。从某种意义上说，她爱我。我只不过希望她能正正常常地爱我，给我普普通通的爱罢了。”

“她给不起普普通通的爱，”麦克斯说，“我想这些年来，她应当明白这一点。在那种情形下，倘若她让步给普通的爱，就会迷失自我。她唯一能去爱的就是上帝。”

“上帝，”艾菲汉说，“上帝！”他又问，“你信上帝吗，麦克斯？”这个问题好像一直挂在他的嘴边似的。

麦克斯又停了 一会儿，然后以同样的声调回答道：“我不清楚，艾菲汉。”油灯在阴暗寂静的屋子里吱吱作响，烟雾静静地

---

① 希腊神话中能将人变成牲畜的女巫。

② 奥德修斯的忠实妻子，丈夫远征离家后拒绝了无数的求婚者，二十年后终于等到丈夫的归来。

向上袅袅升腾。他补充说，“当然，我绝对不会像一般人那样信上帝。 我不信那个老暴君、老怪物。不过——”

“我怀疑你是个伪柏拉图主义者。”

“连伪柏拉图主义者都不是，艾菲汉。我信善，你也一样。”

“那可是另一回事，”艾菲汉说，“善不善要看你如何选择和如何行动……”

“这样说就很粗略了，亲爱的艾菲汉。我们的所见决定我们的所选。善是遥远的灯火，是我们无法想像的欲望的对象。我们那堕落的本性只知道它的名字和它的完美。这是存在主义者和语言哲学家的粗俗观点，他们老是把善仅仅看成个人的选择。善是无法定论的，不是因为善是我们自由的一个目的，而是因为我们不知善为何物。”

“听上去像某种神秘的宗教。”

“所有的宗教都是神秘的。上帝存在的唯一证据就是本体论论证，那是一种神秘之物。只有宗教信徒能够暗暗地信奉上帝。”

“我总认为本体论论证基于完全错误的逻辑推理。我知道，无论如何我也不会信奉上帝的。”

“‘对真正的善的渴望和拥有是同一回事。’”

“因为我渴望有上帝就有上帝？鬼才会信呢。”

麦克斯笑着说：“我可以在《斐德罗篇》[①]中找到帮助。你记得在书的最后，苏格拉底对斐德罗说，词不可能在位置变化之后保持词义不变。真实是某个特定的说话人与某个特定的听众的

---

① 指古希腊哲学名著《柏拉图对话录》中的《斐德罗篇》。

交流。”

“我真该受责备！我记起那段话了，但是那是对神秘宗教的解释，对吗？”

“不全是，它也适用于能够从中发现真相的任何一种场合。”

“你认为汉娜……渴望真正的善？”

麦克斯静默了好久好久，艾菲汉差点就要打瞌睡了，他才说：“我不清楚，我想你也不能告诉我。这可能是为了满足我自己的某种需要。我一生都想做一次精神旅行，没想到人都快要入土了，还没有出发。”他语气突然激烈起来，麻利地抽出一根烟点着，咔嗒咔嗒地把烟灰缸推到桌子的另一边，动作很到位。他又说，“也许汉娜就是我的试验品！关于道德我有一套一套的理论知识，但是实际上我什么也没有做。所以我对《斐德罗篇》的解释根本就不诚实，我也不知道真实究竟为何物。我知道的仅仅是一点皮毛罢了。”

“是吗？”艾菲汉说，他的确困极了。“你对她的看法也许是对的。她身上是有一种与众不同的宗教上的东西，有种十分独特的安静……”

“被猫捉到的老鼠就十分安静！”爱丽丝在身后尖声说道。他俩都没有注意到她是怎么进来的。

她走到桌子边，把茶盘砰的一声放到他们两个人中间。“茶来了。我发现了艾菲从法国带回的马鞭草。希望味道不错，放了很长时间了。”

# 第十三章

亲爱的艾菲：

赶快回来吧，你不在，办公室跟地狱一样。你在的时候——很有趣，我是刚刚想到的，可能跟你是个出色的头头有关——好像整天无所事事（请恕属下无礼），可是你一走，整个地方就躁动不安，松松垮垮，仿佛我们突然间不知道为什么早上到这儿来，坐在桌子前搬弄这些文件。没有你似乎一切都很不自在；或许等你回来一看，我们大家全都走光了，办公室空无一人，只有电话在空荡荡的屋子里响个不停。我告诉你的一切，当然你会知道是指我的内心感受，尽管你人不在这儿，恐怕还是有许多事其他部门的人只会对你本人说的。你的收文盘花花绿绿的，跟画一样。可怜的甜心。

盖兹堡那位孤独的太太情况好吗？奇怪的是我对她越来越关心了。前天晚上我梦见了她。要不要我给她写封信，开头就说，"亲爱的，你和我都清楚，可怜的艾菲汉的确很怕女人"？行了，行了，到此为止！到此为止！但是我衷心祝愿她万事如意，希望你同她一起开开心心，心无杂念，希望她看到你高兴时，自己也高兴。我对你的冒险充满兴趣，毕恭毕敬，如果其中露出些微幸灾乐祸，我想你不会这么狠心，连这点小小的快意都不给我吧？我只是遗憾，以前怎么就没看出你的与众不同之处。

艺术和心理分析赋予生活以形态和意义，因此我们崇尚它们，但是现实中的生活既没有形态也没有意义，这就是我此时此刻的感受。我羡慕你能够追求纯洁无瑕的浪漫。左思右想了四年之后，我用极高的代价替自己赢得了这个自由，而你虽然生来不见得有自由，却拥有仅次于自由的宝贝，拥有了用无穷无尽的小小发现来使自己快乐的能力。看了我的信请别发火！尽快回来，否则鲁本斯的画展就结束了。没有你库柏在身边，每天午饭时间我都去看。你还能想到哪个品味更糟的伟人吗？尽快回来[①]。

千万别企图带走你的公主，艾菲汉。虽然童话故事从来没有告诉过我们什么，但是结局总是证明那样做大错特错。给你我一如既往的爱。一往情深的

伊丽莎白

看完伊丽莎白的信，艾菲汉把它匆匆塞回信封。他心里大为恼火，为什么聪明的女子总是这么傻里傻气？他遇见的聪明女子总有点敏感、神经质，傻乎乎的。伊丽莎白在许多方面都可以表现得落落大方，可是一旦接触到跟感情有关的话题，就会突然变得尖酸犀利。他多讨厌那种自以为是的刻薄口气啊。

思绪不知不觉飞到泰勒小姐身上。明天下午他要给她上第一堂自己不得已才答应下来的希腊文课。要是能够不上，他会高兴得不得了，他暗自猜想泰勒小姐也会很乖觉地忘掉有课要上；只

① 原文是法语。

有爱丽丝会一味坚持。她执意让自己受尽可能多的罪，用责备的目光盯牢艾菲汉，说这个可爱的计划当然不能落空，他们两人都会很开心的，不是吗？不聪明的女子也会是傻里傻气的。也许全世界的女子都是傻傻的。当然汉娜除外，可是，他发现自己内心深处隐隐约约地、不由自主地认为汉娜算不上一个完全意义上的女人，哎，他并非真的这样想，汉娜当然是女人。想到伊丽莎白讲他害怕女人，他心里就愤愤不平。可怜的伊丽莎白经过那长达四年的苦思冥想之后，再也无法真正恢复她的常识了。

他朝窗外望去，皮普·列殊拿着渔具，肩上挂着雨靴，往山上走去。下午的这个时候周围死气沉沉。麦克斯一向讨厌下午，他给艾菲汉引述了一首奥克曼[①]关于睡眠的诗之后就回房休息去了，艾菲汉以前老是以为诗里描绘的是夜晚。这会儿他嘴里念念有词，想像着它描写的是一段不祥的、着了魔的午休时光，天气十分炎热，但是仍能感觉得出是南方的天气。山峰、深谷、树木、蜜蜂以及阔翼鸟全在酣睡着：就像睡美人城堡周围的动物一样。不用说，爱丽丝也在睡觉，那些美丽的红发女仆都在各自的房间里睡觉。凯丽的形象在他的脑海里一闪而过。房子静悄悄地矗立在静悄悄的大海边。只有皮普特立独行，跟往常一样唱反调，头脑清醒，装着满脑子好玩的主意。看见他离开房子，艾菲汉马上变得坐立不安，想尾随着他，阻拦他。从午饭的谈话中他知道皮普是去魔鬼堤道上面钓鲑鱼。最后他还是决定跟过去，问问他那些在房子里难以启齿的问题。再说皮普总是闪烁其词，爱挖苦别人，也到了该让这个躁动不安的家伙受窘，受束缚，或者再怎么

---

① 奥克曼（Alcman），公元前七世纪的希腊诗人。

说也是受盘问的时候了。

那天早晨，艾菲汉醒来的时候感觉很不舒服，他将原因一半归结为喝酒过多，另一半归结为麦克斯前一天晚上说话的腔调。麦克斯与汉娜直接联系的些微可能都会令他心里隐隐作痛，但是他至今不知道是什么缘由在作怪。老人对他的故事表现得很有兴趣，这让他很开心，很愉悦，但是他的开心愉悦的前提是他是个知情人，那种事也纯粹是个故事。他有一种奇怪的想法，认为麦克斯和汉娜以某种方式相互接触，但他对此并不介意，甚至感觉津津有味，只要他们的接触以他为媒介就行了。但是，他不愿意麦克斯自己注意到这种情景。或许他不该鼓动起老人的好奇心，或许根本不该同麦克斯谈起汉娜。那些谈话都太过深邃，属于麦克斯书里的世界；艾菲汉感觉心里发毛，很是担心，他可不愿意汉娜卷进那个世界。因此艾菲汉今天特别想剥开事情的外衣，一睹里面简单而原始的层面，所以跟踪并盘问皮普在他看来也就像是一项侦破工作了。

不用说，艾菲汉曾经探过皮普的口气，虽然一开始的时候他没有费这份心思。起初，他以为皮普享有某种特权，这种微妙的心理促使他在皮普面前一再沉默。但是时光荏苒，悄悄地将他们的关系改变了。渐渐地，艾菲汉把皮普看成是局外人和往日的事物，当他注意到皮普像窥淫者偷窥别人隐私一样观察整个情形时，便逐渐对他反感起来。后来，他曾尝试用种种办法询问他：有时机敏乖觉，有时拐弯抹角，有时连哄带骗，有时聪明机智，可全都白费力气。皮普显然很高兴能牵着他的鼻子走，暗示他自己会吐露真相，将他的胃口吊起来，结果却什么也不说。他既生自己的气又生皮普的气，终于他开窍了，原来是自己流露出的明显的优越感使对方保持缄默。他本应该一开头就问的，那时他还当皮普是个值得尊敬的人，而皮普本身处境也极惨，正需要帮助。可是时光仍旧在静静地影响着剧中人的关系，他觉得如今它又一次把人物的关系改变了。他到了更高的境界，获得了更大的威望，第一次感觉自己完全可以用命令的口吻叫皮普说话。

皮普下到溪流里，艾菲汉看到他的时候他已经累得气喘吁吁，上气不接下气。猎物跑了很久之后，他才开着麦克斯停在下面海堤上的汉柏车出发。然后他沿着溪边陡峭的满是落叶的山沟往上爬，溪水变成一道道狭窄的、响声震耳欲聋的瀑布，飞落到幽暗的弯曲的裂缝里。他走过许多石灰石台阶和柱子，起初以为那是十八世纪时期某个愚蠢的建筑遗址，后来他看出来是大自然的手艺。他来到一块石南沼泽地，溪水在这儿从一片一片草丛中流过，淌进光滑的水池里，清澈晴朗的天空倒映在水里，变成金属一样的蓝色。皮普就在那片蓝色中。

皮普站在一个水池里，溪水到他雨靴的一半高，他把钓线投进明亮而光滑的水面。艾菲汉对钓鱼一窍不通，站在一旁看了一会儿，知道皮普发现了他。跳跃不停的钓线继续在垂钓者脑袋上面卷起或放开，像是中规中矩地将鱼饵轻柔地投入波澜不兴的水里。

皮普断定已经让艾菲汉等得够久了，才敏捷地收起钓线，将钓竿头插进雨靴，然后一步一步蹚着表面光滑但水流湍急的溪水慢腾腾地往岸边走来。“你好，艾菲。有点不对劲，是吧？怎么还像个老头一样直喘粗气呢？学钓鱼吗？”

“不，谢谢。不想学，只是想同你聊聊，皮普。”看过那个池子里形单影只的人——他是那么专心致志，动作也很潇洒，艾菲汉已经明白了，叫一个本来在津津有味享受自己的癖好，却被打断了的疯子帮忙是愚蠢可笑的。

“乐意奉陪，艾菲。带火柴了吗？我带了烟嘴和烟叶，但是没带火柴。你真是上帝的使者。”

皮普似乎很善解人意，没有生气，可是他一贯如此。艾菲汉时不时会想，皮普与他打招呼时有好心情，是看到他有点不合时宜的外表而强忍不笑的结果。

艾菲汉顿时表情严肃起来。他掏出火柴，看见皮普噘着嘴，叼着烟管，得意洋洋地睁大眼睛，艾菲汉给他点烟的时候他还用眼角偷窥着。现在已是傍晚时分，一阵微风吹来，将烟雾吹过池子，皮普光洁的脑袋四周剩余的头发被吹得乱成一团。

“钓着鱼了吗？”

“没有，不过我有信心。这回我用的是一种新的鱼饵。你瞧。爱丽丝说用干鱼饵钓不到沼泽里的鱼，其实可以。”衔着烟管，皮普拿起一个闪闪发光的金红色杂着蓝色的小东西，它被缠绕成一个相当复杂的结。

“这些玩意与我以前见过的鱼饵根本不一样，”艾菲汉说，“它们的翅膀在什么地方？”

“用不着翅膀。告诉你，鲑鱼看不见翅膀。再说我只把它投到鲑鱼刚刚看得见的地方。”

“它是用什么材料做成的？”

“人造丝和人的头发。”

艾菲汉盯着这个金红色的东西，突然莫名其妙地颤栗了一下。“谁的？”

“凯丽的。感谢那些女仆。还有泰基，只是我发现它的毛稍稍重了点。”

“泰基没跟你在一起？”艾菲汉还在为那些头发心慌意乱。

“没有。鲑鱼会把它当成水獭！”

“你在钓鲑鱼？那些鱼会来吗？”

“问这个呀，时下只有鲑鱼游来。九月是钓鲑鱼的最好时机。不是说这里其他鱼不多，比如说，梭子鱼吧，刚刚我还看到一条很大的。那片湖里过去有一条大家伙，就是你知道的造成洪水泛滥的那个小湖里。丹尼斯说他有一次看到一条长达五英尺的梭子鱼，我相信确有其事。很了不起的鱼，可是也很吓人。大个的通常是雌鱼，它们常常把配偶吃掉，哈哈！”

“哈哈。”艾菲汉也笑出声来。他觉得已经说够了鱼。“听我说，皮普，我们坐下来，好吗？趁你抽烟的时候，有许多事情我想要你给我说说，我想我应该知道的。我等得够久了。很抱歉跟你到这里来，但是出于某种原因我们没法在莱德斯谈。这你心里明白。”

“是吗？”皮普问道，“啊，这里够空阔、够清静了。”

他们在一块石头上坐了下来。艾菲汉马上感觉到，从某种意义上来说这里太过空阔、太过清静了一点。一只云雀正遨游在辽阔而高远的天空中，他们置身其下就太渺小、太微不足道了，无法做真正的密谈。一只苍鹭飞过池子，它慢悠悠展翅的样子在水中倒映了一会儿，然后它飞到远处停下，立在那儿一动不动，注意着溪流上游的动静。有只水鼠将鼻子露出水面，利索地洗了个澡，搅乱了水面的平静，而后就消失在岸边。一只河乌鸟如一个焦躁的幽灵一般从一块石头飞到另一块石头。伊丽莎白会说这个景象像一幅意大利画家卡尔帕乔[①]的画。

“吉拉尔德·司各托，是什么样的人？”

皮普望着池子，嘴里衔着烟管，尖声吹了一下口哨。“它们往上游了一点找晚饭吃，瞧。”水面上隐隐泛着微波。

“快点，皮普，”艾菲汉说，“我理应知道的。”

“我不清楚你理应知道什么，艾菲，”皮普回答，“但是你把我当成知情人士就过奖了。我只懂得一些皮毛，跟你一样。”他又开始折腾那些鱼饵。

“该死的谎话大王，不是吗？”艾菲汉说道。他简直不知道该如何同皮普说话：彬彬有礼、轻松活泼、粗鲁强硬、拐弯抹角，他已经使尽了浑身解数。

皮普笑了。他说道：“我得再甩一两竿。直觉告诉我那边有些肚子饿了的鱼。你待在这儿，一动都不能动。”

他小心翼翼地走进水里，等到靴子边上的水面恢复平静之后才开始甩竿。在越来越矇眬而柔和的天色下，池水光滑平静，略显暗淡，池子中央的水是灰蓝色的，靠岸则像棕色的麦芽酒。池子尽头，鹅卵石海滩四周的海水泛着一小圈白色泡沫，远处的那只苍鹭依然像块石头一样地站立着。皮普手中长长的钓线卷着，像一根短柄长鞭在静静地、慢慢地移动，在他的头后面呈舒缓的涡卷线式图案，似乎朝前垂直入水之前要稍事停顿。金光闪闪的、小小的、诱人的鱼饵在眼前一闪便跃入新近泛起的微波中。皮普扭动一下身子，敏捷地将隐入水中不见的钓线扬到空中。他

---

① 卡尔帕乔(Carpaccio，1450—1525)，意大利文艺复兴早期威尼斯画派叙事体画家，代表作为组画《圣徒乌尔苏拉传》。

将钓线一遍一遍地投进水里。艾菲汉心不在焉地看着，不一会儿思绪就飞到汉娜身上。

幽雅而有节奏的钓鱼动作突然中止，皮普趔趔趄趄地迈进较深的水里。艾菲汉聚精会神地看着。钓线嘶嘶地在水中迅速滑行，被钩住的鲑鱼朝对岸仓皇逃窜。皮普张开双脚站在湍急的棕色水池中央，任钓线猛跑，他握紧钓竿，小心谨慎地把线收回来。鲑鱼感觉到强大的拉力，便改变方向朝溪流下方逃跑。艾菲汉走到水边，皮普在浅水洼里湿滑的石头上踉踉跄跄地一点一点往后退，紧接着就追着鲑鱼朝另一个池子方向急走，弄得水花四溅。他一面将钓线又放开，一面嘴里骂骂咧咧，怪艾菲汉挡了他的路。

鲑鱼窜进窄道，当一道银光在石头间奔流的水里飞闪时，它的身影闪现了一下。皮普高高举着钓竿，走在越来越深的水里。绷紧的钓线在一块石头上摩擦得吱嘎作响，滑过石头后向前冲了一会儿便停在下一个池子的深水中央。艾菲汉在一块湿漉漉的石头上滑了一跤，弄湿了一只脚，只好回头捡了一条陆地上的小路，更为体面地在柔软的草地上绕道而行。等到他再一次走到皮普身边，人鱼大战已经差不多结束了。皮普站在深深的水中把线卷起来。绷紧的线变得很短了，他身子前倾，几乎带着温柔的眼神看着牺牲品。鱼被越扯越近，蜷曲着亮闪闪的身子吊在空中，皮普慢慢后退，伸手把绑在背上的鱼网一把扯下，用手夹在双腿间旋开，再迅速把鱼装到网里。而后他得意洋洋地大叫一声，噼噼啪啪地踏着水往岸边走。“三磅重的大家伙，艾菲！你给我带来了好运！”

艾菲汉又同情又厌恶地看着这尾挣扎不休的大鱼。可怜的鱼还活着。皮普捉住鱼头，把它拎出网，从钓钩上卸下，艾菲汉还没来得及将头转开，他就把拇指塞进鱼嘴，然后手一使劲折断鱼的背脊，把鱼杀死。多么迅速的死亡，多么令人心惊胆战的惨剧。艾菲汉坐到石头上，感觉不大舒服。

皮普身上及腰的地方几乎都湿透了，尽是泥巴。他容光焕发、得意洋洋，湿淋淋的头发像上了漆一样光洁地贴在圆圆的小脑袋上。他开始脱雨靴，露出湿漉漉地裹在腿上的深色棉布裤子，看上去酷似一个细长的棕色水怪。“行了，今天我的好运到此为止了。”他蹲在美丽的死鲑鱼边，鱼躺在他们两人之间的草地上闪闪发光。他抚摸着它。“你想要我告诉你什么呢，艾菲？”

艾菲汉佝偻着背站在鱼边，满脸忧伤地凝视着它，听到这话猛地直起身子。皮普半蹲着，得意洋洋的神情已经不见了，取而代之的是轻佻、紧张、嘲讽的表情。他身后的天空渐渐变成金黄色。“所有的情况，粗粗地讲一下。”艾菲汉应道。他顿时警觉起来，小心应付着皮普多变的脾气。“不过先讲讲司各托吧，我一直不大明白司各托怎么到这里来的。或许你可以告诉我。”

皮普往后一坐，滑到草地上，一只手撑在那条死鱼的身子上。他的视线从艾菲汉转到池子，经过刚才的暴力，池子已经恢复了平静和光滑。鲑鱼又在往上浮。“汉娜从来没有提过吉拉尔德？”

“没有，我从来没问。”

“你真的很可爱，艾菲。不知道我为什么不愿同你讲起这个？哦，理由一大堆。你愿意的话我给你讲讲吉拉尔德吧。这没什么坏处。你知道吉拉尔德的怪癖吗？”

“同性恋。我知道的。我想我曾想过吉拉尔德无论是什么样的人，都不足为奇。”艾菲汉慢吞吞地应道，可是他还是没想到那一层。出于对汉娜的一种奇怪的尊重，他对吉拉尔德从没有任何清晰的想法。

“吉拉尔德是当地人，这你知道。他和彼特年龄相仿，孩提时就很要好，当时彼特的父亲，就是汉娜母亲的哥哥，常常到盖兹打猎。年纪稍大之后，吉拉尔德离开家乡，受了点教育，学了一口新腔调。是不是彼特的主意我就不得而知了，有可能是。总之，彼特新婚不久，吉拉尔德就回到故里，彼特把他安顿在自己领地的一间小屋里，随便给了他一份工作。”

皮普稍停片刻，仍然望着池子。天空越发呈现出金黄色，映照着他背朝大海的脸。此时他面色凝重、严肃，似乎对自己的话语所引起的强烈情感感到惊诧。他接着说下去，声音轻柔，好像在自言自语。

“我想吉拉尔德和彼特两人一定非常要好，如果这种情感是因为天生就该存在的话；要不就是互相迷恋。你知道，彼特也是个同性恋。不知道过去为什么我对他颇多褒扬，毫无疑问，那是凭空想像的。彼特是同性恋，尽管他也追女人。实际上，到处追女人。这是汉娜最不能容忍的事。”他又沉默不语了，眼睛若有所思地睁得老大。

“不管怎样，彼特的婚姻并没有使彼特与吉拉尔德的关系中断，虽然他瞒着汉娜。彼特当时对吉拉尔德的态度算是一种性奴役。我想一定有更动听的名字。吉拉尔德是他的人，他的手下和奴仆。我记得，他怂恿汉娜和其他所有的人视他为下等人，甚至可以对他动粗。当然了，这都是游戏的一部分。他们两个人都玩得兴趣盎然。后来几乎不约而同地出了两件事。我爱上了汉娜，彼特爱上了一个叫桑狄·沙皮若的美国男孩。”

“我听过那个名字，”艾菲汉说，“他是个画家，对不对？住在纽约。彼特现在还——”

“我不知道，”皮普回答，“反正，彼特为那个可爱的男孩简直发了疯，吉拉尔德嫉妒得发狂。吉拉尔德在汉娜面前总是一副奴颜婢膝相，你知道这是游戏的一部分。后来，当汉娜和我——吉拉尔德对我们帮助不少。”

“吉拉尔德帮助你和汉娜？出于嫉妒吗？但是怎么个……帮法？”

“自然而然地，汉娜让他知道了内幕。她已经习惯了，你知道，把他当作仆人来看待。汉娜也有点封建意识，完全视他为家奴，几乎会当着他的面脱衣服。噢，还有，他很管用，送信、安排约会……到最后把我们出卖给彼特。”

“老天，”艾菲汉叫起来，“难怪我百思不得其解——对不起……”

“不懂我们怎么会这么蠢，以致双双当场被捉？是的，是吉拉尔德的功劳。”

皮普又沉默了，似乎故事已经讲完。他悠闲地坐在草地上，拉起一只湿漉漉的裤腿，按摩着腿肚子。此时夕阳西下，天空红彤彤一片，幽暗的池子周围的景色色彩鲜明，绿莹莹、黄橙橙的。

艾菲汉倾着身子，几乎带着哀求的眼神。他必须想法儿让皮普说下去。符咒不该就此打破。他轻声哄诱，问道：“那么后来呢，后来呢？”

“是吉拉尔德的功劳。啊，后来，啊，上帝——反正……”他又不说了，好像故事的结尾就是这样。一会儿之后，他急急地说：“你问，后来呢。哦，后来彼特气得不得了，发了疯一样。”

“彼特真的爱她吗？”这个问题折腾了艾菲汉好几年。

“哦，是的。这有什么好怀疑的？”皮普突然间恢复了他以往嘻嘻哈哈的腔调，似乎这一点并不重要。

艾菲汉心想，我已经快要知道底细了。他又是敬佩、又是羡慕地低头注视着皮普。这个男孩知道平常世界里的纯真的汉娜。

皮普接着口气又严肃起来。“那是他的谜，也是她的谜。彼特是这么想的。反正他的表现就像一个吃了醋的丈夫，就像吃了醋的男人一样。”

“吉拉尔德呢？”

“我不知道他们之间出了什么事，但是彼特离家之后，他让吉拉尔德掌管大权。”

“做她的看守。这么说这就是对吉拉尔德的惩罚——成为彼特的太监，可是为什么他能忍受得了呢？”

“吉拉尔德？噢，理由一大堆，”皮普说，他的手不耐烦地、轻轻地拔着地上稀疏的草，把它们撒落到鲑鱼湿湿的鱼鳞上。“干什么想得那么复杂？吉拉尔德没钱。彼特一定给了他一大笔钱，哦，一大笔，一大笔，作为他的报酬。”

“可是吉拉尔德实际上也被关在这里……”

“你这不懂世事的傻瓜，你不会以为吉拉尔德待在盖兹动不了吧？他大部分时间是在那儿，但都是在他上下飞机之间。从这儿开车到机场两个小时都不用——从那里他可以飞到世界各地。我听说过吉拉尔德在罗马，在巴黎，在丹吉尔，在马拉喀什……”

“在纽约？”

“啊，那又是一个未解的谜……”

“但是彼特会回到……她和吉拉尔德的身边吗？他会让吉拉尔德自由吗？七年之后会还给吉拉尔德自由吗？他们之间还有什么事未了吗？”

“我不知道，”皮普回答，“我快冷死了。”说着他从地上爬起来，浑身颤抖不已。

“想来想去，”艾菲汉说，“不管吉拉尔德得到什么好处，但是除非他和彼特之间存在未了的事，不然他怎么会待在这里？”

“我不知道，我不知道。我们要赶不及吃晚饭了。”

暗绿的天空正一点一点将夕阳迫进大海。“下面有车。什么才会结束这一切，皮普？”

“他死了，或者她精神崩溃。或者，或者，或者。我不知道。”他投了一块小石头到池子里，这会儿它已经跟沼泽一样黑蒙蒙的了。“晚安，鱼儿。”

# 第十四章

“我们——我和你该怎么帮克里恩-史密斯太太？”

艾菲汉并没料想到她会开口问这个问题。要么他想过？如果这个他猝不及防地遭遇到的问题是关键的话，那么从他见到这个聪明的长鼻子姑娘起，难道就没有想到她会说到这一步吗？当然，他心里老是有几分不安，对这姑娘有所期盼：期盼一种颇为愉悦的感情，既包含着对这个姑娘明明白白的兴趣，又掺杂了想多了解她的愿望。

希腊文课进展顺利。爱丽丝自然坚持煮好咖啡，备好饼干，把他们安排在客厅里一张特别笔直的桌子边。无疑，玛丽安是个讨人喜欢、聪明伶俐的学生。她以前就接触过艾博特和曼斯菲尔德的作品，如今已学会了字母，掌握了第一、第二词形变化中的屈折变化，并且发现“to loose”这个动词短语频频出现。他们颇为高明地开玩笑说，学希腊文从学“I loose”开始，而拉丁语从“I love”开始。艾菲汉教了她一些简单的句子，他教得一丝不苟、有板有眼，对此两个人都很喜欢。他们的关系顿时融洽起来，艾菲汉情不自禁地怀念起当老师的岁月。教学工作中有些东西极为纯洁。身边有个刻苦活跃又好学的学生，他感到很高兴。与一个迷人的姑娘一块读书，何乐而不为呢？一个多小时转瞬即逝了。

现在中午刚过。玛丽安过来吃午饭，她与麦克斯处得挺好。

爱丽丝表现得风趣而友好，皮普诙谐机智却心事重重。此刻，他们坐在客厅的一扇大窗户下面。外面露台上除了昏昏欲睡、无所事事的泰基之外空荡荡的，阳光时有时无，因此对面的盖兹忽而处在幽暗的阴影中，忽而又回到明晃晃的山边。许多金羊毛似的薄云从海面上的天空聚拢而来，然后朝黑泥沼泽飞驰而去。天气变幻无常。空中飘着雨丝。

艾菲汉迅速地环顾一下四周，看看门有没有关好。他相当严肃地说："我不大明白你到底要说什么，泰勒小姐。"

"不，你明白。原谅我说话直来直去。当然，我知道所有的情况，一直想找人谈谈。显然，必须采取行动，相对激烈的行动——我们不能再听之任之了。"

艾菲汉一言不发，板着面孔盯着她，心里颇为吃惊。然后他说："你刚来这儿，况且——"

"我是刚来这儿的，所以还保留着一些理智，而其余的人似乎完全被愚化了。"

艾菲汉合上书。他得小心敏捷地应对这个刚烈果断的年轻姑娘。他不得不同样地强硬起来。虽然颇为吃惊，他还是精神一振，却依旧板着脸。"行了。我知道你了解大概的情况，我不会叫你把话闷在心里。干吗要那么做？你想说什么？"

"想说我们必须拯救她。"

艾菲汉摊开双手，陈旧不堪的家具散发出一股无助的气息，飘向他这边。他以前待在莱德斯的痕迹在这间屋子里依旧可见。外面的天空越来越暗。这些地方他以前都来过。他说："刚开头的时候这么想，一点都不奇怪。但是，相信我，泰勒小姐，情况没这么简单。克里恩-史密斯太太并不想——用你的话来说——被拯救。她现在的状况很好，我猜比你所知道的要好得多，再说，我们必须尊重她的选择。”

“乱说。”泰勒小姐应道。

艾菲汉一阵激动，觉得很痛快。他不清楚自己这么激动是不是纯粹因为受到了一个聪明俊俏、脸长得像雕塑家米歇诺佐[①]手下的天使的姑娘的反驳，还是因为某种原因，他将不得不用崭新的、不寻常的眼光来看待那位被囚禁的太太，并且为此高兴。昨天听完皮普的话之后，他做了一宿的噩梦，今早见汉娜的时候既痛苦又兴奋。

“瞧，”他说，“有些东西外人很难理解的。它脆弱又奇怪，就像那些爱丽丝从沙滩上捡回的奇形怪状的贝壳一样。暴力和笨拙的干涉都于事无补。汉娜心里搁着那档子事生活了这么久，现在已能与它相安无事。她的生活是她自己的事，不管我们认为它多么奇怪和痛苦，都无权不顾她的意愿改变它。有许多情况我们并不了解，汉娜的和其他的。我们甚至不能够遥想行动的后果。见鬼，我们必须尊重她，让她决定自己的活法！容不得争论、催促或劝说。我们可以做些事让她知道我们在乎她，但是不能行动。好了，泰勒小姐，你得明白这一点。我们今天的课就到此为止，好吗？其实，今天的课早就结束了。我建议下一次——”

“抱歉，”泰勒小姐说，“请叫我玛丽安吧。这些我也都想到过。我当初的想法跟你一模一样，但是理由还是不够充分。你说你不知道行动的后果，可是你同样不知道不行动的后果，所以不行动就等于行动。”

---

① 米歇诺佐（Michelozzo，1396—1472），意大利建筑师和雕塑家。

“那么，叫我艾菲汉吧，嗯，艾菲也行。在你这个年纪的时候我是个存在主义者，玛丽安。我建议你读一读——”

“请，请别随便打发我。”她一边说一边把手伸开平摊在桌子上。“这件事让我寝食不安，真的。而且，还找不到商量的人。”

艾菲汉举棋不定。说的没错，不行动就等于行动。昨晚，使他噩梦连连的是什么？是皮普说的“她精神崩溃”这句话。然而，为什么她会精神崩溃呢？难道她还有一部分精神是健全的吗？他极想把心上的包袱卸下扔给玛丽安·泰勒。

天开始下雨了。泰基嚓嚓地扒着门，艾菲汉起身放它进来。小狗抖了抖身子，然后同蹲着与它打招呼的玛丽安搅在一块。艾菲汉说：“我想生炉子，天气越来越冷了。”

他们移到壁炉边。艾菲汉蹲着身子用纸张和细棍引火，玛丽安和泰基坐在地毯上。姑娘穿着一条宽松的蓝色本地花格薄呢裙子，一定是她在布莱克港买的。她把裙摆摊开，小狗就坐在上面，亲昵地盯着她。艾菲汉坐在板凳上烧火。这里顿时变成了另一幅更为亲密的景象。

“你同那儿的人处得怎么样，我指的是除了汉娜？我知道你和她处得相当好。”

“哦，还行。丹尼斯·诺兰很不错，杰姆西可爱极了，维丽特让我感到有点紧张，但她并不会烦扰我。我觉得吉拉尔德很有魅力——噢，确实魅力十足，只是我还不了解他。”

听到她对司各托的赞赏，艾菲汉有点不快，当下很想把他的情况告诉玛丽安，可是话到嘴边又缩回去了。“没人与你谈起……汉娜？谁把底细透露给你？”

“诺兰。但我没有同他商量这事。我想他会……哦，反对任何行动。”

“那会让他没饭吃！”艾菲汉说。他不应该对诺兰耿耿于怀。

“不是的，”玛丽安一本正经地说，“出于某种理由，他的确认为她应该待在那儿。我想他是个虔诚的教徒或什么的。”

“你不信教，对吗？我也不信。对汉娜我绝对不会有那样的想法。”

“你瞧，”玛丽安说着回到自己的思路上，“那儿的确没有我可以指望的人，我是指救她这件事。我想到过杰姆西，但他还太年轻、太愚蠢。迄今……我仍不了解司各托。”

“别提司各托。你说话的口气好像确实有所准备似的！现实一点吧。你究竟能做什么呢？”

“你得帮我拿主意。”她的棕色眼睛热切地转向他。“你是唯一可以施以援手的人，所以你得站出来。”她坐在他膝边，手捋着泰基，眼里充满期待。

“你疯了，”艾菲汉说，“我告诉过你什么都没法做，不过，也许你跟我讲完之后便可以把这一切忘掉。那样，我就可以让你变得更理智一些。说下去。”他迫不及待地想知道她要说什么。

“我第一个想法是，”玛丽安说，“与汉娜交谈，说服她想法子离开。起初，我没法想像一个有理智的人——当然她是有理智的——会忍受这种境遇，或者说忍受过的人不会抓住机会赶紧离开，如果有个好心人乐意帮忙的话。我想她没有走掉要么是害怕家里的某个人，要么是她不能够独自安排一切。她太不谙世事了。”

“老天，你没有和她说什么吧？”

“是的，没有。不知怎的，我知道我说服不了她。她会胡言乱语。没有必要让她提心吊胆，因此我才想到绑架她。”

“绑架她？”

“不错。我想如果有人帮我，我们可以把她推进车里，然后飞速离去。”

“好个想入非非的傻瓜！”艾菲汉嚷道。太过火了，他脑海里呈现出来的画面让他惊慌失措。他想像着司各托在身后的路上紧紧追赶的情景。有暴力存在，尚在沉睡的暴力。他可不想成为唤醒暴力的人。“这主意要不得，想必在考虑它之时你就已经知道了吧？”

“知道，艾菲汉。我想我还是学列殊先生叫你艾菲汉吧。啊，是的，我考虑到这个办法不妥，对她不公平，而且易出差错，所以我才有第三个想法。”

“哦，希望比前两个好！”他朝火里添了些泥炭。外面大雨倾盆。

“第三个想法，”玛丽安说：“第三个想法是一种变相的拯救。你瞧，取决于怎么看待她的心理。我觉得她心里很矛盾。她开始——原谅我在背后这样说她，你认识她比我早得多。我到这儿不久，行事忍不住像个——可我的的确确非常非常关心她。不知道怎么回事，我觉得她开始是害怕那个人面兽心的家伙，被吓得不能动弹；后来，她漠然置之，强颜欢笑；再后来，她开始在其中寻找某种寄托，精神上的寄托。人要想活下来，总会创造存活的条件，竭尽全力使自己忍受糟糕的境遇，当时汉娜可以选择仇恨他们，或者大闹一场和宣泄一番作为她活下来的寄托，但她却选择了笃信宗教。”

“你不赞同？”

“对宗教我不敢妄加指责，虽然我自己是不信教的，但是如果它于人有益，尽可自由地去做教徒，也有自由到外面去。汉娜迷恋宗教，或称之为精神生活，管他是什么，就像别人迷恋毒品一样，她身不由己。”

“我认为那正是信教的一种理由，因为你不得不信，不过我明白你的意思。接着说吧。”

“好的。经过这些年，她麻木不仁了，对自己的境遇越来越无动于衷。一直以来，周围的人众口一词，在她耳旁唠叨个不停：你是个囚犯。现在，她已经被咒语镇住了，心理上彻底瘫痪，失去了自由的意识。”

“那么，对此你做何打算？”

“给她一个刺激。把她从这里拉到外面去，让她明白她是自由的，她应该替自己拿主意。恐怕这也需要绑架。”

“玛丽安，”艾菲汉说，“说下去。”他的口气是不屑一顾的，心里却咚咚乱跳。听她不紧不慢地、头头是道地谈论这事，好像确有几种拯救方法可供斟酌似的，艾菲汉觉得这是一种与众不同的亵渎。

“这是我的建议，”玛丽安说，“但我需要有人助我一臂之力，希望那个人就是你。我们把她骗进车里，这完全有可能。你常开车到她家，比如，我们提议顺路载她回去，然后掉转车头朝布莱克港的渔家客栈飞驰而去。”

“然后呢？”此刻，房间很黑很静。

“以后的情形我就预料不到了，取决于她。可能我们一起吃午饭，然后就送她回盖兹。但至少要让她明白走出家门她不会死。你知道，有时我想她也是半信半疑。不管怎么说，这都是个刺激。只要她表现出一丝一毫的犹疑或不情愿回盖兹，我们就开车送她到机场。”

“天哪。”艾菲汉嚷道。他又惊又喜地看着她，觉得她美丽动人且生机勃勃，却又危险重重，具有某种毁灭性。他不能再听她说下去了。他马上想到这次谈话不能让麦克斯知道，心中还暗忖着她的话让他动心到什么程度，但是那只是一派胡言，动机不纯、随随便便的胡言乱语。

爱丽丝端着一壶满满的茶，风风火火地走进来。“啊，课上得愉快吗？瞧，天都这么暗了，一会儿凯丽就会拿油灯过来。”

“很好，谢谢。”艾菲汉边说边站了起来。

橘黄的灯光在房间里闪着，照着他俩的脸，他的目光在玛丽安脸上逗留了片刻，然后慢慢地摇了摇头。

# 第　三　部

# 第十五章

最亲爱的玛丽安：

非常感谢你的来信。我应该早给你回信，只是最近事务缠身，忙碌不堪。你记不记得我说过要为竞选写宣传手册，唉，自讨苦吃，活该。还有呢，有人硬说我答应导演话剧《第五种形式》（我是记不得了，你呢？一定是酒后胡言），而且他们刚刚决定改变普及教育证书的教学大纲，我想你已从报纸上读到过。前几天又染上一种该死的病，至今未好——啊，一开头就说了这么一大堆借口！天哪，我多羡慕你，老伙计，整天无所事事，只要陪某某太太读《克莱芙王妃》，读到两人睡着为止！（你的描写让我捧腹大笑。）说正经的，乡村一定很迷人吧？希望你常去散步。既然好像没什么可写的，就给我说说那儿的鸟吧。别认为我说这话来气你。稍稍休整一番有益身心。多希望我能有时间休整休整，哪怕几个小时也好。管他过后会发生什么事情，我就是这样的人！

幸好，这样的生活当中还有一点希望之光，就是我打算飞到马德里待半个学期。我知道把辛辛苦苦挣来的钱花到老佛朗哥身上是不道德的，但是我已拿定主意在粉身碎骨之前一定要看看 Las Meninas 和 Las Lanzas[①] 这两幅名画，所以我们几个人组成了一个花费较经济的旅游团前往那儿。那个叫弗丽达·达西的姑娘，你以前学校里的同事也一块去。她懂西班牙语，会方便得多。看上去她不会碍手碍脚，虽然就你的品味来说她长得是挺胖的。到时我会寄明信片给你。

得搁笔了，还有一大堆独立投票人协会成员的涂鸦之作要批阅。但愿魔鬼把孩子们全部带走，家长们为什么不把这些乱涂乱写的家伙关在屋里！给我写信吧，玛丽安，你知道我喜欢收到你的信。你最近两封信才寥寥数行，我担心是不是我没有及时回信而伤了你的心，但是想想看你的时间比我多得多！给你诚挚的祝福，幸运的姑娘，爱你如故。你的老伙伴

杰

玛丽安把杰夫雷的信塞进抽屉。读完信她满怀沮丧和不悦，按捺不住惶恐的思乡之情。从丹尼斯·诺兰那儿获悉发生在盖兹的事件的真相之后，给杰夫雷写信时她就再也没法无所顾忌，无所不言。为了做做样子，她勉强拼凑出两封索然无味的关于风景的信，她没办法把事实原原本本地告诉他。他会觉得这一切都荒唐透顶，会给她冷酷无情的忠告。但是，这一切确实荒唐透顶，难道她给自己的忠告还不够冷酷吗？

她照着镜子。她身穿一袭簇新的赤褐色闪色绸晚礼服，是汉娜执意送给她的。定做衣服的时候，汉娜曾暗暗征询过她对这件衣服的看法。接受礼物的时候她诚惶诚恐，但是她转念一想，这样能博得汉娜的欢心，况且这件衣服非常合身，穿在身上很迷

① 西班牙画家委拉斯开兹（Velasquez，1599—1660）的《宫娥》和《布列达的受降》。

人，因此最终她还是鼓足勇气接受了。当然这件晚礼服非常漂亮，撇开价钱不谈，她也没有那种眼力和胆量去买它。她那串红宝石和珍珠相间的项链不配这件衣服，所以现在她脖子上戴的是一串形状、大小不一的琥珀珠子项链，那是汉娜从自己的珠宝中精心挑选出来的，她明显有意把它送给玛丽安，但很体贴地没有把话说出口。

杰夫雷总是说玛丽安不懂得穿着打扮，他说得一点不错。她喜欢花里胡哨、奇形怪状的洋装，而他喜欢色泽暗淡、素朴简洁的衣裳：其实，他们俩半斤八两，都没有什么品味。但是，玛丽安发觉来到盖兹以后，在汉娜的潜移默化之下，她的品味有所提高。汉娜的品味的确不错，只是她自己浑然未觉罢了，但不知不觉地对别人的影响很大。尽管现在她不大在乎仪表和住宿环境，但她以前在这两方面训练有素，所以，玛丽安把自己带来的好些衣服首饰都悄悄地收起来了，包括那件备受艾菲汉青睐的蓝色礼服，在玛丽安现在看来，这件衣服是实用、耐穿，但做工太差。

最近，玛丽安发现自己心情大起大落，但有时也能开开心心地参加在盖兹举办的小型话剧表演和娱乐活动，汉娜的全部心思似乎都用在上面。玛丽安以前从未见过有人这般得过且过；她自己也是一样，只顾吃饭，到晚上按惯例喝威士忌，煞有介事地观看日落，或者到鱼塘边散步，或像那些别无其他喜好的人一样看看文学作品。她们经常诵读文章，玩赏仿制的画作；有时，玩一会儿押韵游戏和画画游戏；或戴一戴汉娜前几年收集的帽子；也会聊一聊化装服、字谜和音乐晚会。实际上，今晚就有音乐晚会，因此玛丽安才如此装扮。晚饭过后音乐会在楼下举行，到时所有的人都会露面。这是一种难得的娱乐，客厅里将会放音乐。

人们就像头脑简单、没有心眼的玛丽-安托瓦内特[1]一样率性地打发时光。玛丽安心猿意马地加入他们的行列，高高兴兴地同永远快乐又爱捣蛋的杰姆西一块儿成为核心人物。可是，她的心思忍不住悄悄地飞到别的事情上去。从与艾菲汉·库柏讨论过拯救汉娜的可能性以来，这几天她总是提心吊胆，心烦意乱，睡不好觉，甚至发现自己时不时地在汉娜面前失态，与她一起时会突然间无缘无故地气喘吁吁，羞愧莫名。同艾菲汉讲话的时候，她的语气显得激烈又果断，好像她胸中有数、计划周详似的；其实，她的想法是在与他谈话之际才清晰起来的。他那个人，那张宽阔、聪慧、充满理性并为她所熟悉的脸庞加上轻松自然的师生情谊，凡此种种都使得原本困难重重、模模糊糊的东西刹那间变得清清楚楚、澄明豁亮，该怎么做她心中有数了。

从那以后，她就不再犹豫不决。她整天想着这个问题，对刺激策略很有把握——尝试通过妥帖的计划，使用些暴力打破镇在汉娜身上的符咒，不会于事有害，只会有利。退一步说，倘若在布莱克港，汉娜恳求回盖兹，那也没什么，送她回去就是了。谁也不敢责备汉娜；但这个主意会不知不觉地留在她心中，日后她有可能平安无事地离开那里。

当然，事态完全可能朝糟糕的方面发展。次日，他俩重拾旧话时，艾菲汉提请玛丽安注意，假使汉娜回到盖兹，那么，事变的策划者就将永远见不到她了。基于这个和别的一些理由，艾菲汉不愿参与她的计划，但是玛丽安想，如果她狠下心去做，还有

---

① 玛丽-安托瓦内特（Marian-Antoinetteish，1755—1793），法国路易十六的王后，神圣罗马帝国皇帝弗兰西斯一世之女，勾结奥地利干涉法国革命，被抓获，交付革命法庭审判，处死于断头台。

机会说服艾菲汉，因为艾菲汉曾向她透露，他的一个朋友说他在聪明的女人面前难以立场坚定。不过，艾菲汉帮不帮忙，她都极可能行动，因为她觉得这像是命中注定了的。在争论中她指出，他，或是她，或者别的人，随时都有可能被稀里糊涂地赶出盖兹。似乎根本由不由得你喜欢不喜欢，理解不理解这种情况，大家都知道沙漏里的沙子已经所剩无几了。

艾菲汉不喜欢这个比喻。他追问她的言下之意，什么沙子所剩无几，她有什么充分的理由讲时间越来越少，情况越来越危险、紧迫？顺其自然会给汉娜带来什么可怕的伤害(当然不会有什么伤害)？没有，玛丽安根本拿不出理由，可是她从内心深处感受到事态的紧迫性，感觉到眼前在她的能力范围内，她应该利用手中的权力或别人的信任。如今，她一门心思想的就是想使汉娜自由，冲破周围神秘怪异的氛围，最终让新鲜的空气进来。这被她视为某种绝对的命令，不管结局是多么惨烈。

所以，她几乎主意已定，艾菲汉帮不帮忙，她都要行动。但是，如果没有艾菲汉，除非找到另一个人替代，不然计划难以完成。她本人不会开车，因此，她得物色一个会开车的人。谁呢？这使她又不得不考虑那个一直困扰她的问题，就是她与盖兹其他人的关系。她一直从旁观察吉拉尔德，可是一无所获。她注意到他进出频繁，经常离开盖兹，回来的时候总是喜气洋洋。她很欣赏他那种略显粗犷的美和对她讲的一些令人不安的戏谑之言。他的体态总让她不由自主地颤栗，她渴望触摸这个她无法与之谈心的人，这种感觉以前从未有过。嗐，根本不能与他交谈，不然她的计划——如果这个通过制服司各托来帮助汉娜的计划称得上是个计划的话——毫无疑问已经失败了。但是，不知怎的，她仍希望能够慢慢地一点一点了解司各托，对他了解得多一些，深一些，然而，就目前需要而言，是不敢起用司各托的。对维丽特·伊夫克里奇她不予考虑。丹尼斯·诺兰绝对不会同意。就剩下杰姆西了。

最近，玛丽安常与杰姆西一起玩，一起笑，坐着他的车逛来逛去，但是对他的了解并没有加深，还是停留在他第一次载她去布莱克港时的程度。杰姆西再也没有尝试过使他们之间的关系更亲密一些，好像那次温情之后他受到了警告，所以决定同玛丽安保持愉快、简单的关系。同她在一起，他当然觉得很愉快、简单，她也有同感；但是，他会答应成为她的帮手吗？

杰姆西会开车，盖兹的车子——那辆路虎和老莫里斯车由他随便使用。这对计划很有帮助，玛丽安希望在逃跑的时候其他车辆最好没法使用，但是杰姆西可信吗？就算可信，面对报复他会不会不堪一击呢？玛丽安思前想后，还是决定冒险起用杰姆西，如果他本人准备冒险的话。她觉得自己就像一位绝望的将军，心肠越来越狠。她觉得，杰姆西被赶出盖兹以后，或许境况会更好。这个地方根本就不适合他待着。不过，她仍无法判断出他的可信度。对整件事情，他就像个旁观者，态度一点都不严肃，一副事不关己、高高挂起的样子。他轻率的言谈举止说明他不难被说服，她暗忖着。

卧室外响起一阵敲门声，打乱了她的沉思，她倏地从镜子前弹开。不管什么时候，只要听到敲门声，她的心情马上就复杂起来，既希望来的是吉拉尔德·司各托，又害怕——就像现在一样——来人是下逐客令的。她打开房门，门口站着一个女仆，叽里咕噜地讲了好几遍，她费了好大劲才听明白是伊夫克里奇小姐要召见她。

“进来，孩子。”

玛丽安忐忑不安地走进房间。自从上次她令人不安地提议“谈谈”之后，玛丽安就一直感到不自在，下意识地回避着维丽特·伊夫克里奇。以前玛丽安从来没有靠近过她的房间，就是现在也不清楚它在宅子的什么地方，带路的女仆只顾在前面急急赶路，而她一路上心神不宁、慌里慌张。

维丽特的房间藏在角落，位于房子北部的楼上，对着斯加伦。盖兹大部分房间的摆设都相当古旧、低劣，这间房子里的倒是很时新。玛丽安扫了一眼，看见几个白漆书架，一张柔软的白色床罩和一个插了野花的黑色花瓶。维丽特·伊夫克里奇坐在一张印度印花布扶手椅上，身穿一件紫色睡袍，身旁的小桌上放着一瓶雪利酒和两个酒杯。她的礼服摊在床上，粗笨难看，像只张开翅膀的鹰。

“我想咱们晚饭前不妨小酌一杯。”伊夫克里奇小姐说。听上去这好像是惯例似的；但是，此情此景显而易见是临时拼凑起来的。

玛丽安低声致谢之后，坐到一张被挪到伊夫克里奇小姐近处的椅子里。她发现杯子里落了一层厚厚的灰尘，顿生怜悯之心，又不禁一阵颤栗。

“好漂亮的衣裳。从哪儿买的？”

“是克里恩-史密斯太太送的。”玛丽安垂下眼帘，满脸羞红，立时觉得既惭愧又愤怒。

她细细玩味着玛丽安的羞愧，过了一会儿，一字一顿地说：

“啊，有什么不妥吗？”

“没有什么不妥，伊夫克里奇小姐。”她的声音生硬、刺耳，自己觉得泪水都要快被气出来了。伊夫克里奇小姐的尖锐着实令她难堪。

“请叫我维丽特吧。”她用紫色衣袖灵巧地把杯子抹干净，然后丁丁当当地把酒倒了进去。

“好的。那我就不客气了。”

“那么，说‘好的，维丽特’。”

“好的，维丽特。”

“挺好。”维丽特·伊夫克里奇依旧坐在椅子里，转过头来看玛丽安，然后就这么歪着脑袋，定定地注视着她。玛丽安不知朝哪儿看才好，她感觉有人正在用滚烫的手指沿着她的额头往下画她的头像。她控制不住地抽动着鼻子。万般无奈之下，她把脸转向维丽特，两人的脸凑得很近，极不舒服，她看得见对方苍白的扑了粉的脸，干枯、无色泽的头发和细长浑浊的眼睛，那眼睛正饥渴地、专注地盯着她。

“亲爱的孩子，”维丽特·伊夫克里奇说，“把你的手伸给我吧。”

玛丽安大吃一惊，局促不安，她赶快掉转目光，右手紧握着酒杯，左手伸到椅子的扶手上。维丽特双手拿住她伸出的手，然后慢慢地、用力地握住。

“从某种意义上说，我只会给你说些不中用的话，”维丽特接着说，“就是谈我自己，我也只能像讲谜语一样。叫你过来，本意不是要讲我自己，但是，是人都会有需求，古老的需求。”

玛丽安的手和胳膊僵硬得跟木偶一样，她说道：“很抱歉——”

随后，为了避免那种意味深长又令人难以忍受的静默，她急忙又说，“你是汉娜的二表姐，对吧？”

“是的。你知道……我已经有许多年没有这样握着另一个人的手了。”

“真的……”玛丽安说。她低下头来，看见紫色的丝绸裙子开口处露出一只裹在珠灰色棉质长袜里的膝盖。昔日的某种情感堵在胸口，使她说不出话来。她扭着手，像在表示亲热，也像是挑战。

“你爱汉娜，是吗？”

“是……是的，当然了。”玛丽安说着，心中暗想，会不会从她嘴里听到一些警告，或者一些令人难堪的责备。

“我也爱她，非常爱。”她又用力握了一下玛丽安的手，然后松开。玛丽安把手抽回来，放在膝头安全的那一侧。

维丽特又说：“有你在房间里真好。非常好，连我自己都感到意外。有人提醒我，爱曾经是简单自然的情感，这很好。可能你还会到这儿来，我也还会这样握住你的手，也有可能不会了。看到我流露出的软弱，也许你会觉得难受吧？别，别那样。叫你来不是为这个，”她把椅子推后了 一些，“我另有一点事要告诉你，告诉你你已征服了一个人。”

“征服？”玛丽安的思绪马上飘到吉拉尔德身上。

“是的。我的小弟。你已经捕获了他的心。”

“噢……杰姆西……”

“你失望了，另有所盼吧。是的，是的，我一直在观察你！但是，我想请你善待杰姆西。”

“善待他——啊，我敬佩杰姆西。”玛丽安茫然不解。她差点又把手伸出去了。

“我很高兴。我知道在你眼里他像个小孩子，但是，坚定不移的情感，任何一种这样的情感都是弥足珍贵的，摒弃它的人是不幸的。杰姆西会为你赴汤蹈火，在所不辞。”

“我很感动——也很惊讶。我没有意识到他——”

“他这个人爱遮遮掩掩的，不大爽快。这里的人都是如此，就连你都快变得不爽快了。”

“我？噢，不会……”玛丽安急忙说，“但是杰姆西——希望他不会难受，他就会好起来的——他这么年轻。”

“他是很年轻，因此需要照顾。年轻的小伙子常常同年纪较大的女人相爱，不是吗？我是指，爱一个年纪较大，不爱他——但是……敬佩他的女人。”

玛丽安缩进椅子里，放下酒杯。“哦，的确，我想我不会——如果你是指——抱歉，但是——”

“不要紧，不要紧。叫你来可能是为我自己的缘故——也许再也没有这种机会，再也无法单独见你了。”她站了起来，好像会谈已经结束了似的，玛丽安也跟着站起来。她们站着互相打量着。

维丽特身量更高些。她先走开了，玛丽安发觉自己不得不跟着她走，好像被身边一个不可抵抗的磁场吸引到那件紫色睡衣处。她头靠在维丽特的肩上，感觉到维丽特在吻她的头发和额头。紧接着，她猛地被推开，稀里糊涂地来到门外。

玛丽安几乎脚不着地地狂奔下楼，然后沿着走廊猛跑，一直跑到一扇大窗户前才停了下来。透过这扇窗口，她能望见晒不到阳光的花园和屹立在远处的苍茫的悬崖，望见这些熟悉而令她宽慰的景色。她头靠在窗户玻璃上，气喘吁吁、浑身颤栗。她在窗边的一张椅子上坐下。长这么大，第一次被一个女人如此亲吻，她感觉怪怪的，但很兴奋。 维丽特既让她感动也令她讨厌，但是她的身体的每一个细胞都被唤醒了，如果司各托当时在走廊上，难保她不会跪倒在他脚边。这事没有余波；不过她也并不是完完全全不喜欢这次经历、这幕戏和这种出乎意料的感觉。她重新理好衣服。杰姆西也真有意思！

她细细盘算着有杰姆西帮忙的计划。“他会为你赴汤蹈火，在所不辞。”如果确是这样，他就会开车把汉娜载走。玛丽安激动地站起身来。维丽特唤起了她强烈的行动意识和感受爱的愿望。她觉得自己强壮无比、精力充沛，能够叫任何人做任何事。此时此刻，当务之急是要找到杰姆西。明知一见到他，她可能会控制不住地拥抱他，她的脚步还是无法停止。

她转身往一节阴暗的走廊走去。这里的房间全部面朝花园，她确信其中之一是杰姆西的。她在一扇门上敲了敲，推开一看，里面空无一人。隔壁的房间像是哪个女仆的。再过去一间，角落上的那间，一定是杰姆西的。她轻轻地敲敲门，然后小心推开，回头朝走廊扫了一眼，一个人影也没有看见。

地板上衣服一堆一堆，乱七八糟的，她辨得出是他的。平日人来人往的房间冷冷清清，透着丝丝危险的气息。玛丽安四下看了看，发现还有一扇门，可能通向卧房或密室。她紧张得喘不过气来，但还是鼓足勇气跨过衣服堆，敲了敲里面的门，然后把它推开。里屋黑乎乎的，弥漫着化学物质的气味。房间空无一人。

玛丽安静静地站了一会儿，尽量控制住自己。屋里摆着一张狼藉不堪的床，地上躺着一堆侦探小说，一些瓶瓶罐罐放在桌子上，可能是洗照片用的。墙壁上贴了些图案古怪的墙纸。玛丽安下意识地走到窗边拉开窗帘。她瞧了瞧，又仔细看了看，然后死死盯着墙。窗帘一拉开，房间就亮堂了，她发觉墙上贴的都是照片，一大堆照片，大大小小，边对边整整齐齐地贴满了三面墙。她好奇地偷偷看着，过了一阵子才恍然大悟，每一张照片上都是同一个人，吉拉尔德 · 司各托：一本正经的司各托，满面笑容的司各托，骑着马的司各托，步行的司各托，衣着整齐的司各托，一丝不挂的司各托，摆着各种各样奇怪姿势的司各托……

玛丽安惊诧万分，她入迷地看着这些照片。忽地太阳冒了出来，身后的花园被照得透亮，一束阳光射到她肩上。她开始心虚，好像突然间被人发现、被人逮住了似的，转过身来对着那束光线，猛地朝露台一看，径直对着她的是丹尼斯那张抬起的惊恐万状的脸，他愣愣地盯着她。一时间，他的脸上露出恐怖、气愤和厌恶的表情，而后用力打一个手势，转身走进花园。

“等等，丹尼斯，等等！”玛丽安正好在围墙边的大门口追上他。一路上，她曳地的长裙老是被刺藤和小树钩住。他转过身来。

为今晚的音乐会，丹尼斯特地穿了一身深蓝色西服，结了一条领带。这套异乎寻常的西服衬得他格外厚实、魁伟，肩膀显得特别宽阔，看上去相当别扭。他转过脸对着玛丽安，表情很不自然，湛蓝的眼睛气呼呼地眯着。她第一次感到自己有点怕他。

“丹尼斯，请——”

“你要说什么？”

的确，要说什么呢？“刚才，我在杰姆西的房间，从窗口看见你时，你的表情好怪……”

“你在谁的房间里跟我无关。”

“不是——我不是指这个。当然，杰姆西不在房里。我去找他，但他不在。以前我可从没去过。”

“这跟我有什么关系。”

“丹尼斯，别生气了。我不明白，看见我你的表情干吗那么可怕，还做那样的手势？我以为你在叫我呢。”

“我没有叫你。我只是想你太多管闲事了，而且也太想入非非。如果你现在被赶走的话，会伤透她的心。”

“啊，可我也不能一辈子待在这儿呀。”玛丽安说，她有点恼怒。其实她的意思是：我没法那样服侍她，那只能治标，而并非一味治本的良药。

丹尼斯又看了她一会儿，一绺绺蓝黑色的头发被风吹得参差不齐。然后他转身大踏步地走出大门，当着她的面砰的一声把门关上。

玛丽安想拉开门跟他出去，但是门又自己掩上了，她不知怎样打开。她又推又拉地折腾了好一会儿，才一点不费劲地拉开了它。她在后面追着。丹尼斯在前面的矮草地斜坡上往崖顶走去，午后湛蓝的天空十分清澈。

“丹尼斯，丹尼斯——”

“又怎么了？”他停下来，忧郁地看着她，但没有发火。

“你知道我没有那个意思。我只是同你，同她一样烦恼。丹尼斯，刚才你为什么说我太多管闲事？”这里风更大一些，她肉桂色的礼服被吹得微微飘动着，沙沙作响。翡翠绿和紫蓝色宝石般的大海就在视野之内。

“别去管杰姆西和司各托的事。”

“杰姆西和司各托——你知不知道？杰姆西的房间里贴满了司各托无比奇妙的照片。我——”刹那间她明白了刚才所见意味着什么。“丹尼斯，那两个人，他们是不是——”

“是的。你最好别管他们。他们嫉妒心极强，而且容易怀恨在心，那一对一向如此。我见过你看司各托的样子，也见过杰姆西看你的样子。这里的麻烦和暴力已经够多了。”

“噢，上帝……”玛丽安叫道。她胸中阵阵作痛。吉拉尔德失去了，杰姆西用不上了。她说，“难道他们……一向如此吗，我指的是这么多年来？我看不出吉拉尔德有这种癖好。他不像那种人。”

“看起来像的反而常常不是。快三年了。你不知道杰姆西曾做了什么，或者说曾想做什么？”

“不知道，是什么呢？请告诉我，丹尼斯。你最好告诉我，这可以让我不再管闲事。”

这会儿，他们已经到了崖顶，房子几乎隐藏在他们身后隆起的绿色斜坡后。黑黝黝的悬崖雄伟、古老，显得很孤独。

“他想把她带走。”

“杰姆西……想要把汉娜带走？”

“没错。跟她无关，她对此一无所知，是他计划要把她绑架走。他刚来的时候，是跟他姐姐一起来的——五年前的事了，的确是个小孩子，他经常同她，克里恩-史密斯太太待在一块，他们俩非常亲密，她很宠他，称他为她的贴身小仆人。不久，他长成一个大男人了。啊，但是，就是那时的他也与现在截然不同。他制订了一个计划，要把她带走，把她骗进车里，然后载着她离去。他本来可能成功的，可惜在替她整理行装的时候被人发现了。他不愿让她走得太突然，连换洗衣服都没有。司各托发现他在打包，强迫他坦白。”

“后来怎么样？”

“被司各托狠狠揍了一顿。”

“上帝，可怜的杰姆西，可——”

“从那以后，他就成了司各托的奴隶。”

“你是指……他放弃了汉娜……转向司各托？”

“被司各托染指之后，杰姆西变得很崇拜他，而后司各托就占有了杰姆西。事情的原委就是这样。”

“可是那种事不可能突如其来呀。”

“我们要来不及吃晚饭了。别忘了音乐会。”

“太不可思议了。”他们开始往回走。“这里所有的人似乎都有些怪异的小秘密。”她赶快瞥了一眼丹尼斯，她可没想过含沙射影。

他认真地接过她的话头：“这里的每个人都卷在罪恶里。”

“除了我，”过了一会儿，玛丽安喃喃自语，“除了我，除了我，除了我。”

# 第十六章

每过一段时间，客厅就要大派用场。每一次它都被装点一新，像模像样，特别是在今天这个时候：油灯盏盏，炉火通明，高高的窗户全部敞开，露台上清新怡人的空气携着大海的气息和柽柳的香味飘散进来。柔和的灯光照得件件家具闪闪发光，朦朦胧胧的，这些陈旧的奇怪的家伙聚在一起，好像在一块儿回忆五十年前的光辉岁月。房间里济济一堂，人人脸上都隐隐约约地流露出自豪的表情。户外满天繁星。

“音乐会”简单是简单，但也要比玛丽安料想的精彩。一两个来自德莱斯的漂亮的红发女仆坐在钢琴附近的仆人群中，其中一个叫凯丽的高大的姑娘首先拉开了晚会的帷幕。她弹了一小节莫扎特，虽然没有什么表现力，但是调子弹得非常准确。她的表演赢得了大家热烈的掌声。玛丽安尽管心事重重，还是不由自主地沉浸在业余表演者带来的虽然十分可笑却是非常亲切的气氛中。她同其他人一道笑着，鼓着掌，引得汉娜频频拿眼睛瞧她。谁也不会怀疑，在这快乐的家庭小聚会上大家流露的不是真情实感。

第二个节目是盖兹的两个黑人女仆弹拨一种玛丽安以前从未见过的弦乐，样子有点像犹太竖琴。琴弦嘣嘣作响，声音含糊不清，但却悦耳动听。大家也很喜欢这个节目。随后，另外两个女仆表演唱歌，一首用英语唱，另一首用她们的母语唱。演唱者声音尖细，两首歌都很忧伤动人。接着是自动钢琴表演，玛丽安倒没有注意到大钢琴配有自动钢琴装置。一个女仆略显生硬地操纵着自动钢琴，弹奏了贝多芬的《月光奏鸣曲》。

玛丽安未曾料到晚会让她如此心潮澎湃。她原以为置身其中，自己最多会被小小地触动一下，略有感慨而已，而并没有想到能听到古典音乐。其实，玛丽安缺少音乐细胞，平时总是远离跟音乐有关的场合。她不大懂音乐，音乐使她郁闷不乐，她感觉到它们翻来覆去咏叹的都是些伤感、哀婉的故事。这些绝望而迷惘地重复来重复去的东西忽高忽低，持续不断，在她听来就像一声极度痛苦的长嚎。她不敢奢望自己会在这个小小的聚会上流下自怜的泪水，眼泪是她对音乐这门艺术所能表达的最高敬意。她环顾了一下四周，任凭音乐把她深深关注的人们聚拢在一起。

绅士们围坐成一个半圆形，从房间中央的炉火边一直散到敞开的窗户旁。这个半圆的弯曲度足以让人们相互能看得见。他们一边鼓掌，一边彬彬有礼地互相点头微笑致意。大庭广众之下，盖兹的居民之间的关系显得再正常不过了。汉娜坐在房间中央，身着一袭紫色丝绸礼服，脖子上戴一串蓝宝石项链，在柔和的光线下显得分外年轻。艾菲汉坐在她的右边，靠炉火最近。再过去就是笼罩在熊熊炉火的光焰中的杰姆西。吉拉尔德坐在汉娜的左边，维丽特坐在她的身后。玛丽安倚窗而坐。丹尼斯算不上绅士，他跷着二郎腿靠墙坐着。爱丽丝推说着凉了，没有参加晚会。女仆们三三两两地四下散开，有些围在钢琴边，有些站在半圆之后。几个玛丽安从未谋面的大块头男子在后面靠门站着。

玛丽安谨慎地抬起眼睛。音乐飘渺而去，几不可闻，她不由自主地陷入了严肃的沉思默想之中。她得想方设法多了解那些蓦然间便与她休戚相关的人。杰姆西看去相当惹眼，穿得像个阿飞，下着一条黑色紧身长裤，上着一件深蓝色灯心绒外套，里面是一件白色丝绸衬衫，配紫色硬领。他鬈曲的头发平平地向后梳着，油光可鉴，使年纪显得大了些。狭长而消瘦的脸上往日幸灾乐祸、玩世不恭的神情已不复存在，取而代之的是一脸的庄重与恬静。他静静地抬起下垂的眼睛，目光落在吉拉尔德身上，像吸了一口气似的，又落到别处去了。玛丽安不由得想起丹尼斯讲过的杰姆西已经被改头换面的话，吉拉尔德·司各托炸碎了杰姆西，又重塑了一个他。她在心里颤抖地长叹了一声，把目光转向吉拉尔德。宽大的脸庞，黧黑的肤色，像南方人一样。他穿着晚礼服，变得十分壮实，但风度依然。略略充血的眼睛在模糊的光线下闪着红光。他眼睛朝上看，神情安详，但是显然心思不在音乐上。他微微偏了偏脑袋，不期然地与玛丽安的眼光相遇，这时有种感觉像子弹一样嗖的一声从玛丽安的心房穿过，她转开头。吉拉尔德也许桀骜不驯，可遇而不可求，是块禁地；可是，在她眼里他依旧是内心激情的发源地。

她把目光停在艾菲汉的身上。亲爱的艾菲汉。亲爱的，亲爱的艾菲汉。亲爱的，亲爱亲爱的艾菲汉。她在内心呼喊什么来着？这下她能够好好地、仔仔细细地打量他了，在沸沸扬扬的音乐声中，他坐在那儿，高大、敦实、和蔼。玛丽安揣度着看到艾菲汉在这里，自己的重负到底减轻了多少。对她来说，情形越危险就越需要艾菲汉，因为他们俩是同类。她的确非常需要他，需要他细心周到的服务，眼下她就需要他来开车，如果计划得以履行的话。这时，艾菲汉看着她笑了笑，她笑着回礼，顿时感觉暖洋洋的，一阵爱意涌上心头。她又忽然想到拯救汉娜无异于把艾菲汉从这里赶走，或许这不能不令人遗憾。

那么，对这个拯救计划她究竟有几成把握呢？会不会只是一场梦而已？汉娜让大家想入非非，她的影子一点一点地渗透到人们的想像中。拯救计划似乎纯粹是理智与判断力的产物，但是已经开始着上疯狂的色彩。玛丽安难以猜测自己这个唯一可能的同盟的可靠性，这使她感觉到计划脆弱无比、不堪一击。倒不是对说服艾菲汉来助她一臂之力毫无把握，而是他俩的思维方式如出一辙，使得她丧失信心。整个想法都太离谱，不过这也只是那些关心汉娜痛苦的人从她无动于衷的形象上汲取的又一个不可告人的苍白的安慰罢了。

音乐戛然而止。掌声雷动，玛丽安吃了一惊。敞开的窗边凉意阵阵，她浑身直打哆嗦。她偏过头来，看见维丽特·伊夫克里奇消瘦的身影就在身后。维丽特鼓掌完毕，将双手合拢在身前，像在祷告似的。她注视着汉娜。玛丽安急忙掉头朝别处看。每每看见维丽特，一种羞愧之情便油然而生，如同一个阴影，她胡里胡涂地猜度着其中的奥妙。今天维丽特找她谈话时欲言又止、吞吞吐吐，究竟居心何在？是好意还是恶意？是爱还是恨？毕竟，维丽特也有幻想，也有自己的爱情，虽然它是那样千疮百孔，让人心灰意冷。

丹尼斯移到钢琴边。像预料中的一样，人们一阵窃窃私语，玛丽安又窘迫不安起来。她替丹尼斯窘得满脸绯红。她低下头盯着地板，一片寂静之中他触响了键盘，随后唱了起来。玛丽安抬起头，惊诧地舒了口气，欣喜地凝神听着他唱歌。她发觉丹尼斯有一副美妙绝伦的男高音嗓子。

唱起初几个音时他略微有点紧张，马上便信心十足，娴熟而美妙的歌声飘荡在整个房间里。再也没有什么比动听的歌声更令人愉悦、更感人肺腑了。歌声飘扬，密密匝匝地弥漫了拥挤的房间，把静静聆听的人们全都凝聚在一起，仿佛有一个庞大的金色物体缓缓升起来。歌唱完了，人们无比佩服地呆在那儿，一言不发，接着就是如痴如醉的掌声。玛丽安情不自禁地高声尖叫起来，惹得周围的人惊诧地瞧着她，毫无疑问，大家对她的惊奇感到十分有趣。她身子前倾着，微笑地点点头，与汉娜交换了一下表情。

曲子很简单，是支当地的民歌，调子忧伤而单调。接下来是两首伊丽莎白时代的歌曲，婉转悠扬、起伏跌宕、沁人心脾。歌声中隐含着戏剧的味道，气氛越来越高涨，好像坐在椅子上的听众随时准备换装上场做精彩表演似的。可是丹尼斯本人此时却宛如一个隐形人，美妙的歌声让人忘却了他的存在。

他又唱了一首歌。这首歌她懂得一点点，很早以前不知在什么地方听过。

哦，假如猎人捕走我的黑鸟呢？
清晨的玫瑰将在大海上绽放；
醒来吧，我的黑鸟，醒醒，醒醒，
在我红红的晚樱树上为我歌唱。

哦，假如猎人捕走我的黑鸟呢？
太阳将从海底深处探出脸庞；
醒来吧，我的黑鸟，醒醒，醒醒，
在我红红的晚樱树上为我歌唱。

哦，假如猎人捕走我的黑鸟呢？
青山将被海面上的鸟群覆盖成雪白；
我会来到废弃的、废弃的花园，
在红红的晚樱树下伤心哭泣。

歌声袅袅而去，大家屏息静气，忘了马上鼓掌，就在这时响起一声痛苦的叫声。汉娜坐在那里，弯着腰，头埋在双腿间，仿佛身体突然受到重创一样。她呻吟了一声，抬起脸，用手捂住，接着便响起一个歇斯底里的女人的尖厉的恸哭声和喘气声。刚刚才响起的几声掌声立即尴尬地消失了，跟着是一片交头接耳。

玛丽安站起身来。身边的人也都站起身来，要么匆匆奔向汉娜，要么出于敬畏纷纷退到一边。房间中央，可怜的人还在哀嚎。玛丽安离开座位时，从人群中瞥了一眼丹尼斯，他站在钢琴旁低头盯着自己放在键盘上的手。她拼命想挤到汉娜身边，就快挤到的时候却被人一把推开了。维丽特高高的身体逼近房间中央，分开围在汉娜身边的一小群人，艾菲汉在一旁心神不宁地抚慰汉娜，吉拉尔德则在另一旁怜悯而又气急败坏地劝慰着。维丽特命令道：“站起来。”

汉娜爬了起来，仍然捂着脸，听任维丽特牵着她磕磕碰碰地往门口走去。大家一边推推搡搡地让路，一边互相询问，吵闹声越来越大。这个低头饮泣的人让人既怜又怕。人们退避到一旁。两个女人走出门后将门掩上。过了一会儿，从房子深处，更深处传来一声声干嚎，仿佛哭者身心备受煎熬，那几乎都不像人的嚎哭。

玛丽安不知不觉已泪流满面。她四下寻找艾菲汉，发现他就在自己身后站着。他迅速捉住她的手，将她领到敞开的窗户旁边。他俩像绝望的孩子，不约而同地离开了房间。走出房门的时候，玛丽安最后瞥了一眼里面，见丹尼斯坐在钢琴边，眉头紧锁，双眼紧闭；杰姆西看见她同艾菲汉一块逃离，向她投来警觉而意味深长的一瞥；吉拉尔德正在吩咐两个女仆做事，脸上还是那副气急败坏的神情。身后的喧嚣声渐渐听不见了。音乐晚会不了了之。

晚上没有月亮，但是满天星光。艾菲汉紧紧握住她的手，一起边走边跑，过了露台、车道，一直到晚樱树丛间柔软的黑土草地上。最后，他们在一个黑乎乎、静悄悄的地方停了下来，转身面对面地站着。

“哦，艾菲汉……”海风微微吹着，寒意袭人。她的眼泪还止不住，风吹过来，挂满泪水的脸颊冷冰冰的。

“玛丽安，”艾菲汉说，他神态冷静，甚至透出一点冷酷，她感觉到暴力在蠢蠢欲动，“你没错。”

“没错？”

“你的反应没错，是对的。我们这些人都着魔了。得把她弄出去。”

玛丽安心想，我也快要着魔了。她说：“确实如此。她都濒临崩溃了，我们还当她清醒正常；她在备受煎熬，我们却视之为恬淡平静。”

“我不知道，”艾菲汉说，“她的确有一种宁静，有自己的中心——那不是幻想。不过顷刻之间我发觉这整个构架其实岌岌可危。那里……处处都是裂缝。她很可能会精神崩溃。”

“之后会怎样呢？”

“我不知道。我只是忽然间感到十分害怕，从某种意义上说，我们大家都在吞噬她，我指的是全部的人。得停下来了。就按你的提议去做，找个日子用车载她走，但愿上帝不要让她有回去的念头。”

“好吧。”玛丽安答道。突然间恐惧与寒冷使她的牙齿咯咯作响。“我们现在要不要合计合计细节问题？”

“不要。你现在得先回到她身边去。今晚不能把她扔给司各托和维丽特不管。明天下午到莱德斯来。当然，我不会对爱丽丝和麦克斯说的。”

“我也不会告诉任何人。晚安，艾菲汉。”

他们面对面地盯着对方阴暗的脸庞。随后两人迅速靠拢，又一次像受到惊吓的孩子一样，紧紧拥抱但没有亲吻。玛丽安心想，很快我们就可以弃此地而去，很快我们就可以一起上路，汉娜、艾菲汉和我。

# 第十七章

那个日子终于来了。他们俩已经就细节问题合计了好多回，现在似乎是万无一失，只愿天公作美。玛丽安一宿无眠，第二天一大早就爬起床，看来天气再好不过了。

她激动万分，浑身直打哆嗦，一面瑟瑟发抖地穿衣服一面想，她，今天，就要成为那个打破咒语的人了，咒语曾经蛊惑和击败了多少人，对于将要发生的事她几乎不敢相信是真的。不管有何结局，不管最终是成功还是失败，今天终归是这所监狱的末日，这个传奇的结局。随之而来的将会与平日迥然不同，将是真实的生活。

有时，她突然间会觉得自己处于某种可怕的毁灭性行为的边缘，但她主意已定，这种感觉丝毫动摇不了她的决心。在这时确实会引发突如其来的暴力，可能不仅不能消除梦魇，恢复美好世界的原貌，相反会招来更荒诞不经、稀奇古怪的图景。这也许就将给汉娜带来毁灭性的灾难，使那张可爱的脸从世上消失。在夜深人静的时候，有一阵子她不由自主地颤抖着，几乎要相信把汉娜带出盖兹真的会导致她的死亡，可是白天一来，想起在音乐晚会上听到的那一声声喊叫、哭嚎，她告诉自己：任凭汉娜留在这儿，不带她走，汉娜的一生就完了。

汉娜本人显然很快就没事了，几乎已经从音乐会上的尴尬中恢复过来。玛丽安同艾菲汉稍事谈话之后回来，发现东家坐在自己的房间里和维丽特·伊夫克里奇一块喝着威士忌，满脸羞愧地嘲笑自己的失态，但是感情的宣泄显然让她精疲力竭了，随后的几天里，她比以前更加乖巧，更听玛丽安的话，歉意十足。事发后的两天里，维丽特频频带着医生出诊时的表情来看汉娜，而后又归隐到她孤寂的世界中。她没有理睬玛丽安。

艾菲汉现在十分坚决。下定决心后他风风火火地急于行动，似乎担心摇摆不定的时钟会一不小心哐当一声把城堡的吊门关闭。毋庸置疑，两人都提心吊胆，害怕事情暴露，他们的表情和频繁的约会暗示他们迟早将有所行动。除此之外，艾菲汉拼命地让她有一种时不我待的紧迫感。她略微伤心地想着，不管他有多么恐慌，他一定早就热切希望获得心仪已久的人儿了。至于她自己今后的角色，她没有费时费劲去思量，她只考虑到把符咒打破为止。

他们打算如此行动：玛丽安要让汉娜养成傍晚到外面散步的习惯。这不难办到，散步已经快成为她们的习惯了，而且汉娜实际上对玛丽安言听计从。到那一天，她们将在车道上朝大门口散步，届时艾菲汉将开着麦克斯的汉柏车出现，提议捎带她们回屋。汉娜拒绝提议的可能性微乎其微，特别当那会儿玛丽安宣称自己筋疲力尽时。汉娜一进到车里，艾菲汉就掉转车头飞速驶出大门。

之后他们将绝尘而去，不去布莱克港，艾菲汉认为那儿太引人注目，不够安全，他将驶向山里一间他知道的偏僻小客栈，客栈也是在去机场的路上。他们停在那儿，单独在一间房间与汉娜论理。几乎没有可能会被追上。这种客栈比比皆是，很难找到；而且，他们选择的日子是司各托和杰姆西定期外出的日子。“去市场。”吉拉尔德常常如是说，可是两人总是很晚才回来，浑身勃艮第葡萄酒味，并没有购回多少货物。届时，路虎车就被他们开走了；至于莫里斯车，艾菲汉说很容易搞定，只要往油箱里倒点糖就行了。计划似乎显得太简单，不可能万无一失，他们得保证司各托和杰姆西一如既往地外出，还要保证老天不下雨。

鉴于杰姆西在类似情况下曾犯的错误，玛丽安十分谨慎地、偷偷地把汉娜几件不时新的旧衣服拿来打包，这些衣服若不见了，不会引起人家注意。她也把自己的一点点值钱之物打了个小包。两个包都被艾菲汉在前一夜捎回莱德斯去了。玛丽安已做好失去其他东西的准备，纵然她努力使自己对汉娜想要他们做的事毫无芥蒂，她也不敢想像能重回盖兹。实际上，经过今天的变故，她难以想像盖兹还能继续存在。

玛丽安勉强打发了早上的时光。她和艾菲汉对过手表，但她十分担心自己的表会突然停止，所以每隔半小时她就上一次弦，以至于同汉娜在一起的时候老是出神，前言不搭后语，搞得汉娜认为她生病了，拼命劝说她回床休息。午饭后，吉拉尔德和杰姆西双双离开房子，令她如释重负，她目送他们走出一扇扇玻璃门，开着路虎车消失在前往格雷镇的路上。午后的一片死寂中，她不动声色地处理好了莫里斯车，但是当她搞定一切，神不知鬼不觉地回到房子里时，时候还早，不便去汉娜处。她坐在屋里吮吸着手指关节，几乎要昏倒了。

终于到了行动的时候。她最后看了一眼房子，披上外套朝汉娜的房间匆匆走去。汉娜不在房间。她焦急万分，慌里慌张地四下找寻一番，透过窗户看见汉娜已经在露台上来回踱步。她跑出去，随后两人便在弯弯曲曲的、洒满阳光的车道上像以往一样缓缓前行。

玛丽安测算过好几回，确切地知道到达目的地要花多少时间。汉娜说话的当口她不停地看手表。时间计算不会出差错，得保佑艾菲汉不要有什么问题。

“我真的该在这里种些山茶花，”汉娜边走边说，“这些黑泥土应该很适合种茶花，你说呢？我只是怀疑它们能不能经受住这里的风，虽然有几块避风处。我该问问爱丽丝。把手臂伸给我吧，亲爱的，我还是觉得没有力气。穿着外套你不热吗？干吗不扔在树丛下，待会儿再顺路捡起来。”

“我觉得还是穿着的好。”玛丽安嗫嚅地说，几乎发不出声来。

“我们要不要现在就回去？”

“再往前走一点吧。”她想，不知汉娜有没有意识到她在浑身颤抖。她迅速瞥了一眼身边那张眼睛睁得老大却是睡意蒙眬的脸。这该是睡美人最后的昏昏沉沉了。

那条沙石车道两旁都是黑乎乎、软绵绵的沼泽土，只有道中间一半处才有一处汽车可以拐弯的地方，那儿有一圈沙石和一小丛羽扇豆。她们就要从那儿经过，玛丽安挽着汉娜的胳膊，略略催促着她往前走。艾菲汉正好到了。

“你穿着外套还是对的，”汉娜说，“凉风起了。唉，亲爱的，真不知道你怎么才能和我们一道挨过冬天。我不该因为你适应得这么好就大意起来。你得有很多很多的假，你知道，要多少就有多少，而且你该多花点心思在自己的事情上。我很高兴你在学希腊文。我们该想法让你愉快……”

“我喜欢这里。”玛丽安小声嘟囔道。艾菲汉晚了半分钟。

“瞧，太棒了，艾菲开麦克斯的老爷车来了。”

谢天谢地。玛丽安把汉娜拖到车道一旁。她们俩的鞋子都陷进了柔软的土中，车子缓缓朝她们驶来。

“要我捎你们两个回去吗？”

艾菲汉的脸色非常苍白，两眼突出，汉娜不会没有注意到，但是她依旧开心地说着“好极了”，就钻进车里。艾菲汉别有用心地在前座的空位上放了一堆书。玛丽安充满鼓励地看了他一眼，跟着坐进车里。车门砰的一声关上了，他们的冒险不管好坏就这么开始了。

按事先安排，玛丽安马上开始抱怨脚痛。一路上都很痛，她说，瞧，想必是在不知不觉中被玻璃割破了，好像在流血。她弯下腰，头藏在椅子背后。汉娜大为关切，也跟着弯下腰来，在昏暗的车后部检查她的伤脚。玛丽安低着头，感觉到车子在拐弯。

汉娜一定也感觉到了，她马上直起身来。汉柏车已经加速朝大门飞快地驶去。汉娜愣了一会儿，然后大声尖叫：“艾菲，不要！”

她身体前倾，用力扳艾菲汉的肩膀，玛丽安只得捉住她的胳膊，死死抱着她，两人在车后滚成一团。汉柏车向前飞驰。

随后发生的事太快了，迅雷不及掩耳。当时玛丽安的半个脸被汉娜的肩膀挡住，看不见发生了什么事，可是事过之后她回想起来，情节栩栩如生、历历在目：汉娜呻吟着，挣扎着，但是玛丽安比她有劲得多。在离大门约六十码之处，门口突然又驶来一辆车，是爱丽丝的红色奥斯丁七型。

奥斯丁车飞快地径直朝汉柏车驶来，好像准备与它头对头地相撞。艾菲汉没有减速，而是拼命按喇叭。两辆车对着猛冲，奥斯丁车挡住车道，艾菲汉稍微拐了一下，车子在松散的沙石路上直打滑，冲出车道，经过松软的泥土，滑进一簇晚樱树丛中。这时离大门不到二十码。引擎熄灭了。

在随后的寂静中，玛丽安可以听见奥斯丁车的马达声。爱丽丝使劲踩着踏板倒车，直到车子与他们平行才熄灭引擎，她头靠在方向盘上，眼睛看着艾菲汉。艾菲汉没有看她，他慢慢走出车子，打开后车门。轮子已经深深陷入黑土中，起码得用拖拉机才能把它拉出来。计划破产了。

艾菲汉双手伸进车门，把汉娜扶了出来。她脸色苍白而毫无血色，呼吸急促。她被他轻轻扶出车子，然后默默无语地靠在他身上。他双臂环着她，闭着眼睛，紧紧地把她拥在胸前，他们静静地站在那儿，一动不动。玛丽安走出车子。

计划的的确确破产了。至今为止玛丽安都没有想过，她和艾菲汉本来是有可能裹挟汉娜出大门的，不过就算当时有此念头，她也得马上作罢，因为又有一辆车驶到门口，是路虎车。

路虎车慢吞吞地往前开着，紧贴着奥斯丁车停了下来。吉拉尔德和杰姆西走了出来。杰姆西倚在引擎罩边远远地立着，吉拉尔德朝车道边走来。他打量了一番现场：汉柏车深陷在晚樱树丛里，背后是汽车驶过的一道道痕迹和四溅的沙石，玛丽安站在车旁，艾菲汉拥着汉娜站在另一侧。艾菲汉慢慢地松开手臂。

吉拉尔德叫了声："汉娜。"

她像个梦游者一样走向他，看她跌跌撞撞地走着，他过去扶住她，牵着她到路虎车身边，把她扶进车里，然后一声不响地重新启动车子，从奥斯丁车旁边慢慢绕过之后朝房子驶去，留下杰姆西站在车道边，他仍然一动不动。

“艾菲。”爱丽丝打开奥斯丁车的客座门。

艾菲汉恍恍惚惚地望着她，整个脸显得扁平，空空荡荡的，好像有表情的那一层被人撕掉了一样。然后他皱了皱眉，茫然地摇摇头，向车子走去。他走进车里，砰的一声把门关上。奥斯丁车灵巧地开动起来，驶到那丛羽扇豆前面掉头，然后在车道上飞速前进，驶出了大门。

玛丽安小心翼翼地走回沙石路上。鞋子上有一层厚厚的黑土。

杰姆西仍然站在原地不动，玛丽安看见他因暗暗欢喜而两眼发光。他站在那儿，摆了个手势，像在试图留住眼前令人陶醉的美景。他慢悠悠地转过头来，冲着她笑了。“玛丽安！”

“你好。”玛丽安招呼道。她的一只鞋走丢了。她轻声哭泣起来。

“啊，别哭！”他终于朝她走来，单臂绕着她，扶着她让她穿鞋。然后他扔然拥着她向房子走去。“就你我两人留在后面，挺好的，对不对？过来，瞧瞧你自己的照片。我特地在格雷镇把它们洗成了彩色。”

# 第十八章

她直接回到自己的房间。与杰姆西一块儿走进房子的时候，里面鸦雀无声，一跨过门槛，他马上就不说话了，随后便消失在楼梯的阴影中。

她走进房间，把房门掩上。里面静悄悄、亮堂堂的，阳光照射进来，在地板上留下一个又一个大块的方形影子。时钟还在滴答滴答地走着。她一直后悔忘了把钟带走，这下好了，不会把钟给忘了。她怀着一种惊诧的心情看着自己的房间。面貌依旧，人气很足，空气新鲜，尚未散发出那种没人住的陈腐气息。一件针织紧身衣和几件内衣乱七八糟地堆放在一张椅子上。她原先就准备这样一去永不复返的。

桌子上放了一个新东西，是一张名画明信片。她拿起来仔细看了看，是西班牙画家委拉斯开兹的《布雷达守军投降》，她把它翻了一面，是杰夫雷从马德里寄来的。他说其他人纷纷推辞说有事，放弃了旅行，他只好和弗丽达 · 达西两个人去。他说他以为提香的画确实……玛丽安把明信片扔进废纸篓。

她慢慢地脱掉外套，马上自然而然地考虑起自己的处境。可是汉娜怎么办？他们一定得知道那不是汉娜的主意，一切都是她和艾菲汉一手操办的。她必须解释清楚，他们必须给予谅解。然而，为什么是“谅解”？她的思绪又回到牢笼中了。可是就算他们认为汉娜无可谴责，他们会允许她继续留在盖兹吗？既然她已证明了自己是个危险人物，会不会马上打发她走，以后也不准艾菲汉再踏进这栋房子？如果是这样，汉娜受到的惩罚就大了，从此要失去两个最好的朋友。她难过地呻吟着，丹尼斯充满责备的形象浮现在她眼前。他警告过她别多管闲事，她干什么不听呢？

她站起身来，在房间里踱来踱去，时而急促地走上几步，停下来想想问题，然后又走上几步。就眼下来看，这一切似乎大错特错了。她应该尊重汉娜的现状。难道这一切不是冥冥中注定的？他们不可能走出那座大门，可是这样想是疯狂的。她停在窗户边眺望着莱德斯。夕阳之下对面的窗户金光闪闪。爱丽丝和艾菲汉天知道在那边说些什么。玛丽安发觉自己很可恶，对他们的谈话已兴趣全无。可是爱丽丝究竟怎么知道的呢？艾菲汉一定出了漏子。不过回想起来这一切似乎都是不可避免的。他缺少信念。也许她本人也缺乏信念。反正结果都一样，可怜的艾菲汉。

她看了看手表。通常情况下，现在她是同汉娜待在一起。她还能与她共处一室，做那些平常的琐事吗？盖兹狭小平静的生活，监狱般的生活突然间在她眼前变成了最美好的生活。这里大得足以容得下爱。容得下爱的地方就够大的了。

时间一分一秒地过去，她烦躁不安地徘徊着，时不时地自言自语，渐渐地，她意识到自己在静静地等待着什么，在极度紧张又兴奋地等待着什么。没过多久她就明白，等待的是吉拉尔德的来访。

过了将近一个小时他才真的来了。玛丽安靠窗而坐，外面天色越来越通红和金光灿烂，房间里则越来越幽暗，他敲了几下门便轻轻走了进来。她马上站起来。

他把门阖上，直接走到床沿，一屁股坐下来。“过来。”

玛丽安走了过去。

“坐下。”

她在床边的一张直背椅子上坐了下来。

“把手伸给我。”

她听话地伸给他。

“玛丽安小姐，难道不觉得做那样的事很傻吗？”

“可是，”玛丽安说，一下子千言万语，不知从何说起，“根本不是汉娜的错，她对此一窍不通，是我们绑架了她，也谈不上绑架，我们只想把她载出去一点，让她看看外面的世界，如果她愿意回来我们就送她回来。如果她不愿意离开，我们是不会勉强带她走的。她对这一切一无所知，一点都不知道，等她明白的时候还想跳下车子呢。实际上全是我一个人的不对。艾菲汉并不真的赞同，是我死死缠住他的，全都是我的不对。求你不要赶我走，求你了。”

吉拉尔德仍然握着她的手，把它翻转过来，用一根手指轻轻敲着她的掌心。他在黄昏下俯视着她，宽阔的脸庞上带着若有所思的表情。他没有一丝笑容，但是眼睛似乎变得细长而亮闪闪的。吉拉尔德说：“你这么袒护艾菲汉，我很感动。”

“求你别打发我走，”玛丽安说，“别打发艾菲汉走。你必须明白——”

“没错，我明白。不用说，我知道你的计划没有让汉娜知道。我想是你，玛丽安小姐，不明白底细。你很年轻，对生活和痛苦所知甚少，看到这里的人都非常喜欢你，于是你的小脑袋瓜子就开始乱转了，嗯？你以为了解我们的邪恶，自以为有能力治愈它们，可是根本不是这么回事，嗯？”

“我只是替汉娜着想罢了……”玛丽安语调凄惨地说，感觉自己在一点一点地被侵蚀，一点一点地崩溃，好像身体和心灵上坚固的部分开始一块接一块地坍塌。

“可是，实际上我们大家都在替汉娜着想，但并不像你想像中替汉娜考虑的那么简单。这么多年来她一直都处在自己的孤独世界中，单凭你所说的‘让她看看外面的世界的本来面貌’，你以为能起到什么作用？你以为这有实际意义吗？你以为对汉娜来说还有里面和外面的区别吗？你在想——对不对，我能读懂你小脑袋瓜子在想什么，你在想如果你经过那几根大门柱子，就会有什么东西被折断，被打破。这正好显示了你的懵懂无知。从某方面来说，当然了，汉娜会惊慌失措。要费点时间才能把这讨厌的事件摆平，把这个小小的伤口治愈，但是你知道，也有可能她根本注意不到，根本注意不到的。”

“你把我搞糊涂了，你把我搞糊涂了。”玛丽安喃喃地说，泪水在眼眶里直打转。她紧紧抓住他的手，思绪纷纷扰扰，纠缠在一些可怕的思想里。她多希望能够找到恰当的言辞以恢复原来简洁而又真实的思想。“你把她关起来是不对的，她不想被关起来，她不应该被关起来的，这不对……”

“嘘，玛丽安，别说了。有些事情对年轻人来说确实耸人听闻，因为年轻人总以为生活应该幸福又自由，但是从美的角度来看，生活从来没有真正的幸福和自由可言。幸福是个苍白无力的词汇，也许自由根本就没有真正的内涵。我们都照着一些堂皇的模式生活，都有属于各自的命运，属于即使在摧毁我们的时候，也被我们深深热爱的命运。你以为我没有被这里发生的事折磨得几乎分裂吗？你以为我自由自在吗？我也是这种生活的一部分。这种生活不属于我，我属于它。它就是这里唯一能够存在的生活方式，是生活在这里的人们共同努力的结果。这种模式在这儿是最有分量和权威的，绝对有分量、有权威，所以大家都必须遵守，如果他们想待在这儿的话。你也应该遵守，玛丽安，如果你打算在这里待着。”

玛丽安的眼泪决堤而出，“你懂得我是想待在这里的……”

“那么，你得向我保证，不再玩这样的游戏。你保证吗？三思之后再回答。”

“我保证，我保证——”

“好了，这才是我的好姑娘。坐到这儿来会更舒服一些，嗯？让我们把眼泪擦掉。”他温柔地把她拉到膝上坐好。

玛丽安偎在他的肩膀上抽泣不已，听任他用一条白色的大手帕在她的脸上东擦西擦。

“行了，别哭了，孩子。大家都爱你，我也爱你。来，用手搂住我的脖子，这样就好多了。听话，玛丽安小姐，别再难过了，这时刻多温馨啊。把脸抬起来让我好好看看。让我看看你漂亮的脸蛋，行了，让我亲亲你。”他耳语道，用手背抚摸着她的脸，让她的头微微后仰着。这时候，屋里几乎黑蒙蒙的。玛丽安无助地靠在他的手臂上，闭着眼睛，寻找他的嘴。

他张开嘴长长地吻着她，动作猛烈。时间和空间都幽幽地、温暖地、乱纷纷地涌向她，她快要昏过去了。然后，他用力把她往后推了一下，她从他的腿上滑落到椅子里，接着他又把那块大手帕贴在她的脸上，用手轻轻抚摸着。“现在该好了……”

玛丽安抓着椅子背，不知所措地想站起来。她的腿好像有问题，几乎站不起来，嘴里开始支支吾吾。

吉拉尔德站起身来。“别说了，孩子。我得回到汉娜那儿去。我会叫人送晚饭给你的。吃完饭后，好好用凉水冲把脸，梳好头发，到汉娜屋里来。汉娜会想见你的。现在我们又成为好朋友了，嗯，玛丽安？”

她嘟囔着表示赞同。他走出房间，留下她一个人。她一屁股瘫软在地。如果他像对待杰姆西一样对待她，她会败得一塌糊涂。她惊恐万状的心灵和躯体彻底投降了。

# 第十九章

玛丽安敲了敲汉娜的门，已经隔了好一阵子，她还是止不住眼泪，只得一遍遍地洗脸扑粉。

她从黑洞洞的屋外走进灯火通明的房间。好像所有的人都在里面，人们压低嗓门，开心地悄声细语着，仿佛正在举行一个场面庄重的小型晚会。窗帘全部拉好了，屋里显得很温馨，大家都聚拢在炉火周围，居然全都举着酒杯。她往里走，前面的人影模模糊糊，忽东忽西，参差不齐。她用目光搜寻着汉娜。没过多久她就看见汉娜的脸，泪痕仍在，脸色惨白，但是神情中却流露出一种静静的狂喜，同经过沉船事故而大难不死的人的表情一模一样。汉娜拥抱并亲了亲她。随后，她也拿着杰姆西塞到她手里的酒杯。

有一会儿她搞不清楚是人们真的在说话，还是她头脑里有嗡嗡声。周围金光闪闪的人群像守卫上帝宝座的六翼天使那样被从头到脚笼罩在银齿般的翼形灯光下。每个人似乎都变得高挑、细长了。她揉了揉发疼的眼睛。这下子杰姆西倒是真的在对着她嘀咕些什么，他递了根烟给她，帮她点着，她啜着那熟悉的、透明的、浓浓的威士忌。

她加入到小小的人群中。汉娜站在维丽特身旁，不时地扭着手。维丽特看上去迷人而恬静，被光晕笼罩着，仿佛有一束淡紫色光线触摸着她的头和脸。她一度伸出手来，冲着玛丽安微笑，指尖拢在一起做了一个奇怪的致意。玛丽安发觉自己也笑了，脸上露出同样迷醉和宁静的表情，像光环一样照耀着周围的人。

杰姆西在人群之外窜来窜去，忙着给大家斟酒点烟，忙完之后总是回到吉拉尔德身旁。杰姆西兴致勃勃，激动得脸上发亮，两眼不停地眨着，好像按捺不住内心的喜悦之情，就要爆发出一阵欢笑声。他不断地朝玛丽安看，嘴巴微微开启，似乎想招呼她，随即又合拢起来抿着，似乎在表示友好。每次从她身边经过时，他都要碰碰她，然后走回去碰碰吉拉尔德，之后再紧贴着他站好，弯腰弓背，似乎有意无意地表现出对吉拉尔德庞大躯体的敬意。

吉拉尔德像个仁慈的巨人，高高地俯瞰着这一切。他时不时地用满意的眼神看看汉娜，好像在征求她的意见似的，而她总是赶快回礼，似乎显露出一种胆怯而疲惫的谢意。她谢什么呢？玛丽安心想。因为他让我待在这儿吗？汉娜和吉拉尔德就像这个团聚的大家庭的家长。吉拉尔德甚至会不时地张开双臂，好像要拥抱他们，把他们紧紧搂在一起。他逐一打量着他们，当眼光与玛丽安的相遇时，便露出一种得意的、淡淡的骄傲，就像父亲看到女儿成为勇敢的好女孩时的表情。玛丽安自言自语地说，我已经被这个大家庭接纳了，事实如此，我已是这种生活模式的一部分了。今晚庆贺的就是这个。一阵奇怪的如释重负的感觉涌过她的全身。什么可怕的事都没发生，一切如故。她又喝了些纯威士忌。

同属一个大家庭的感觉使她隐隐不安，觉得有样东西被遗漏了。什么东西或什么人不在场。她四下寻找，好像那个东西像鬼魂或幽灵一样常常出没在她的视野之外。随即她意识到了被遗漏的是什么——是丹尼斯。她又环顾了一下四周。不，不是，丹尼斯没有被遗漏掉，他一直都在场，躲在人群之后，靠近彼特·克里恩-史密斯的照片，在阴影下站着。他手里也拿着酒杯，显然在接受杰姆西殷勤的关照。玛丽安看不清他的脸，朝他微笑了一下。他也归属到这里了。过了 一会儿，她看清了他的脸。

别人的脸都像镀了一层金，丹尼斯的却是黝黑的。他拿着酒杯笔直地站着，五官像黑铁一般。颧骨和眉结在朦胧的灯光下凸显出来，好像心里正承受着一份可怕的压力。他眼睛黑漆漆的，嘴巴抿成一条黑线。身上的衬衫敞开着，头发乱蓬蓬的，酒杯在他手上就像枪管一样，使他看上去很奇怪，如同一个粗暴的小个子党徒，与这里格格不入。他孤立无援，满心都是暴躁的想法和阴鸷的目的，他没有回敬玛丽安的微笑，她甚至搞不清楚那双咄咄逼人的眼睛在朝哪儿看。

丹尼斯的模样使她清醒了 一点，此时此刻她感觉到自己空腹喝了那么多威士忌，已经有半分醉了。这一整天她都处在高度兴奋状态中，一点东西都吃不下，她略略摇晃了一下，赶紧抓住壁炉台。进房间之后她都在想什么，做什么呢？还有在这之前呢？先前的一幕就像一场梦。但是一切已经发生了，并且引出了现在的这一幕。她被带到一处注定要缴械投降的地方，没有挣扎一下，呻吟一声，就举手投降了。在那间黑漆漆的房间里，吉拉尔德可以对她为所欲为，他一定心中有数，虽然他像安抚小孩那样安抚她，之后又把经受了磨炼的她带进这个明亮的家庭，让大家接受她。玛丽安不由得想起她曾对丹尼斯说过，就她一个人没有牵涉到罪过。现在好了，她也被卷进去了。

有什么突然的事发生了。玛丽安疑惑不解地摇摇脑袋，努力想恢复神志。她不知怎么地放下手中的酒杯，眼前又模模糊糊地出现了一幕景象。大家都转向门口，一个黑人女仆站在那儿，对汉娜说着什么，她听不出来，只听汉娜说：“行，行，还用问吗？赶快让她进来。”

房间里一阵忙乱，人们开始窃窃私语，接着门被打开，爱丽丝·列殊走了进来。

爱丽丝往里走到光线之下。她神情恐惧，衣冠不整，气势汹汹。她朝汉娜走来。“艾菲汉在这里，在房子里吗？”

“不在，亲爱的。”

“那么，他不见了！”说完她便哀哀痛哭起来。

“不见了？”

“当时他暴跳如雷，我就让他下车了，然后他朝内陆走去。现在都三更半夜了，他一定迷失在沼泽里了。”

# 第　四　部

# 第二十章

过了好一会儿，艾菲汉才明白过来自己的确迷路了，不可救药地、彻彻底底地迷路了。奥斯丁七型驶出盖兹的路上，他同爱丽丝激烈争吵起来。他控制不住内心的愤怒、难过、失望和痛悔，命令她停车，并且急不可耐地爬下车，朝山上走去。她在路上等他，他往天际方向朝内陆走，从很远的地方还看到红色的小车仍停在那儿等他，但是她没有尾随他，或是在后面大声疾呼。

艾菲汉对她火冒三丈，倒不是她碰巧引起这场灾难，而是她竟然想都没想就给他提供了一条这么快捷、安全的退路。他应该留下来的，就在他关上奥斯丁车的门时他就开始告诉自己应该留下来做点什么，应该面对司各托，保护汉娜，至少应该说明原委；或者他甚至可以控制奥斯丁车，把汉娜塞进车里。可是，他没有这样做，他不可能做这些。但是至少他还可以留下来为自己辩护几句，而他只顾脚底抹油，自己逃跑，留下两个女人听凭司各托处置。不过除此之外他究竟能做些什么呢？一开始他们就争吵不休，车子飞速朝盖兹大门驶去的路上，争吵声在他耳边轰然作响，他毫无办法，只得离开爱丽丝，独自待着。

从愤怒的短短几句对话中，他明白了爱丽丝是如何知道这回事的。艾菲汉是被自己的虚荣心出卖的。多年来他一直隐隐约约地以为女仆凯丽有点倾心于他，会对他言听计从。他想当然地以为，如果他更年轻一些，更血气方刚一点，想必会把凯丽带到床上去，这个念头成为他心里一个宜人的幻象。他不假思索地认为就是现在她也不会拒绝他。在准备事变的时候，他留了封信给爱丽丝解释情况。他把信和一份丰厚的小费一起交给凯丽，要她在晚饭时分递给爱丽丝，到那时他自己早已远走高飞了。的确，他没有暗示凯丽他要离开，但是他的举止鬼鬼祟祟；虽然只打算捎带一点点衣物出走，却可能有哪个女仆看见他打包了。不管是什么，反正凯丽的疑心越来越重，艾菲汉前脚走出房子，她后脚就把信交给爱丽丝。爱丽丝告诉他说，她立刻怒气冲冲地动身去找他，一心只想弄清楚他搞什么名堂；当她看见汉柏车后座载着什么人全速前进的时候，便恶狠狠地决定不让它驶出大门。她深感抱歉：如果她好好想想的话，可能就不会这么做；如果她仔细想过，也许什么事情都不会做，可是艾菲汉根本没有给她考虑的时间。

艾菲汉昏头昏脑地往前走，感到钻心的疼痛。回头一看整桩事情，就是一件可恶之至、愚蠢之至的傻事，是他刚刚干下的事。为什么会蠢到让那个长鼻子的聪明姑娘说动呢？整个计划，现在转而一想简直漏洞百出，毫无希望。在这种混乱不堪的场面下汉娜根本不会同意随他们走。就是那个不远处的机场让他们两人胡思乱想。现在想起来，玛丽安是在提到机场的时候往他心里播下了这粒致命的种子。他们两人都极其愚蠢、轻率，不切实际地陶醉在把汉娜送上飞机的想法中，那是一个绝妙的逃跑途径。音乐会上的那一幕也深深触动了他，简直不可理喻。他毫无来由地认为那是灵魂备受煎熬的哭嚎声。不用说他也被玛丽安感动了，因为她的刚直不阿，因为她的振振有词，因为他对她尊敬有加，因为他倾心于她。

现在看看自己干了什么好事。他把汉娜置于危险中，毫无遮掩地暴露在对手面前，听凭他们处置；无形当中他也促进了玛丽安的被解雇；也许还给爱丽丝造成了不可弥补的伤害；然而最糟糕的是，他自己将因此受到惩罚。也许从今以后他再也不能到盖兹去了。这个念头让他痛不欲生，差点就直不起腰来。如果他们不让他见汉娜，他真的会狗急跳墙。可是他到底能做什么呢？刚才唯一能替汉娜做的事，他不是都没做成吗？退一步说，就算今天计划的前一部分成功了，结果又能怎样？他一遍一遍地回想他开车冲向大门时汉娜凄厉的“艾菲，不要！”的叫声。就算他们成功地抵达客栈，汉娜想必已成一个泪人儿了，也许还会给吓得半死，哀求他们尽快送她回家，而他们只能照她的话去做。如今，她不可能就这样面对外面的世界，希望她做到这一点是不公平的，也是愚蠢的。如果在大门之内他都束手无策，只能干着急，那么出了这个大门，他又能希望做成什么？

他磕磕碰碰地一味往前走，谴责和后悔的念头在脑袋里嗡嗡作响，使得他什么也看不见，什么也听不见。现在该怎么办，回到盖兹去，凄惨地守在外面？事情刚发生，他们不会让他进门，当然他是罪有应得。最好还是等到事情解决完毕。可是，若回莱德斯去，人们会拿什么眼色瞧他呢？爱丽丝会怎样待他呢？既然麦克斯对汉娜的精神之旅有着独特的看法，还对她怀有一种隐隐的爱意，那么，对他做下的这件不负责任的蠢事麦克斯会如何评价呢？

回莱德斯的想法唤醒了他模糊的时空意识，他开始放慢脚步。前一阵子他只顾猛走，一边激动地做手势一边自言自语，跳跃不定的思想让他的脑子一直嗡嗡作响。这会儿他稍微控制住乱纷纷的思想，开始为自身的境地而担忧，渐渐意识到周遭只是一片无边的寂静。他不敢往前走了。

他首先稳住自己，然后四下打量。宽阔的天空中一条条柔软的红线和金线纵横交错，黄昏使天幕低垂，天色暗淡。周围的荒野平坦空旷，已经是幽暗的褐紫色。艾菲汉努力使自己清醒过来。究竟自己身在何处呢？只记得爬上那座小山，快到小溪了，然后沿着溪边通向鲑鱼池的小径往前走，可是现在连小溪的影子都见不着了，一定是在什么地方拐错了弯。的确，现在找不到任何可以用作路标的东西。

幸好只要顺原路往回走就可以了。他转过身来，至少他可以看天辨识方向。刚才他一直在朝东走，这会儿可以朝落日方向往西走。他看着落日，天空自然一边红彤彤、亮堂堂的，一边却是暗淡的蓝黑色，可是光亮处广阔无边，不好确定方位。他觉得这个地方的海岸线很狡猾，让人难辨东西。即便如此，他的路大约还是靠近天空亮的一边，只要沿着脚下的小径往前走便是了。

他动身朝前走，才走几步就开始怀疑脚下的究竟能不能算路。走在上面会踩到零星的石子，但是这些石子——他刚注意到——分布零散，圆圆的；在一簇簇挺拔的棕绿的草丛中他看到其他类似的石子散布的地带，搞不清那些是不是路，是不是他刚才走过的路。他加快步伐。方向一定不会错的，除了快步往前走就别无他法。天还很亮，用不了多久，他就能找到熟悉的东西。

他一边看着低矮、平坦、毫无特色的地平线，一边大步前行。他专心致志地辨别着方向，光线游离不定，把他的眼睛都搞混浊了，陆地似乎总往奇怪的方向拐。他不得不时不时停下来，揉揉疼痛的眼睛。他沉着地走着，但是步子很快。过不了多久应该就可以看到村子上方小路上的大鲑鱼池，他不停地找着，觉得找到了，但眯起眼睛一看，发现四面的陆地还是一如既往地平坦空旷。

终于，他看见了什么。在地平线上，靠近右边，有个直立的东西，想必是那块大石碑。他一定离开直路很远了。他掉转方向，快步前行，慌里慌张地走进一簇簇湿漉漉的青草丛里，直立的东西不时从他眼前溜走，然后又重新出现。光线消失得很快。他低着头盲目地瞎走一气，似乎一路上都在跌跌撞撞，而后抬起头，突然发现那东西就在身旁。它根本不是大石碑，只是一棵树罢了。

他慢慢朝那棵树走去。这跟他以前知道的树不同。在这个荒无人烟的地方，一棵棵树就是一个个人。他一定是到了一个以前从未来过的地方。冲着这棵树他偏离了原来的小路，现在他已乱了方寸，不知道原来的小路在哪儿，怎样才能走回去。黄昏消逝前的天空中还残余着一点朦胧模糊的蓝色，微微亮着，一条红色的边线勾画出三边的地平线。周围的地面是一派斑斑驳驳的紫黑色。艾菲汉走到树边，停下来倾听着四周无边无际的寂静。

艾菲汉意识到那棵树不是大石碑之后，就知道自己迷路了。虽然情况没有到糟糕透顶、不可收拾的地步，但是他却实实在在地迷路了，真令人讨厌。现在很可能要费一番周折才能回去。幸好他的方向感尚未全部消失，不管怎样，只要坚定不移地朝天际那条红色弧光的中心走去，保证能找到路，至少会到斯加伦，再回到路上。他并不喜欢摸黑爬下斯加伦，不过，如果他爬慢一些也无妨。过一会儿有星光，可能还有月亮。管他三七二十一呢，就当一回夜行客好了。

他犹豫不决起来。突然间，他感觉自己很奇怪，不愿离开这棵树，至少它和自己一样是直立的。他伸出手触摸着它。艾菲汉是城里人，总觉得夜晚的乡村很陌生，让人惶惶不安：黑暗、空旷，人迹稀少，恐怕只有野兽出没。他摇了摇头。最好赶在那条微弱的红色弧光，如今唯一的引路标记消逝之前动身。如果他行动利索的话，可能很快便能到达小路；也许现在离它不过才几百码的距离。想到这里，他顿时信心倍增，开始大步流星地朝前赶路，大约走了五分钟左右，红色弧光隐没不见了。艾菲汉继续走着。

他一次次努力摆脱着停下不走的念头，但还是停下来了。天几乎完全暗了，虽然他还能看见眼前的一小段距离。他一直不想停下来的原因是因为他知道一旦这样，恐惧就会接踵而至。此时他已经真的感到害怕了。当然，只是略感害怕而已。自己竟然会感到害怕，他觉得很荒诞：有什么好怕的？最糟的不过是旷野的一个夏夜罢了，他当然不会害怕这个的。不过，他迷失的地方确实是一个阴森恐怖之处。

他多希望没有离开那棵树。至少它是一个庇护所，一间房子，一处有着某种意义的地方，而现在他周围只有空寂一片，不知身在何处。他不知道是不是该接着往下走，不过他只能往前走。在这令人毛骨悚然的僻静之处傻傻地待上一宿，他想都不敢想。走起路来，至少自己是在运动，能在周围听到自己令人宽慰的脚步声。再说，也许此时此刻他离小路并不太远。他第一次考虑到要不要高声呼救，可是在荒无人烟之处高声喊叫又有什么用呢？上面半个人影也没有。试试也许无妨，可是叫喊些什么呢？他想了半晌，然后费劲地叫了声：“喂！”

奇怪。声音似乎马上就在近处消失了，仿佛有一条厚厚的地毯围在周围十米左右的地方，让声音窒息了。喊叫已是无济于事，周围阴森森的，叫声到喉咙处就发不出来。他开始疾步前行。夜空是幽暗的蓝色，上面繁星点点，尽管看不清眼前的地面，但是有点微弱的散光，他可以勉强往前走。他极其希望身边有点香烟，可惜他把烟给落在汉柏车里面了。从夜光表上他看到已是午夜时分。他一面走着，一面忍不住地四下打探，双手置于胸前，好像会蓦地触到什么或者见到什么东西似的，不过眼下他见到的并不是车灯。他的心咚咚猛跳，十分难受。

陡然间，他感觉到身后有个古怪的东西。前一阵他从眼角瞥见了这个东西，当时以为是自己的视觉在作怪。现在它又出现了，他惊恐地转过身来看着它。那是一种奇怪的亮光，亮闪闪的绿光，好像是从地面上发出的，在黑黝黝的景色中一闪一闪，明亮得出奇，显得十分灵活，捉摸不定，充满了威胁。好像什么东西正从地下钻出来，的确像一个活生生的东西。艾菲汉连连后退。

他走路的时候看到两样东西。一圈微弱的绿光呈巨大的弧形环绕着他，几乎把他圈了起来；另外，在他脚下是同样的绿光，但更明亮得出奇，从地面升起，像个会发光的绿色小精灵一样落在他的鞋子上。艾菲汉的恐惧没有持续多久，却让他打心眼里感到害怕。当然，他很快就明白过来这不是什么鬼怪，只不过是一种早就被发现的、极为罕见的“鬼火”，有一些化学方面的成因和成分，可以在实验室里分析出来。话虽如此，他还是讨厌它，害怕它，拼命想把它从鞋子上抖掉，却是白费力气。它紧紧吸住他不放，跟着他走动，发出怪异的光照着他的双足和脚步。看着脚下发光的路，他还讨厌、害怕它带来的信息：原来他一直在原地打转。天知道正确的方向在哪儿，也许最好还是原地不动。

艾菲汉并不特别害怕鬼怪，至少他自己深信如此。他非常清楚世界上并没有什么鬼怪、精灵和凶狠的非人之物，可是当地人全都认为有。当他站在这儿徒劳无益地倾听、摸索、凝视着沉甸甸的寂静无声的世界时，几乎是实实在在地感受到周围有个邪恶的东西，这不是一种隐隐约约的感觉。在这里，他是个不速之客。他可以嗅到危险的气息，人在这儿是不受欢迎的。他绞尽脑汁地回想他所知道的恶魔。无疑，它是一股强大的力量，一股强大的黑暗的力量；它能附在人的身上，附在任何它喜欢的地方。他希望身上带着十字架。

待在这儿不动仍然是不可能的，现在他已经害怕得不得了。他很想大喊大叫，但是又怕听到的是一些令人悚惧的应答。谁知道叫喊声会招来什么。他不停地走着。走了一段路之后，“鬼火”从他身边神秘地消失了，就像它来时一样，剩下他一个人在这漆黑得伸手不见五指的地方，再往前走就越发困难了。脚下的地面好像越来越潮湿，他在泥泞的草丛中滑了一两跤。他心想是不是快要到小溪了。倏地，一个新的想法闪进他的脑海。“鬼火”是沼泽里的现象。

可能误闯进沼泽深处了。这个想法在他脑海中闪过一两次，他赶紧把它打发掉。完全不可能。沼泽，真正的沼泽是在此地内陆中相当靠里面的地方，在沼泽和斯加伦之间是一长条灌木丛生的烂泥地。他猜想自己正走在上面。毕竟他没有走多远，许多时候还是在原地打转。他看了一眼手表，将近午夜两点，他不可能进到沼泽里。脚下的地面仍然相当坚实。

要是它是沼泽呢？他检查了一下周围的土质，用手和脚轻触地面，有点软塌塌、泥乎乎的，好像没有石子了。他开始想念起那些石子，至少它们跟他一样坚实。他直起身来，嗅了嗅空气，里面有一股潮湿的变质的发酸的黑泥土气息。管他呢，就算他在沼泽边缘又有什么好怕的呢。天很快就会亮的，那时他就能辨别方向。只是现在他真的最好别再乱走了。干脆在附近找一个较为干爽的地方，坐下来等着天亮。他又走了十码的距离。

艾菲汉停了下来。地面已经变得相当泥泞，泥浆开始灌进他的鞋里。他把脚拔出来的时候听得见噗噗的声音，他又走了两步。每动一步，脚就陷进烂泥浆里，得使把劲才能把它从小泥坑里拔出来。他想了想，认为最好还是回到自己以前待的地方去，于是他转过身来；但是走了五步，情况依旧一样糟糕。地面突然间颤抖起来，表面的烂泥被积水稀释了。走在上面水花四溅，裤子从脚到膝盖的部分全都湿透，溅满了泥巴，紧紧地裹在腿上。夜似乎更黑更冷，他不走动的时候简直静得可怕。他停下脚步，发现自己已陷入泥沼。

艾菲汉当然听过当地有关迷失在沼泽里的人的故事。曾经有人告诉他，沼泽泥浆会把人卷进烂泥水井或水坑里，然后让人满身泥污地掉进底下的石灰石洞。他第一次感觉到自己身处险境，乱了方寸，十分后悔没有待在那棵树旁边，没有停在那有石子的地方，但是他不应该想东想西，胡乱吓唬自己。地面是很烂，可是以前他不也曾走在泥路上或湿湿的沙子上吗？无论是走出去还是原地不动，最糟糕的不过是把脚弄湿罢了，不过，烂泥紧紧吸着他，令他十分难受。一阵突如其来的恐慌使他猛地拔出一只脚来。看来不太难。

走动似乎不太可能。艾菲汉保持着金鸡独立的姿势，气喘如牛。在挣扎之中，另一只脚已经陷得更深了。得有个新的立足点才敢把它拔出来。他究竟想干什么呢？他已经惊恐万分，也无法再保持身体平衡，于是便朝前探了一步，把另一只脚拽了出来，踉踉跄跄地走了几步就走不动了，双脚又陷进沼泽，直陷到小腿。他的心猛跳着，几乎气都喘不过来。搞什么名堂？待着不动不是挺好的吗？ 一动不动地待着，什么事都不会有。就在这时，左脚下好像有个东西在滑动，似乎踩进了水洞，或是踩到沼泽的气泡了。他扭动了一下，想再移动一步，却重重地跌到一旁。身下的地面撑不住，开始下陷，咯咯作响。

他只得一动不动地待着。他静静地待了好几分钟，双眼紧闭，努力保持头脑清醒，然后才开始考虑手脚该如何放置。他笔直地坐着，右腿垫在身子下，黏糊糊的泥巴吸着他的膝盖。另一只脚在前面伸着，就快要滑进一个水洞里，他可以听得见水在脚下哧哧地响。可能他在沼泽中的一个深不可测的烂泥坑边缘。他双手举在胸前，活像两只躲避危险的野兽。他慢慢抬起头看着夜幕上的几颗星星。

他开始想东想西。过不了多久天就会亮；天亮了，他们就会派搜寻队来找他。不用说，他们都会知道他闯进沼泽了。他们会知道吗？也许他们会认为他回到路上，搭车去了布莱克港，或是火车站。他也可能随便乱走。也许他们就是想不到沼泽。就算他们想得到，他们找得到他吗？就算找得到，又能不能接近他呢？他想起一个故事，说有个人就是在一群无计可施的营救人员的叫喊声中凄惨地死去。再说，等到天亮的时候他还在这儿吗？

艾菲汉稍微挪动了一下。毫无疑问，他在一点一点地往下沉。浓咖啡似的泥浆正漫到他的大腿，他感觉得到冰冷的、黏糊的烂泥粘在背部下方。前一阵子他就明白要爬起来是不可能的。他一动都不敢动，害怕会滑进那个水洞里，这会儿，它好像正在使劲往下吸他的左腿。

艾菲汉从来没有面对过死亡。这次与死神的遭遇让他感受到一种新的沉静和新的恐惧。黑黝黝的沼泽仿佛空荡荡的，什么都没有，似乎是因为那神秘的主宰即将显现，邪恶的小精灵们全都隐退了。就连星星都蒙上了一层面纱，艾菲汉就陷在一个黑乎乎的球体中央。他一时羞愧难当，纷杂的恐惧涌上心头。他仍能感觉到自己在慢慢下沉。他无法想像自己的结局。他可不想悲悲切切地死去。像是在听从一个命令，一个以前从没留心过的重要命令似的，他打起精神，集中注意力；然而，他所注意到的仍然是一团漆黑，黑暗中的黑暗。他感到迷糊，头晕目眩起来。

麦克斯对死总看得很开，常常坐在椅子上像个法官似的面对死亡，样子像个法官或者说像个受害者。为什么艾菲汉以前从没有意识到死亡才是唯一重要的事实，或许是唯一存在的事实？明白这一点的人一生都能够活在光芒中。可是，为什么是在光芒中呢，为什么这会儿他紧紧盯住的黑球似乎光芒四射呢？就在他聚精会神的时候，有个东西从他身边悄然隐退，轻轻滑走了，那个东西不是别的，就是他的自我。也许他已经死去，自我灰暗的形象永远消逝了。可是他遗留下什么呢，一定有东西遗留下来，有东西依然存在？答案简单明了。遗留之物就是自我以外的一切，一切非自我之物，就是他以前从未亲眼见过，而现在却像个情人一样被他恋恋不舍地瞧着的物体。的确，他本来可以很清楚，是死把生的距离拉长了。既然他不免一死，那么他就是虚无缥缈之物；既然他是虚无缥缈的，那么非自我之物溢满整个存在，光芒就从这个存在之中射出来。这种光芒就是爱，到自己不存在时才可以看得见，这种光芒是爱亦是死。他凝视着，心中明明白白：那个光芒四射的物体究竟是什么。他知道，随着自我的死去，世界自然而然地变成完美无缺的爱的对象。他死抱住“自然而然”四个字不放，像念咒一般喃喃自语。

有个东西离开了他的右脚下面的地方，脚不听使唤地在身子底下伸直。他朝两边倾斜，不自觉地伸出双手想把自己往上拔。四周没有一块坚实之地，他的手在烂泥中绝望地扑腾。他安静下来，把满是泥污的双手举到面前。现在他已经被卡在沼泽中，几乎陷到腰部，而且下沉的速度也更快了。最终的恐慌涌上他的心房。他低声呼喊了几声，接着便发出一声响亮、恐怖、凄厉的尖叫，终于彻底绝望地嚎啕起来。

他本没想把它当成呼救声。曾几何时，他已经认为没人能救自己了。他听着喊叫声滚滚而去，似乎有一声应答，于是他又喊了一声，活像只绝望的困兽。他又听到了一声应答。

艾菲汉猛然神志清醒过来。好像前一段时间内，他真的只是一具没有意识的躯体，被自我抛弃了。现在意识又回到他的身上，使他清楚自己的处境，意识到天空出现了几缕曙光，充满了想活下去的疯狂愿望。那个声音是不是应答声呢？

艾菲汉换了一种声音大叫：“喂，在这儿，喂！救人啊！救人啊！”应答声又远远地传了过来。毫无疑问是人的声音。艾菲汉不停地叫着。天越来越亮，虽然四周仍是一片黑暗，但是他已经能辨出自己的模样，模模糊糊地看得见自己的手和周围的地方。他仍旧不停地叫着，另一个人好像在原地不停地答应着。沉默了一刻之后，那人又喊了一句，突然间听上去就在离他不远处。“库柏先生！”是丹尼斯·诺兰的声音。

“丹尼斯！”艾菲汉大叫道。这是他一生中发出的最快乐的声音了。“丹尼斯！丹尼斯！丹尼斯！”泪水涌上他的眼眶。原来那个冥顽不化的自我又回来了，他可以活下来了。

“你有没有被困住，先生？”

艾菲汉仍然看不清楚任何东西。黑暗已变成一层蓝褐色的薄雾。“是的，陷得很深。都快到腰部了。我动不了。看在上帝的分上，千万要小心，不然你也会掉进来的。这儿有个洞。也许最好你还是等天再亮点，带些帮手和一个梯子来。只要你能找到回我这边的路。我想再撑一会儿还行。”

没有听见回答，随即艾菲汉看见丹尼斯的影子在向他靠近。终于又看见直立的东西，看见人，真是美妙无比。丹尼斯轻手轻脚地走在沼泽面上，两脚几乎不着地。一个黑乎乎的东西跟在他身后，过了一会儿才显出驴子的模样。丹尼斯和驴子停在离他大约三十码的地方。天越发亮了。

“上帝，你究竟站在什么东西上面，丹尼斯？”

“沼泽中有路可走，以前用树枝铺成的路。只是你得认得出来。这条路最近就只能到这儿了。”

艾菲汉呻吟了一声。“你无法靠近我。周围全都是泥浆。最好叫些帮手来。只是看在上帝的分上，要快点。”

“我有办法靠近你。这里有一小段路还不算太糟。我打算往沼泽面上放些树枝。用不了多久。你静静地待着，不要乱动。”

丹尼斯从驴背上卸下一大捆树枝，迅速而又灵巧地扔到黑乎乎的沼泽表面，然后用力往下压，之后又放了一些上去。曙光现在已经能照见周围平坦而毫无特色的地面。路向艾菲汉延伸过来。

丹尼斯跑上跑下，动作很麻利。他穿着橡皮底帆布鞋的脚几乎没有粘上泥巴。艾菲汉小心翼翼地移动泥中的腿，准备重新控制住身体，没想到滑得更深了，他吓得倒抽了一口冷气。沼泽卡住了他的腰。要他“再撑一会儿还行”是不可能的。

“告诉过你，别乱动。”丹尼斯已经靠他很近了，几乎可以碰到他。“听好，我靠近你时，我们要动作快一点。我打算抓住你的胳膊轻轻往上拉，你呢，到时就像在水里游泳一样划动双脚。现在我就在你旁边，照我所说的，轻轻挪动一下。好了，我抓住你了，我跪下来了，你抓牢我的肩膀。现在划动双脚，往上划，往上。”

事过之后，艾菲汉回想，好像丹尼斯的话往他身上注入了一股新的力量。他没法像游泳一样“划动”双腿，它们好像已经麻木了，但是还能稍微摆动起来，在丹尼斯沉着的鼎力相助之下，他的身子往上伸了一点。

“现在停一下。再使把劲。停。使劲。现在我可以把你往树枝上拉。对，手也动动。不要站起来，躺着就好。现在休息一会儿。再过一阵子，你就可以爬到较为结实的地方。休息。再爬几下。把手伸给我。滑过来就好了。我会一直拉住你不放。”

艾菲汉累得精疲力竭，气喘吁吁，他勉力在树枝上一点点地向前挪动自己湿漉漉、泥糊糊的身体，树枝正悄无声息地往下沉入沼泽。最终，他的手摸索到一处较为坚实的地方，不一会儿他就坐到路上来了。天空是蓝色的，飘散着云朵，太阳正在冉冉升起。“丹尼斯，我说什么好呢？谢谢。”

“没什么，先生。很快你就可以走动的。”

“别叫我‘先生’。我想我已经走得动了，如果你扶我起来的话。”

“慢慢来。行了。动动脚看看。我把驴子解开。这是头小野驴。我们就把它留在这里好了。”

“它不会掉进沼泽吗？”

“不会。动物会识路。等一会儿你就能看到它会跟在我们后面走一段路，然后跑回到它自己的同伴那儿。”

“阳光下的沼泽多美啊。这么五彩缤纷的颜色，红的，蓝的，还有黄的。我从来不知道它有这么多颜色。现在我走得动了，丹尼斯。”

“那么，我们走吧。这条路很坚实但很窄，而且很难看清楚。你最好牵住我的手。”

沐浴着清晨第一缕阳光，他们沿着小路往回走，丹尼斯牵着艾菲汉的手走在前面，驴子跟在后面。

## 第二十一章

“抬起手来，艾菲，钻进袖子里，这就对了。”

“前倾一些，我好把你背后的衣服塞进去。”

“脚抬起来，让我帮你穿上拖鞋。”

他身穿吉拉尔德的花呢衣服，上面散发着汉娜浴盐的馨香，他同三个女人单独在一起。她们像天使一样守候在身旁，俊俏的脸蛋上洋溢着温柔与关爱。

“在东部教堂里，”艾菲汉说，“三位一体有时就是由三个天使表示。”艾菲汉回来之后喝了很多威士忌。那三双手似乎在他全身上下轻轻拍打着。他又说，“自然而然地，完全自然而然地表示出来。”

“这话是什么意思，艾菲？你已经念叨了好多回。丹尼斯带你进来的时候你嘴里就念叨它。”

“我在努力回忆一个——”

“幸好丹尼斯在这儿。村子里没人敢在夜晚上那儿去。丹尼斯听到你的呼救声之前，你是不是已经叫了很久？”

“哦，每隔一会儿我就叫一声‘救命’。我估计会有人来。”

“你真勇敢。换成我早就惊慌失措了。你们会不会，玛丽安，爱丽丝？”

但自己刚才所言并不符合事实，艾菲汉心想。他试图把目光停在女人们身上，但她们聚在一起，成了一个模模糊糊的金球。

他感觉全身无力，但光彩照人，好像获得了再生，好像他慢慢爬到一个新的地方，然后躺在沙滩上，筋疲力尽，却是面貌一新。希望能记得他努力想记起的事。

“我一定早就慌成一团了。被困了那么长的时间。你在想什么，艾菲汉，你慢慢下沉的时候？”

“我宁愿记不得。”他说。这完全是搪塞，但是他不敢想像刚刚发生的这一切是事实。那是一片朦胧的正在迅速消退的黑暗，宛如一场恐怖的吞噬性的噩梦，在惊醒了的做梦人的眼里，梦中的情形依然历历在目。

“不必担心他，玛丽安。再给他一点威士忌，爱丽丝。”

“我想帮助他回忆。这样会更好一些。‘自然而然’地发生了什么？艾菲汉？”

艾菲汉全神贯注地想着。三个天使形成了一个灿烂的球体，光芒四射。他以前见过同样的球。这个球就是世界，就是宇宙。他说：“我想当爱就是死之时，自然而然出现的就是爱。”

“我想你醉了，艾菲。”

“嘘，爱丽丝，别打岔。”

他坐了起来。现在虽然还不是很有把握，但他想他可以解释给她们听。也许这么做，他就能重新捕捉到他的幻象，尽管不知道它的名字，他也期待自己的话语可以把它形容出来。他想不起来这个幻象存在了多久，可能才一分钟，或者才一秒钟。等到他求生的意愿复苏时它已经消逝得无影无踪。可是，他总感觉它还在，躲藏在噩梦中央。他得在它被吞噬，变暗，变得跟沼泽一样黑之前捕捉住它。

他抬头看着汉娜，发现自己突然间可以清晰地看见她，仿佛有一束光照耀着她，而另外两张脸似乎消融在她的脸中了，成为一种影像。“你瞧，”他吃力地说，好像如果他能拖延一点时间，幻象自己就会从他的言词中跃然而出。“瞧，一点都不同于弗洛伊德和瓦格纳[①]的观点。”

“你说什么，艾菲，亲爱的？什么弗洛伊德和瓦格纳？”

他目不转睛地盯着汉娜，她动人的疲倦的脸微笑地俯视着他。再怎么说，她是他的领路人，他的贝雅特丽齐[②]。不知怎的，他突然认定她与他在沼泽中获得的启示有着千丝万缕的联系。也许这就是事实，原本的事实，在她身上酣睡着，使得她的精神一直躁动不安。毋庸置疑，她会理解他。“瞧啊，瞧啊。瞧，死并不是一个人的毁灭，而是一个人生命的终结。很简单。自我消失之前，事实上，一切都处在无知觉状态之中，而自我一旦消失，一切全都苏醒了，自然而然地成为爱的对象。爱把整个世界凝聚在一起，如果我们能把自身忘却，世界上的一切将在眨眼间变得无比和谐，我们看到的美丽之物，就是来提醒我们这一点的。”

“我看他在说胡话。父亲这些混乱不清的东西——”

“事情哪能这么简单，艾菲汉……”

“我懂你的意思，艾菲，说下去吧。”

艾菲汉抬起头，哀求地望着那张天使般的面孔。不对，没有这么简单的，但是他确信没有讲错话。他感觉到它在往四处消散，再说他也打算忘记这一切。它会消逝得无迹可寻，留下的是他空泛的描述。他想一遍遍地重复那些话，像在祷告，或像在念

① 瓦格纳(Wagner，1813—1883)，德国作曲家、作家。

② 但丁作品《神曲》中一位理想化了的佛罗伦萨女子之名，专门引导灵魂上天堂。

咒。“自然而然的，你们瞧，这很重要。你得朝另一个方向看……”可是现在他已经不信自己的话了。抬头一看，他发现那三个脑袋正在分开，毫无遮掩地、平平地展现在他的眼前。那个灿烂的东西已不复存在了。也许仍有什么可以存留下来。

他爱汉娜，可是爱着汉娜的他难道不也爱其他人吗？对他共同的关心现在使她们三个人凝聚成一个内心和睦、外形动人的物体，她们变成一个多么美妙的爱的对象，她们一起——爱——他。所以爱在七拐八拐之后，回到他身上。他注视着她们。至少他可以解释这一点。这个物体并不辉煌灿烂，但无疑是小巧玲珑的。

他又说道：“比如说我们四个人。大家都是善良之辈，为什么不能和睦相处呢？什么阻止了我们？我们不能够把世界变成一个爱的共和国，但是可以把我们这个小角落变成——”

“我相信我们乐意一试，亲爱的艾菲……”

“问题是，除非整个世界——”

“艾菲，我看你还是回家为好……”

“比如说你和爱丽丝。你们都爱我，那么，你们也应该彼此相爱。还有，玛丽安，我当然也爱你，爱好简单，事实上爱是种必需，要是——”

“对不起，打断你们高深莫测的谈话，我给你们大家带来一个非常严肃的消息。”门外传来吉拉尔德·司各托的声音。

汉娜刚才还紧挨着艾菲汉坐着，马上站了起来，吉拉尔德走近门口，向他们走来时，这个群体随即就散了。他有点气喘吁吁，显而易见他很烦躁，或是很激动。对艾菲汉来说，突然间景象开始聚拢、定格，十分逼真，还很幽暗。金色的光芒已经消逝。他注意到，透过昏暗的窗户玻璃可以看到雨丝。

“什么消息，看在上帝的分上？”汉娜问，手捂在喉咙那儿。

“彼特已经在回盖兹的路上。”

“彼特？”艾菲汉傻傻地问。

“彼特。彼特·克里恩-史密斯。汉娜的丈夫。”吉拉尔德提高嗓门回答。

“什么时候会到？”汉娜问道，她声音很轻，但突然间显得单薄无力。

“过几天。他上船的时候拍的电报。”

“看来七年到了。”艾菲汉说。他挣扎着想站起来，可是脚好像出了什么毛病。

汉娜双手垂在身体两侧，一动不动地站着。她身穿那件黄色丝绸长袍，如同一个就要举行仪式的女牧师，胸中孕育着强烈的情感。她定定地看着吉拉尔德。“彼特。”她轻声说道。艾菲汉从来没有听她念过这个名字，它在房间里无声地回响。“彼特。回到这儿。过几天。真的吗，吉拉尔德？”

“真的，汉娜。要不要看电报？”

她用力摇了摇头，一把推开玛丽安充满同情地放在她肩上的手。她又说：“彼特。”好像在熟悉这个发音似的。然后她说，“不可能的。是真的吗，吉拉尔德？”

“确实是真的。坐下，汉娜。喝点威士忌。”

“我已经喝了很多。”她喃喃道，然后走到窗边，看着外面。他们不约而同地把目光转向她，那个身影好像执意在远离他们。屋子里面寂静无声。

最终爱丽丝清了清喉咙说：“抱歉，可能我们在这儿有点不方便。我和艾菲还是回去为好。走吧，艾菲。”她猛地一使劲把他拉了起来。

汉娜转过头来说："别走，艾菲汉，求求你。"

爱丽丝主意已定，坚定地说："他喝醉了，最好睡上一觉。酒醒之后我就带他过来。走吧，艾菲，抬起你的大脚。"她开始把他往门口推。

"艾菲汉，求求你待在这里，求求你……"

"我说过我会带他回来的。"

"自然而然地发生了。"艾菲汉对司各托说。

艾菲汉紧紧抓住爱丽丝的胳膊，摇摇晃晃地走下楼梯。阳光刺痛了他的眼睛。走出一扇扇玻璃门时他听见宅子深处有个声音。声音叫喊的是他自己的名字，随即，喊叫声变成凄厉的尖叫。他坐进奥斯丁七型，然后就睡着了。

# 第二十二章

“艾菲汉！艾菲汉！”

他们又在大喊大叫了。他懒洋洋地听了片刻。声音从黑黝黝的沼泽那边遥遥地传来。他翻了一下身，重新沉入漆黑中。

“艾菲汉！”

我不愿醒来，他心想，马上就会安静下来的。可是有人抓住他的肩膀粗鲁地摇晃，一次又一次地摇着。他抗议地嘟囔了几句，然后半睁开眼睛。已经到了晚上，床边的桌子上有一盏灯昏昏地亮着。麦克斯坐在床边。

“我已经费了好大工夫想把你弄醒……”

老人庞大的幽暗的身影陡然间变得又近又沉重，十分可怕。艾菲汉赶快缩进被窝里。发生了什么骇人听闻的事情，只是一时半刻他想不起来。他的眼睛又要合上了。

麦克斯又摇他，手指狠狠地掐着他的肩膀。“好痛！”艾菲汉气愤地咕哝道。他从来就不喜欢麦克斯的手，害怕它们。他头疼得厉害，双腿隐隐作痛。他能记起陷在沼泽的那天晚上，对盖兹的清晨也有一点模糊的印象。彼特·克里恩-史密斯要回家了。“几点了，麦克斯？”

“很晚，很晚，艾菲汉。快到十一点。”

“我睡了这么久？我怎么到这儿的？”

“你在车上就睡着了。我和爱丽丝把你抬到床上来的。你觉得怎么样？”

“很难受！”现在去盖兹太晚了，大家全都上床安歇去了。这可是个令人宽慰的想法，不管要发生什么，现在都不会发生。睡意又涌了上来，如同巨大的云朵和温暖的雾一般层层叠叠地包裹着他。

“醒一醒，艾菲汉。现在该起床了。”

艾菲汉感到浑身乏力、瘫软，心里很难过，觉得还是待在床上安全。黑暗蜷伏在麦克斯的背后，浓密而沉重，透出奇怪的气息。他说：“我的腿很疼，现在起床于事无补。”睡眠和头脑中那种甜蜜的空白尚未弃他而去，仍然占据了他一半的意识。“让我睡觉吧，麦克斯，看在上帝的分上。”

“不行。我不应该让你睡这么久。你得马上起床，艾菲汉。啊，这么多天为什么偏偏挑这个日子喝醉！”

“又不是我的错！难道爱丽丝没有告诉你发生了什么事吗？不管怎样，我现在就是不能去盖兹，太晚了。”

彼特·克里恩-史密斯就要回来了。这真是一个令人发指而又不可理解的事实。彼特的所为似乎属于另一类人。当然，明天他会去盖兹，到时他会发现那儿一切如常。汉娜能够应付自如，她会把发生的事情全部吞进肚子里，将坏消息消化吸收，使它不再是坏的；她会像往常一样心里忍受着彼特，之后便会平静如水。

“你得立刻上那儿去，艾菲汉。你认为今晚盖兹还有人在睡觉吗？还像平常的日子一样井然有序吗？只有上帝知道今天的情况。你得过去。”

艾菲汉静静地躺着，盯着麦克斯硕大的影子，它蜷缩在墙壁和屋顶上。到明天再说吧，等天亮再说吧。他竭力回避着深夜去盖兹的主意。他一向害怕隐藏在睡美人故事背后的暴力。它像一块黑布似的悬挂在汉娜的背后，看得见却不会动。现在，他万分恐惧地发现背景突然间活动起来了，上面是一张张人脸。他最害怕的是看到汉娜的惊恐。他猛地回想起离开盖兹时回荡在屋子里的喊叫声。他倏地坐了起来。

"现在去那儿我又能做什么呢？"

"去了就好。你在场能阻止一些事情的发生。你根本就不应当离开。"

"看你大惊小怪的。"艾菲汉说道，但他已经开始穿衣起床。"见鬼，你以为汉娜有多少勇气和理智？"

"说不清楚，但是她无疑需要帮助。如果你不在场，她可能会求助于其他人。"

艾菲汉把汉柏车停在前门边，然后关掉引擎和车灯。庞大的房子跃入眼帘，映衬在布满云朵的几乎黑压压的天空下，几扇窗户里的灯昏昏地亮着。他走出车子，来到露台，悄悄地站在那儿，突如其来的寂静和自己的脚步声让他悚惧。车子的马达声已经宣告了他的来临；可是站在这昏暗的房子前，他觉得自己是多余人，是被忽略不计的、看不见的人。他在露台上轻轻走着，时不时地被柔弱的野海石竹绊住，一直走到看得见汉娜的窗户的地方。她的窗户里透出同样昏暗的灯光。他走回前门，发现门没有上栓，便推门进去。

大厅暗乎乎的，但是楼梯平台上点了一盏灯，幽暗地照着楼梯，一丝微光从敞开的客厅门透了出来。他小心翼翼地将门推开。

“艾菲汉！感谢上帝！”

玛丽安从昏暗中闪过来，他马上把她紧紧拥在怀里。这时候他才想起早晨他对三个女人说了些什么。他一定醉得一塌糊涂，不省人事。他发现屋子里还有其他人，便松开手。

两盏灯和炉子里忽明忽暗、闪闪烁烁的柴火照着屋子。丹尼斯·诺兰坐在打开的钢琴前，盯着琴键。在一盏油灯旁边的角落里，杰姆西坐在一张桌子边，上面放有威士忌酒瓶和酒杯。两人压根就没理睬艾菲汉和刚才发生的一幕。

“谢天谢地，你来了，”玛丽安边说边把他领到炉火前，“我已经六神无主了，一心一意盼望你的到来。今天真是一场噩梦。”

今天。在他睡觉的时候一切都风平浪静。“出什么事了？哦，玛丽安，干吗让爱丽丝把我带走？”

“我知道。我也这么想。我傻透了，本应该干预一下的。我什么事都做不对。喝点威士忌吧？不，我不喝。几小时来我一直在喝这玩意，都有点飘飘然了，我什么东西都没吃。”

“出什么事了，玛丽安？”现在艾菲汉的神智已经全部恢复，他感到一种即将真相大白的恐惧。一个世界就要灭亡，他却不知它是如何灭亡的。

“我不知道究竟发生了什么事。反正发生了什么，或正发生着什么……”

丹尼斯在键盘上练了一下指法，然后弹了几个奇怪的音。它们像鸟的叫声，怪异地飘荡在阴暗的、灯光闪烁的房间里，仿佛是遥远的夜莺的声音。越过玛丽安的肩，艾菲汉看见杰姆西苍白的沉思着的脸。他的脸像孩子的一样脏兮兮的，可能是哭过的缘故。他似乎已经醉得不省人事。

“可是这一整天你都在干什么呢？汉娜在做什么……”

“我把知道的告诉你。你走后，汉娜开始哭泣，歇斯底里地大喊大叫了将近一个小时。不知道你有没有见过真正歇斯底里的人，不停地哭嚎，喘着粗气。啊，太可怕了。当然我同她待在一起，想方设法安慰她，翻来覆去地念叨着那几句话。那段时间就我们两人待在一起。后来她稍微安静了一些——那已经到了中午，我不知道是不是更糟。她只是轻声哭泣，时不时地呻吟抽泣着。我很清楚她一直处于歇斯底里状态，但是我受够了，也开始哭起来。于是我们两人坐在一块又哭了一个小时。听上去愚不可及，但是我已经精疲力竭，她身上有些东西把我吓得够呛。这段时间里有几个人过来看了看我们，但是谁也没有开口说话。后来汉娜安静下来，于是我忍住眼泪试着与她说话，但是我好说歹说，她就是不理睬我。”

“汉娜先前有没有说些什么？”

“没有，什么都没说。噢，维丽特·伊夫克里奇端了咖啡和一些吃的东西过来，汉娜不予理睬。维丽特要我离开，让她同汉娜待在一块儿，可是汉娜不答应。她紧紧抓住我，示意维丽特离开。她仍然一声不响，好像被吓傻了，真叫人害怕。维丽特满脸尴尬地走了。我喝了点咖啡，劝汉娜也来点，但她只会摇头，看都不看我一眼。其间吉拉尔德来过一两次，但是并没有同汉娜说话。丹尼斯过来时倒是尝试了一下，她仍是不加理睬。然后她坐到一张靠窗的椅子里，坐在那儿往窗外看了一个小时。过后，她突然十分平静地告诉我她要休息，并且认为我也该休息一下。那时已经快到下午三点三十分。当时我昏头了，我本应该躺在她房间里的沙发上的，但是我已经浑身上下没有一丝力气，事实上已经呆滞了。我看着她上床睡好，然后回到自己的屋里睡下，直到将近九点钟的时候才醒过来。我匆忙跑到汉娜的房间，发现前厅的门被关上了。我吓坏了，开始使劲敲门，就在这时，丹尼斯出来说汉娜六点钟就醒了。他躺在汉娜的沙发上，那本应该是我躺的地方。她要了些茶，有人给她端过来了。她看上去非常平静，他说，但是脸色惨白，神情古怪。她悄无声息地坐了一会儿，蹙着眉头，好像在冥思苦想。然后她叫我把吉拉尔德请过来。吉拉尔德来了，叫丹尼斯回避一下。一会儿之后，丹尼斯试着推外间的门，门已经锁上了。哦，我忘了说她醒来的时候问过你有没有过来。”

“啊，老天！后来呢？”

“后来的情况我就不清楚了。他们一直待在那儿没出来。”

“我们得立刻动身到她那儿去，”艾菲汉说，“吉拉尔德很可能正在替彼特给她洗脑。”

“艾菲汉，你以为……彼特回家的时候她该不该在这里呢？”

“请问为什么不该？”身后有个声音质问道。维丽特·伊夫克里奇站在幽暗的门口。

“维丽特，我们该怎么办呢？”玛丽安惊跳起来，问道。

“我不认为有谁请你和库柏先生来这儿做什么。”维丽特说。她走了进来，取走一盏油灯。“我是来拿灯的，我看见你这儿有两盏。”灯光照得她的脸惨白，她仿佛是幽灵一样。“彼特·克里恩-史密斯将回到妻子身边。他是该整顿整顿家里的秩序了。”

“他可能会杀了她。”激烈的措辞让大家蓦地沉默下来。丹尼斯刚才还在轻轻地练指法，弹到一半也不弹了。

“真是的，玛丽安，你也太会胡思乱想了。”维丽特疲倦地讥讽说。“事到如今，汉娜的崇拜者可以满心欢喜地认为她完全明白自己在做什么。她和她的丈夫十分清楚他们的行为。他们两人之间的关系根本不关其他人的事。”

“不，不，不对，我们必须保护她……”

“胡说八道，”维丽特在门口说，“她是成年人，你好像忘了这一点。她还是——这一点似乎你也忘了——一个与人通奸、谋杀亲夫的淫妇。你们最好还是不要小看她，随她自己对付她的丈夫和她个人的命运吧。晚安。”

“维丽特恨她。”艾菲汉说。

“不，维丽特爱她，但是结果都一样。我们现在上去吧，吉拉尔德一定还和她在一起。我吩咐过一个女仆，他出来的时候告诉我一声。”

“但是我们说什么好呢？”

“不妨告诉她我们马上带她走，这一回我们谁的鬼话都不听了。你的车就停在外面，是吗？这次我们载她去机场。”

艾菲汉立即感觉到一阵恐惧引来的尖锐的疼痛。对这样的想法他毫无心理准备。他说：“等等，等等。我们有必要如此仓促吗？我们还可以再等一两天看看。我们不该做傻事。至少应该考虑到她有可能想留在这儿等彼特。为什么不呢？我们都清楚这是有可能的。不能因为她哭哭啼啼，就断定她不想渡过这个难关。也许我们不该插手，至少不该如此匆匆忙忙，不该选择在今晚大家全都疲倦不堪、精神恍惚的时候。让我们等到明天再说，到时和她好好谈谈。”

“已经有人和她好好谈过了。我担心的就是这个。丹尼斯，把你的看法说给库柏先生听听。”

丹尼斯弹了一个琶音。他转向艾菲汉。房间里已经非常暗了，炉火也不再闪烁。“他回来的时候她不该在这里。”

“为什么不？”艾菲汉问道。向丹尼斯求助使他很恼火。

“她不该在这里。”

“这是对的，”玛丽安说，“你说我们大家都清楚他有朝一日会回来，但是我们并不清楚。实际上我们认为他永远不会回来。现在情况已经十分明了，我想不出为什么以前会看不到这一点。只有假设他不会回来，整件事才有意义可言。”

艾菲汉心想，她是对的。我们从来没有真正面对过事实。事实上我们从来没有相信过彼特，可是他嘴上仍旧说：“至少我们该好好合计合计。为什么他们不会——从某种意义上来说——言归于好？”

“你不懂彼特·克里恩-史密斯。”丹尼斯又说。他弹了另一小节，一首狂野的、毫无生气的歌曲。

“艾菲汉！你真的狠得下心把她交给一个恶棍，可能还是个疯子？你真的狠得下心以后都不再见她吗？要把她置于我们一无所知的可怕桎梏之下而不闻不问吗？行了，我们行动起来，马上行动。”

艾菲汉仍旧犹豫不决。“要是吉拉尔德……反对、干涉呢？毋庸置疑，他会的。他可不想功亏一篑。”

“随他反对去吧。至于干涉，我们人数比他多。来吧。”

突然要用武力来解决这件事，艾菲汉没有心理准备。他不想沦落到与丹尼斯之流为伍，他觉得什么含糊不清的不妥的事情即将发生在眼皮底下，可是玛丽安的紧迫感还是使他心潮起伏、惶恐不安，而且不知怎的，想到车子就等候在外，他跃跃欲试。再说他确实不想让故事结束得如此突兀，连究竟发生了什么事都不知道。他的脑海里不由得闪现出自己偷偷摸摸地临阵脱逃，或者被彼特拽出家门的图像。他霍地立起身来。

“哦，你们这群可怜的笨蛋。”杰姆西冲着威士忌柔声说道。

艾菲汉转身盯着这个男孩，他坐在屋子里唯一一盏灯下面的角落里，像个水晶球占卜家似的察看酒杯。不管从水晶球里看到怎样的灾难影像，将来发生的事都不会比艾菲汉刚才所预测的更骇人。他意识到玛丽安从他身边经过，朝门口走去，他想都没想就跟在她后面。

在楼梯脚下，玛丽安停了下来。她小心地牢牢握住他的手，仿佛那是一片大瓷器似的，随后拖着他上楼梯。他们缓缓地走着，好像人们在梦中受到了空气的阻碍。楼梯平台上那盏灯依旧在闪亮，从它身边经过时，艾菲汉听见它轻轻的却是危险的噗噗声。他们转向长廊，他感觉到丹尼斯的身影悄无声息地尾随在后。走过垂着幔帐的长廊，他们经过点着灯的神龛朝汉娜前厅的门走去。两人就像谋杀者一样鬼鬼祟祟地来到目的地，此时艾菲汉才开始纳闷到底会发生什么事，并且真正反应过来：汉娜和吉拉尔德·司各托关在一起有将近五个小时了。他回想起麦克斯的话：“她需要帮助，如果你不在场，那么她就会向其他人求助。”

离门还有大约五码，艾菲汉在靠近一盏灯的地方猛地停下脚步，把玛丽安拉到身边。“听我说，听我说，”他颤抖地轻声说，“门要是关起来了，他不开门我们该怎么办？”他疑惑又害怕。

“门想必被关起来了，他也不会把门打开。”玛丽安也小声回答。

“那么，我们怎么办？”

“开始我们先喊他开门，然后用脚踢，用身子撞，有必要的话不妨破门而入。”

房子寂静无声，使得可恶的黑夜仿佛高悬在他四周，一层一层，又厚重又破烂。艾菲汉觉得自己连高声说话都不行，更不用说对门施暴，不用说——他正要开口，有人轻声说道：“看！看！”

艾菲汉转身看了看。他用手遮在眼睛上方，挡住身边油灯的亮光，后退了一步。他看见前厅的门已经敞开。

那个金黄色的凹处乍一看像是空空如也。接着，闪亮的门框内，一个庞然大物显现在艾菲汉眼前，让他惊异万分。吉拉尔德站在门口，张开双臂，穿着一身浅色长衫。之后，景象更清晰了，显然吉拉尔德怀里抱着汉娜，她的黄色丝绸睡袍垂在前面。他慢吞吞地走出房门。

艾菲汉退缩到墙边。吉拉尔德经过他朝自己的房间走去时，丝绸袖子轻轻地擦着他的身子，艾菲汉身边的灯光照亮了汉娜，他看见她的头轻轻偎在吉拉尔德肩上，两只眼睛睁得老大老大。

# 第二十三章

“我应该停止哭泣。叫我不要哭，好吗，艾菲汉？”

“别哭了，玛丽安。”

她躺在客厅的沙发上，他握着她的手，坐在她身边的地板上。已经过了四个小时了。从他们听见吉拉尔德·司各托房门钥匙转动的声音以来已经整整四个小时。天很快就亮了。

除了房门上锁的声音，至今为止，他们什么别的声音都没有捕捉到。杰姆西拿着威士忌酒瓶走出去，坐在楼梯上。他依偎在栏杆上，像睡熟了一般。丹尼斯·诺兰坐在楼梯顶端平台的地板上，抱着双膝，盯着吉拉尔德的房门。大部分油灯都灭了，黑暗渐渐弥漫了整栋房子。客厅的灯一小时前就不亮了，炉火也已经熄灭了。艾菲汉在壁炉架的银烛台上点了两支蜡烛。

发生了什么事情？发生了什么事情，或者什么事情正在发生，这样的感觉如同一件密不透风的斗篷，把房子遮盖得严严实实。艾菲汉浑身瘫软，动弹不得。他眼睁睁地看着吉拉尔德走过油灯闪亮的走廊，手指都没有抬一下，哼都没哼一声。他不记得自己有没有双膝着地。他完全瘫软了，宛如被虫子或蛇咬过的动物，躺在那儿奄奄一息，喘着粗气，等着被吞噬。

“艾菲汉，她被打败了。”这一小时玛丽安都在哭哭啼啼，嘴里念叨着类似的话。

他自己的事情、自己的命运像珍贵的珠宝，从一开始就被他埋藏于内心深处，不知不觉中被忘得彻彻底底、干干净净了。“别说了。我们对那些一无所知。难道你不想吃点东西吗？我去找些面包来。我知道厨房在哪儿。”

“别，别为我找吃的。等天亮了女仆会给我们端过来的，只要女仆还在。哦，上帝，我多希望天已经亮了。我忍受不住这里的黑暗。夜晚好像已经持续了二十个小时。晚上这房子散发出可怕的气息，而且又没有空气进来。窗户打开了没有？艾菲汉，别离开！”

“我没有走。我只是给自己再添点威士忌。玛丽安，看在上帝的分上，别哭了，要不看在我的分上。”

他重新在她身边坐下，手抚摸着她涨得通红的脸蛋，她慢慢地安静下来。紧挨着她坐在黑洞洞的屋子里，他感觉很特别。他抚摸着她的脸，然后抚摸她的胸脯。她捉住他的手，让它停在自己的胸上，紧紧握着。他们相互凝视着。艾菲汉心想，我不想要她，却觉得与她很亲密，好像我们是恋人一般。他朝前倾了倾，吻了一下她的额头，之后他吻住她的唇。

她回吻着，而后躺在那儿，温柔而沮丧地看着他。他想，她的感觉和我一样；他立刻又为自己感到无比难过。她紧紧握住他的手，长叹一声闭上双眼。他仔细端详着她。她静静地、安稳地接受他的亲吻，这使他感到非常宽慰。他情不自禁地嘟嘟囔囔：“我真的爱你，玛丽安，我没有喝醉。”

“我也爱你，艾菲汉，”她依旧闭着眼说，“但是我们是在梦中说话。”

他不知道她的意思，但是他对这个回答感到满意。他跪下来，将头靠在她手臂旁边的沙发上，马上就睡着了。

叽叽咕咕的说话声将他吵醒。他一醒过来就发觉这种声音已经持续了一段时间。他抬起头。有支蜡烛熄灭了，房间阴暗而冰冷。那两个人坐在房间靠门的那一端，轻声交谈着。他晕晕乎乎的，过了一会儿才明白是爱丽丝和丹尼斯。他僵硬地爬起来，朝他们走去。他们顿时默不作声地抬起头，在暗淡的灯光下，他们的脸是浅棕色的，幽暗模糊。

“很抱歉尾随你来，打搅你了，艾菲汉。”爱丽丝口气生硬地说道。她响亮纯正的嗓音在黑暗而沉闷的房间里古怪地响着，“可是父亲想知道发生了什么。”

“想知道发生了什么！我可以毫无保留地告诉你……”

“不用麻烦。丹尼斯已经把一切都告诉我了。我不忍心叫醒你，看你睡得那么恬静。最好我现在就回到父亲那儿去。”

她站起身来。丹尼斯也站起来，他们就像一对伴侣似的面对着他，黑暗中，相互间的信任把他们紧紧连在一起。他们似乎在责备他，在他们面前，他几乎有些怯懦。爱丽丝结实俊俏的宽脸庞上神色阴沉沉的，显出某种说服力，已经把这里的力量吸过去了。

“别走，爱丽丝。”玛丽安的声音从他身后响起。

“为什么不？”

“先别走。我觉得多个人会更安全。等到我们搞清楚发生了什么事情再走。我害怕极了。”

“我们当然已经知道发生了什么。”爱丽丝一字一顿地说，“不用说，一切都全部结束了。这里根本没我们的事。”她把他们所有的人全同她自己等同起来，全部归结为旁观者。

玛丽安吃惊地叫了一声，艾菲汉倒吸了一口冷气，但是两个人都没有应答。丹尼斯轻手轻脚地走开，把窗户上厚重的窗帘拉开。外面越来越亮了。苍白的第一轮曙光透进屋里，使得烛光十分孤寂，人的影子像幽灵似的。

“玛丽安！玛丽安！”房子深处传来一声响亮急切的叫声。

他们惊恐地张大嘴巴，面面相觑，怔了一会。好像他们以前的谈话都是不出声的，现在终于有了一个声音。

“玛丽安！”

玛丽安冲向房门。是吉拉尔德·司各托的声音。

微弱的日光令人惊恐地透过窗户，照在楼梯顶上，使大厅和楼梯隐约可见。杰姆西刚刚站起身来，站在第五个台阶上朝上看。丹尼斯站在大厅中央。吉拉尔德站在楼梯顶上，魁梧的身躯倚在窗户边。

“我来了。”她应道，脚已经踩到第一个台阶。

杰姆西在他们中间磕磕碰碰，他半走半滑着下来，加入大厅里其他紧紧站在一起的人中间。

“玛丽安，请你去帮汉娜整理一下行李好吗？”

客厅里面鸦雀无声。然后，玛丽安用粗重的声音问道：“为什么？”

“因为我要带她离开这里。”

又是一片寂静。这幕景象在昏暗灰蓝的光线下游离不定，闪闪发亮。楼下的一小群人紧紧聚在一起，他们看起来软弱无力的脸齐齐地对着楼梯顶。

玛丽安慢慢地说道：“不，我办不到。”

所有的人都屏住呼吸，一声不吭地静静站着，仿佛在回味这个反应。然后，一个声音响起来："那好，我来做。"

维丽特·伊夫克里奇——她在拂晓时分不声不响地来到这儿——猛地一个箭步朝前冲到楼梯脚。艾菲汉只觉得自己被一股力量粗暴地使劲推到一旁。维丽特停在玛丽安身边，抓住她的胳膊，冲着玛丽安的脸嘶声说道："我告诉过你。她是个婊子、杀人犯！"说罢便往楼上跑去。

"谢谢你，维丽特。"吉拉尔德·司各托口气平和地说。

维丽特从他身边经过，身影消失在汉娜屋子方向的长廊里。她走着走着，突然大声叫嚷道："结束了！结束了！结束了！"怪异的叫声渐渐远去。如同术士念的咒语一样，楼梯脚下的观众立即感觉到它招来了一股强力，不禁浑身颤抖起来。

吉拉尔德正准备离开。这时维丽特的大叫声让一个人如梦初醒。

"稍等片刻！"丹尼斯·诺兰轻捷地从玛丽安身边跑到楼梯的半中间。天色越来越亮，吉拉尔德转身俯视着沉着冷静、满脸不服气的丹尼斯，这时他的脸已经隐约可见。"什么事，丹尼斯？"

"稍等片刻。你说你带汉娜离开，可是你不能带她走，不能违背她的意愿，你的主意一定是一厢情愿的。你得让我们看看她。我们得同她谈谈，之后还要知道她要怎么个走法。"

"丹尼斯，"吉拉尔德回答道，就像在和一个小孩子说话，"你真的很天真，我不会强行将汉娜带走，汉娜同往日一样，心里明白她在做什么。我和汉娜彼此十分了解，我们一向是知己知彼的。现在我建议你们大家都离开这儿，回去睡点觉，不必再毫无意义地守望下去了。”说罢转身便走。

“不能走！”丹尼斯声音不大，但是整个房间都听得到。他又上了两个台阶。“我们得先看看她，我们要单独见她。现在就要见她。”

“亲爱的丹尼斯，你不能见她，”吉拉尔德轻声说，“走吧，你们。走吧，睡觉去吧。难道你们没有明白过来，这一切已经结束了吗？”他的话语混杂在苍白冷清的日光间，在空气中轻轻震颤。

“不行，不行，不行！”这回丹尼斯真的叫起来了，“我们得去看她。走吧，走啊！”他转身对后面的一小群人说道。

屋子里死寂一片，没有一点动静。后来艾菲汉在夜深人静时悔恨地把当时的情形说给麦克斯听，他只能说他们一伙人本来可以一拥而上，冲过吉拉尔德往汉娜处跑去；但是他们没有这样做，没有发生这样的事情。那时艾菲汉只感觉手脚马上变得僵硬而冰冷了。事后他不敢断定爱丽丝的手有没有死死拽住他的胳膊。不管怎么说，他觉得自己一步都动不了。在那之前他就已经被打败了。所有的人都一动不动地呆在那儿，沉默不语。

丹尼斯等了片刻，转身冲上楼。

艾菲汉从楼下清清楚楚地看见丹尼斯弯下腰，像摔跤手一样抱住吉拉尔德，想把他举过肩摔下去，但是吉拉尔德占了力气大、地势高的便宜，猛地一下就挣脱了对手。丹尼斯摇晃了一会儿，随即便乒乒乓乓地滚下楼梯。他躺在地板上蜷成一团，没有丝毫动静。吉拉尔德离开楼梯顶，不见了。

大家目瞪口呆地愣在那儿，一会儿之后，响起一声尖厉的嚎叫声。爱丽丝冲向前面。她砰的一声跪在丹尼斯身旁，对着他又捶又打，手忙脚乱地想把他翻过来，扶起他，解开他衬衫的纽扣。“丹尼斯，丹尼斯，丹尼斯……”

“好了，好了，别大吵大闹的，爱丽丝，行了，放开我，我没事。”他一把将她推开，靠在最低的台阶上摸着头。“我没事，挺好的。”

他挣扎着站起来，可是爱丽丝依然跪在原地。她仰面看着他站着，还往后退了几步，表情尴尬地拍着衣服上的灰尘。她跪在那儿，两手撑在大腿上，晨光照亮了她坚定的宽脸庞和结实的身躯。她大声嚷道：“我要把事实真相告诉他们。”

丹尼斯不走了。他静静地、急切地看着她，带着哀求的神情，“使不得，使不得，使不得……”他单腿跪下，把一只手伸给她。

她捉住他的手，他们就这么既别扭又严肃地待着。“没错。”她将头转向艾菲汉。“听着。你知道，你们都知道，丹尼斯在鲑鱼池边扑到我身上的故事。这个故事人人都知道，但是却有一点小小的细节错误，丹尼斯没有扑到我身上，是我扑到他身上的。”

屋子里的人一声不响。丹尼斯慢慢站起来，然后温柔地、彬彬有礼地将爱丽丝扶起。她笨拙地站起来，靠在他的胳膊上，他们并肩站在那儿，看起来奇怪又亲密，让人感觉很突兀。

“没错。”爱丽丝口气稍微柔和了一点。她目不转睛地看着丹尼斯的脸，而丹尼斯垂着脑袋看着她的手。“那个谎言替我遮了丑。”她抓着丹尼斯的衣袖绞着。“哦。我是爱着你，艾菲，但是我要丹尼斯。我想抓住他，在那个鲑鱼池边，像个老侯爵夫人拥有她的马夫那样，只是他拒绝了我。后来我听任那个谎言四下传播，以掩盖他随后离开莱德斯的真相。”

她止住话头，沉默不语起来，丹尼斯依然两眼下垂，嘴巴动了动，但是没出声音，好像想说什么却又无话可说似的。他迅速瞟了她一眼，又垂下脑袋。“啊，爱丽丝，现在没有必要——”

“不，有必要，丹尼斯。为此我备受煎熬，我罪有应得。可是现在我不能继续活在这个谎言里面。我们两人都应该活在——活在广阔的天空下。”她温柔地久久地抚摸着他的胳膊。“你知道那事实上并不像侯爵夫人，是不是？”

“是的，爱丽丝。”他捉住她的手，将它从袖子上掰下，好像它是一个会捣乱却又讨人喜欢的动物一样。他握了一会儿，然后松开，离开大家，往楼梯底下走去，消失在厨房的方向。

艾菲汉定定地看着爱丽丝。她的话，刚才的情形，他们肩并肩站着的样子让他惊诧不已，心里隐隐作痛。“是真的吗？”

“是的，”她回过头来，瞪着眼睛，恼火地大声说，“实际上并不是我制造的谎言，只是那种说法出现了，而我又没有站出来反驳罢了。”

“噢，上帝！”艾菲汉叫道。他十分惊愕，又异常痛心。他怎么也不敢相信爱丽丝，他的爱丽丝，会这么低姿态。他期待她的辩解和抚慰。不是什么大不了的事。他受到了很深的伤害，几乎恼羞成怒，但是还是决定原谅她。

“况且，现在我还想要他，”爱丽丝激烈地低声说，“只要有一丝机会我都会跟到他床上去！”

她转身离去，快步走出大厅的玻璃门。他眼巴巴地看着她的身影显现在清晨的浅蓝色天空下，不久便消逝了。

“追上她，艾菲汉。”

艾菲汉压根儿就忘了玛丽安。他转身面对着她。为什么要这个外来人告诉他他该做什么？爱丽丝是他多年的挚友，他的爱丽丝，他自己的。他一声不吭，三步并两步走出玻璃门，来到屋外。

## 第二十四章

艾菲汉一出屋门就看见奥斯丁七型停在汉柏车的旁边。车子看上去普普通通，却鲜艳夺目，充满现代感。它们肩并肩整整齐齐地停在石子路上。他眯起眼睛看着，很奇怪它们还在这儿。它们不属于这个他刚刚来到的世界，不属于这个时候。他开始寻找爱丽丝，但她不在车里。他急忙四下打探，发现通向去大海的石头小径的花园门已关上了。她一定是朝那个方向去了。他跟了过去。

费了一番周折他才把门打开。海面上吹来一股暖洋洋的强风，将门死死抵住。他看见前面就是大海，淡蓝色水面泛着银光，沐浴在清晨的阳光下闪闪发亮，空旷而了无生气。太阳刚刚升起不久，石头巨大的影子将粗短的浅黄色野草罩住。那些石头零零散散地隆起着，毫无知觉。它们的表面金灿灿的，覆满了地衣，东一处西一处地点缀了些石英。就在他的下方，他看见爱丽丝，仿佛是画中的人物。

他大叫起来，但是大风把他的声音刮往内陆方向了。他慌忙拔腿朝山下走。沿着曲曲折折的小路，他在圆石间蹦蹦跳跳地、跌跌撞撞地跑着，石头好像越来越大，最后都快到他的头那么高了。耳边有个声音呼啸而过，那不可能是大海的咆哮。他跑动的时候手脚使劲晃动，如同被打破的玩偶。他感到四肢无力、头昏眼花，于是停下来喘了口气，蓝色的大海在他眼前翻滚着、沸腾着，溅起无数水花。

他看不见爱丽丝。到较为平坦的地面时他已经累得跑不动了，连叫喊的力气都没有。他气喘吁吁地一手撑着腰往前走，海面上的光亮似乎从他的脑袋穿过，像一块巨幅丝绸从一个小洞拉了出来。他模模糊糊地记得那个逝去的黑夜，一个巨大的黑乎乎的物体，一座矗立在他身后的黑黝黝的方尖形石碑。在那后面的什么地方，似乎迷失在同样无边无际的黑暗中的就是沼泽。几天来他仿佛都生活在宽广无垠的黑暗中，重见天光时，他就像一个不幸的可怜虫一样，脸色惨白，睁不开眼睛。

目前他还没心思考虑汉娜。他有一种汉娜已经不在人世的感觉。玛丽安是个脆弱的小妖精，是个天一亮就会尖叫起来，说着不知所云的话，然后就跑开的小幽灵。从废墟里走出来，大力拽着他气喘吁吁往前走的是实实在在的爱丽丝。现在他回想起来，爱丽丝在房间里把真相告诉大家的时候，他突然间出乎意料地不再心痛了，顿时感到无牵无挂，好像背后有人在一遍遍地念着咒语似的。他曾感受过巫术，同黑暗势力交过手。他几乎觉得是他自己制造了这个长夜的残骸：匆匆忙忙招来那些未知之物后，他摧毁房子，把它们全埋葬在里面。一想到这个念头会给他带来什么样的后果，他就不寒而栗，但是爱丽丝就是他的健康，他的十字架，他的大救星。

他曾经以为她会永远不求回报地对他忠心耿耿，在玩爱情游戏的时候，她站在身边，像个石头偶像，像一位伟大的母亲一样，看不太清楚但又隐约可见。他心安理得地看着她痛苦，但是现在，当事情发展到他不敢想像的地步时，当他的浪漫爱情成了一具僵尸，聪明才智不过是一个幽灵时，他才明白哪里是他想依偎的地方。他需要她来抵挡对汉娜的牵挂，抵挡麦克斯的愤怒并逃避自己行为造成的后果。“爱丽丝！爱丽丝！”

阳光使他晕头转向，他只得停下来。他已经到了山脚，岩石和覆满水草的池子朝黑黝黝的悬崖底延伸，他转头望过去，悬崖似乎拔地而起。它不断地延伸拔高，直至挡住半边天。这里一堆一堆的石头上都覆满了闪闪发光的金黄色水草，水池里是暗棕色的。他看见爱丽丝就在不远处，但却像在另一个太空里一样与他遥遥相隔，她慢慢地朝海边走去。

“爱丽丝！”她没有理睬。也许她没有听见。她稳稳地从一块石头跨到另一块石头上，步履坚定，不慌不忙地向大海走去。艾菲汉跌跌撞撞地跟在后面。他两脚张开，滑到了水草上，水草在他脚下像海里的动物一样蠕动、跃起、喘息。他追上去一点，这时她在一个棕色水池边猛地停了下来，转过身面对着他。她已经认出他了，他便也停下脚步，两个人互相打量着对方。

她盯着他，没有显现出任何强烈的情感，但是却情绪低落、脸色阴郁，看上去有点生气。脸上不知是泪水还是溅上去的海水。翻滚的巨浪就在不远处，他可以看见最近处的波浪在她背后恹恹地蠕动。“爱丽丝……”他充满祈求地唤了一声。他想把她拥在怀里，犒劳她，想获得她的保护。她又转身走开了。他在下面一块石头上滑了一跤，张开双手将自己撑住，爱丽丝把手插入口袋里，朝前走了一步，然后纵身跃入池子里。

她这猝然的举动把艾菲汉吓蒙了，他不禁跪倒在地。等到他站起来，走到水池边时，水面已经恢复了可怕的寂静，微微泛着波澜。爱丽丝浸泡在水里，在水池另一边的尽头，脑袋靠在一块略微下斜的石头上。包裹在震耳欲聋的浪涛声中，此情此景显得特别宁静，好像爱丽丝已经躺在那儿很久很久了，好像她是一位如同鱼儿一样的海神，自远古以来就在水洞里沉思。

她纹丝不动地躺在那儿，憩息在棕色的满是水草的池子里，头和胳膊靠在石头上，头发被水浸得黝黑，静静地滴着水，艾菲汉还以为她撞到石头上晕过去了，可是她的眼睛睁得大大的。他注视着它们，那极像汉娜的眼睛。他瘫软地、入神地俯视着她，好像她突然间变了个模样。他没法同她说话，她已经变成另外一个人了。他万分惊奇地发现她的双手依然插在口袋里，花呢大衣的领子竖起来，裹住脖子，穿着衣服的身体掩藏在开着花的海草红色的根茎下面。池子底下，贝壳像宝石一样闪闪发亮，他记起在爱丽丝床上看见过的贝壳做成的姑娘。

强烈的阳光将他的影子投到池子里。他得找条路到爱丽丝那儿去。池子四周都太陡太高，他下不去。他一只脚站着，脱下鞋子。这个举动好像很怪异。一只海鸥尖叫一声从他头顶掠过，飞到大海那边。他脱下一只袜子，又脱下另一只鞋和袜子，然后摘下手表放进一只鞋里。他脱了夹克，松开领带。他停了下来。这个常规行为中有一样东西触动了他，他感觉到了什么，随即便明白那是性欲。哦，他不是要上床吧？他不再脱衣服了，开始从池子边滑下去。

水很暖和，上面覆盖了一层厚厚的水草。艾菲汉走进那棕色的黏糊糊的水里，水漫到他的腰部，他把头垂在爱丽丝的脑袋上。他觉得衣服碍手碍脚，它们拼命吸水进来，湿淋淋的，非常沉重。他的脸凑在爱丽丝旁边，肩靠到倾斜的石头上时，差点触到她的眉毛。他似乎想截住爱丽丝蒙眬的眼光。她的脸上没有流露出强烈的情感，她静静地、端庄地看着他，双手依然插在口袋里。他没有把她搬起来，而是俯首向前，吻着她的唇。她神态自若地由他亲吻。当他触到这个新的爱丽丝时，便朦朦胧胧地意识到什么东西已经被摔破，有个人已经离开他了：但是那时候他记不得是什么东西，是谁。

# 第　五　部

# 第二十五章

“离鲑鱼池还有多远？”

“可能还有一英里。还往前走吗？”

“是的，走吧，丹尼斯。只要能离开这栋房子就好。”

汉娜还没走，但是她的行李已经整理好了，这一小时以来玛丽安都在等着送她出门，好像是要用棺材把她抬出去似的。很可能她明天才会走，但是，确实有那么一种屋子里有人过世的感觉。

现在只是黄昏时分，黄昏来得很突然，却仿佛有一场巨变让盖兹所有的人都改头换面了。玛丽安守候着，小睡了一会儿，又接着守候，希望有人叫她过去，又害怕被叫过去，忽而决定去莱德斯，忽而又决定不去，想打开汉娜以前的房门，发现它上锁了，在楼梯上坐了一小时，后来同丹尼斯一起回到客厅，最后，她发现自己发疯似的想走出这死气沉沉的地方，便和丹尼斯一块出来透透气。

那一天早些时候她曾经哭过，但是此时此刻她感觉十分平静。很奇怪，她已经对汉娜彻彻底底绝望了。然而，这是不是绝望？她曾经一心一意希望汉娜走出这栋房子，现在汉娜就要走了。期限已过，公主就要被拯救出来。怎样拯救和被谁拯救是很重要的事吗？整个晚上玛丽安对此震惊不已：吉拉尔德监守汉娜这么长的时间，在她最需要帮助的时候，竟然如此突然地、如此轻巧地挺身而出。而她的其他朋友，平日里显得如此打抱不平，面对她的窘境却束手无策，只会干着急。但是也许吉拉尔德的长期监视是最重要的原因，这使得他在关键时候比其他人更真实。吉拉尔德对汉娜没有什么想法。吉拉尔德没有被那个寓言吓倒。总之他成为那个众望所归的神奇人物是不足为奇的。

不管怎么一回事，现在对她来说情形截然不同了，她的结局无法预测。她走出一个谜之后又走进了另一个谜。漫漫长夜无休无止，玛丽安并不觉得多么恐怖，心里更多的倒是一种更为自私的难过伤心的感觉：自己被汉娜摒弃在门外了。她难过地不停地对自己诉说：我不够爱她，我没有日夜守护着她。汉娜不会再需要她，再要她的，她这么做是入情入理的。那天稍晚一些时候，她心里突然冒出一股奇怪的感受，开始以为是一种颇为怪异而又让她不安的慰藉，过了一会儿玛丽安才意识到那是重获自由的感觉。这种感觉令她精神一振，虽说不是十分令人愉悦。她感到疲劳和自由让她轻飘飘的，头晕眼花，心里一点都不激动，也不愧疚，当下便觉得自己无牵无挂、普普通通起来。汉娜伟大的毁灭行为的确改变了这个地方。

玛丽安心想，她最好也要开始整理行李了，可是这个奇怪的时间段让她感觉像在度假似的。大家围坐在一起喝茶。女仆们放弃了手上的活，到房子里的各个地方瞎窜，叽叽喳喳讲着本地话。平常的三餐也没有准备。玛丽安隐隐不安起来：汉娜走后，剩下他们这些人会发生什么事情呢？也许他们会依旧待在这里，像一群没有头脑的被主人遗弃的仆人，兀自争吵不休。他们待在这里等彼特·克里恩-史密斯回来，将他们全都赶进马厩变成猪。

“接着讲讲鲑鱼吧，它们做什么？”玛丽安随便问了个问题，好分散丹尼斯的注意力，也乘机分散自己的注意力。她想着，整个早上他都眼泪汪汪，现在看他的样子已经绝望了。一整天他都显得很脆弱，想待在她身旁。

“哦，它们到两三岁的时候就离开池子，沿着小河顺流而下游到大海。它们在海里大概生活三年或四年——没准儿，我想，极个别的鱼在海里会待长一些。它们吃啊，吃啊，吃成一条条力大无穷的大鱼，然后在春天奋力游回到河里产卵，再回到自己的出生地。”

“游回像这样的小河里吗？它们怎么行？你想，它们跳到那块石头上会被摔成碎片的。”

“有些鱼的确如此。但是它们具备超常的勇气和智慧。要顶住这么大的水流往上游，两者缺一不可。这称得上是自然与自然的较量。我曾经亲眼见过一条鱼想跃进那儿的瀑布里，它用力跳上那块石头，被水流击得反弹了回来，于是侧身跃到那些石头边上，从地上爬进瀑布上面的溪水里。它们是勇敢的鱼。”

“勇敢的鱼，没错。我记得汉娜提到过一次，她说它们逆流而上的举动就像灵魂在奋力接近上帝一样。”

“自然它们有一股奇怪的动力。”

“却要遭受这么多的苦难……”

“受苦受难又不丢脸，这是天生的，生来如此。天地万物都要受苦，就算不会受别的苦，也得承受被造出来的苦，承受与上帝分离的苦。”

“你的宗教真够令人沮丧的，丹尼斯。恐怕我是不信上帝的。”

“啊，你信的，只是你不知道他的尊姓大名。我只不过比你好一点点，就是知道他的名字而已。鲑鱼池到了。”

他们停了下来。由于地形的原因，他们走过坡顶，瀑布的声音就听不见了。已是傍晚，前方的天空偏绿，使得广阔的水波不兴的水面染上一点绿意。冠鸦从石南树丛中飞出，慢悠悠地、低低地扑腾着翅膀，往水里投下一个漂浮不定的倒影。在平坦的地平线前面就是黑黝黝的沼泽边缘，再往前一点靠左边，遥遥地屹立在粉红色天空底下的是那块一边高一边低的石碑的影子。除此之外只剩下水和天，石南和寂静。

玛丽安做了几下深呼吸。艰难地爬完这段坡后，她已经精疲力竭了，但是这个地方有种力量令人透不过气来。陡然间，她觉得与丹尼斯待在一起有些尴尬，好像他们走进了一所教堂，现在得换种口气说话似的。

丹尼斯似乎没有感觉。在石南丛边挑着路往前走，他说道：“从这个地方，你可以看到它们，但是别走得太近。就在这里，你爬过来，躺在石头上。不要乱动，这样就对了。现在你朝有黑影的地方看去。稍候片刻。现在有没有看到它们，好大一条的？”

玛丽安小心翼翼地伏到石头上，石头朝水池微微突出了一点。石头下面是黑黑的暗礁。人从水面上看去，水似乎很深，是褐色的。她俯视了一会儿，只看见斑斑驳驳的水里的点点亮光。忽然这些亮斑点聚成了鳞片。一个巨大的东西像影子一样晃过。接着，又有一个。这个深不可测的褐色世界里满是这些悠然自得的庞然大物。

“你看见它们了没有，玛丽安？那些鱼硕大无比。有些重达三四十斤呢。上帝保佑它们平安无事。”

突然间，玛丽安听不下去了。她慢慢从石头上挪回到噼啪作响的干燥的石南丛中。丹尼斯两手抱膝坐在她身旁，依然睁大眼睛看着鱼。玛丽安感觉自己快要哭了。为了忍住泪水，她转身直愣愣地盯着丹尼斯。过了一会儿，他慢吞吞地转过脸看着她，她看见东边绿色天空映衬下他消瘦的光洁的古铜色脸庞，蓝黑色的乱蓬蓬的头发，细长的宝石蓝色眼睛，悲伤的迷惘的脸，一张神思在别处游荡的男人的脸。她说道，“我们本可以为汉娜做些什么呢？原谅我的懦弱无能。”

他悲哀地皱了皱眉，又迅速瞥向别处。“我们无能为力。既然她……把自己……放弃了。”

“我的感觉也是这样，但是这毫无道理可言。不过，我还是认为现在我们无能为力。她要走了，我们应该高兴——在他回来的时候。你自己也说过他回来的时候她不应该在这里的。那好，她不会在了。”玛丽安惊讶地想，我会在这儿吗？她想像着彼特正一步一步逼近。

“没错，但是不是这么一回事。啊，她本应该与他保持一定距离的，她应该洁身自好！”这个低低的声音醋意十足，但是听上去也像是一个不食人间烟火的清教徒说出的最质朴的语言。

“不知怎的，我觉得他配拥有她，而我们却不配。”

丹尼斯直摇头。“她把自己给毁了。”

“或者说她把自己给解放了，时间会证明一切。”

哦，她走了，玛丽安想。是毁灭还是自由，也许自己永远不会知道。事情本该如此。谁都不该成为别人思想的囚犯，谁的命运都不该成为另外一些人的幻想的对象，谁的命运都不该成为任由众人审视的对象。有一阵子她对自己怜悯起来，不由得有点恨汉娜令她如此魂牵梦萦。她又想，自己不够爱汉娜。后来她想，汉娜已经回到自己的生活中去了，她走了，现在我们又能见面了。她抬起头来，有种重获自由的眩晕的感觉。她眼睛一眨不眨地看着丹尼斯。突然间，她猛地明白过来她要做爱丽丝·列殊做过的事情。

温暖的海风越来越强烈，夹着秋天咸咸的叶子的气息从他们身边吹过。风吹过鲑鱼池广阔的绿莹莹的水面，那上面漾起小小的涟漪，接着，风朝荒凉孤寂的沼泽吹去。周围的暮色越来越浓，石南的颜色变得鲜艳夺目。

“丹尼斯。”

他转过身来，整个脸对着她，神情依然悲伤，依然牵挂着别处。玛丽安一点一点向他挪过去，直到膝盖碰到他的膝盖为止。然后她捉住他的手、胳膊，笨拙地往前靠，吻住他的唇。一会儿之后，她离开他的嘴。他的脸色很平静，显现出一种令人肃穆的安详，使她觉得他很真实。而后，她慢慢移到他的身边，把他拥在怀里，一只手围住他的肩，又亲起他来。他双唇紧闭，没有反应，但是仍然用那种严肃而超然的眼光看着她，既没有敌意，也不吃惊。

“很抱歉，”玛丽安说，“我没有想到这个，这下我明白了这种东西会来得很突然，你给我讲吉拉尔德和杰姆西的时候我还不信呢。”她又补充说，“我想做这事已经想了一阵子了，只是没有在恰当的时候见到你。”

他仍然盯着她，然后闭上眼睛，额头在她的手背上蹭来蹭去，嘴里喃喃自语。

玛丽安顿时被打动了，对他的柔情似乎贯穿了她的全身。她的第一个举动本意极为纯洁。她捉住他是因为她不得不这么做，当感情被提炼为一种需要时，就很难被感觉到了。此刻，她的激情正在汹涌澎湃。她把他拉进怀里，从他黑乎乎的宝贝脑袋上面可以看到鲑鱼正在往水面上浮。

他在她的怀抱里显得安静而无助。她改变了一下两人的姿势，这样更舒服了。她把膝盖靠在他的大腿边，然后向后移了一些，以便谈话。这就是自由，自由地爱，自由地移动，而她以前多么缺乏这种自由啊。自由带来的突然性和美把她彻底征服了。似乎要在张挂了花毯的沉闷的房间里待一段时间，或者在镜子前照一照以后，这个终点才是真实的，真正未知的。

"丹尼斯，看着我，你多大了？我一直都想知道。"

"三十二岁。"

"我二十九岁。丹尼斯，你不生我的气吧？"

"玛丽安，玛丽安……"他看着她，脸上迷惘而忧伤。眼睛眯成一条黑色的缝，看不见蓝光。他稍稍后移了一点，来回抚摸着她的手，仿佛想攥住，好好抚慰一番。"我也没有想这么做，我不知道是怎么一回事，但是我喜欢你，从一开始就喜欢你。"

"现在我们两人都被释放出来给对方。"

他笑了。"听上去像动物交配似的。"

"我们本来就是动物。"有生以来，她第一次认为这是真的。她想要丹尼斯。

"今天我们都有点疯了，玛丽安，因为出了那件事。我们回去吧。"

"不要。你不想，是吗？"他垂下眼帘，她看出他不想。"亲爱、亲爱的丹尼斯，可能我们是有点疯，但是这是疯狂的地方和疯狂的时候。我觉得与你在一起比与其他人在一起要真实得多。”其实，比与其他任何人在一起都真实得多，突然间她有了这种感觉。这次遭遇是自由的遭遇，不能把它归入哪种类型。以前的遭遇总是能碰上同类，但是她不懂丹尼斯。这种无知往她心里投下了一道阴影，面对现实她不由得颤栗不安起来。两类截然不同的人相聚在一起了。

橘黄色从西部天空朝天顶蔓延，鲑鱼池面上笼罩了一层金色，上浮的鱼儿在水面上搅起一圈圈暗淡的波纹。玛丽安依旧盯着丹尼斯，发现他也慢慢睁大眼睛看着她。他穿着平常那件褪色的蓝色敞领衬衫，看起来很邋遢。他年轻、结实，就像推着装补锅工具的小车的小伙子。她迎着他依然疑惑的眼神，目光同样疑惑。两人姿势未变，膝盖挨着膝盖，她开始爱抚地摸着他的头，手顺着脸颊滑到脖子上。她解开他衬衫的第一个扣子，手滑进衣服里面。他浑身颤抖起来。

他的眼光越来越蒙眬，然后不慌不忙地让手挣脱出来，将手臂架在她的脖子上，把她推到石南丛里。他平躺在她身旁，肩膀压在她的肩上。他没有吻她的企图，只是将紧闭的嘴抵在她的脸颊上。她感到他的嘴紧紧压着她，接着他便浑身颤抖。

玛丽安从他黑乎乎的脑袋上面仰望着深邃的橘黄色天空，天空中飘着几朵红云。她觉得非常轻松喜悦，感到了一种无拘无束地戏耍的快乐。

“丹尼斯，我真的爱你。以前我从没有这种感觉，别抖个不停，你不会害怕，对吧？丹尼斯，告诉我，你有过几个女人？”

他的嘴离开她的脸，但是人没有移动。“几个——你是什么意思？”

“你同几个女人做过爱，睡过觉？”

“一个都没有。”

玛丽安戏耍的快乐顿时消逝了，但是喜悦的心情却越来越浓，越来越深。她仍然仰望着天空，欲望越发强烈、宁静、庄重，似乎某种友善的十分古老的东西从沼泽里出来，盘旋在他们的头顶，主持着这场仪式。

看到她不言不语，丹尼斯接着说：“这儿不兴……做这种事情，在没有结婚前。”

玛丽安依然沉默不语，不是对自己的感觉没有把握，而是太有把握了。最后她开口说道：“我说我爱你。可能我自己都不清楚是什么意思，但是我很清楚，对我来说，这个很好、很棒，我以前从没有这种感受，我觉得自己很纯洁，这是第一次。可能对你却不大好，不大纯洁……”

周围很静，静得安逸，几乎让人睡意蒙眬，像他们的身体一样懒洋洋的。

“你要……什么？”

“你想要的——一切，这个。我感觉我们就像两个孩子拥在一起。”

他将身体略略抬起，看着她。然后他开始笨手笨脚地摸索她的衣领。她帮了他一把。很久、很久以后，当他的黑影在她身上移动的时候，她看到头顶的星星，听见他喃喃不已，好像是在自言自语：“啊，但是我们都没有信念，没有信念。”

# 第二十六章

“玛丽安，我想我得实话实说。如果我给你带来了痛苦，请原谅我。”

玛丽安心猿意马地听着艾菲汉讲话。他们站在客厅的窗前。汉娜随时都可能离开这里。玛丽安有此感觉并不是因为过人的智慧，而是因为越来越浓的急迫感正在逼近，一种高潮即将来临的预感弥漫了房间和楼梯，在清晨阳光照耀下的露台上颤栗不已。有几次她以为自己听到了路虎车的引擎声。

昨夜她同丹尼斯回来得还不算晚，发现一切如故。两人长长地舒了一口气，决定在房子里坚守到最后。丹尼斯回到他自己的房间去了，她久久地倚在窗台上望着圆月，一轮巨大的金球慢慢从海上升起，她看着它变成一个扁平的银盘，高高地挂在蓝黑的天空中，海面被照得熠熠生辉，光影纵横。

她精疲力竭，抹去悲喜交加的眼泪。回到盖兹，她自己又与这栋房子和房子里正在上演的戏有脱不了的干系了，但是她的感觉就像看完悲剧即将离开剧院的人一样，虽然心力交瘁，却是暗暗庆幸，觉得自由了，对艰难的世界有了新的看法。天知道与丹尼斯一起她该怎么办。走到哪一步算哪一步吧。她意识到，在那之前她从未真正感受过爱情的胆大妄为；现在猝然间，她出人意料地真正陷入爱河，这一点不容置疑。鲑鱼池边的魔力不会转瞬即逝。丹尼斯是真实的，虽然神秘莫测、笨手笨脚，而且很陌生，尚待了解，但却是真实的。

他们回到汉娜——藏而不露的汉娜身旁，带着显而易见的羞涩。他们没有谈到她。玛丽安不知道，也没有询问过丹尼斯究竟是什么感觉，但是她自己的怜悯之情仿佛实际上已被感激的心态净化了。好像是汉娜促使他们在一起，把他们从以前的桎梏中解放出来，赦免了他们。七年监禁被打破，不仅汉娜本人拥有了难得的自由，她的仆人也因此令人吃惊地解脱了。

“你说什么，艾菲汉？”

“我说我必须对你实话实说。你会原谅我吗？”

她得马上同丹尼斯谈谈他们下一步该做什么。玛丽安看不出他们有什么理由要待在盖兹等彼特·克里恩-史密斯回来。他们对彼特没有任何道义上的责任。想到这里，玛丽安越来越惧怕那个黑影。她已经看够了悲剧。同丹尼斯的相遇虽然出人意料、令人惊奇，她却觉得自己开始走进现实生活。她与丹尼斯的未来会怎样，她无法预料；她准备不畏任何艰难困苦，但是这是人与人之间极其慎重的事。她隐隐约约地担心：如果等到彼特回来，他们可能会卷入另外的荒诞不经的事件中；如果等到彼特回来，也许到时他们就没法离开盖兹。他们得尽快逃离，但是，首先他们得加入跪在地上神情忧郁的队伍中，恭送汉娜出门。

“会的，讲下去，艾菲汉。是跟汉娜有关吗？”

“啊，不尽然。玛丽安，希望你不会认为我不负责任，失去理智吧。我很久以前就认识爱丽丝……”

“怎么了，艾菲汉？”那人是丹尼斯吗？不，是杰姆西，在露台上徘徊。有一会儿她瞥见他的脸，他表情很奇怪，甚至露出狂喜的样子。她猛地想起来了，从昨天早上以来她都没见到杰姆西，当时他还很憔悴，眼泪汪汪。也许汉娜的离去使他也分得了一些快乐的礼物。

“我想我还是解释一下为好，把一切都告诉你。没错，这样一来我就轻松了，全身上下都轻松下来。尽管你会觉得我不可救药地……令人失望。”

“我不会那么想的，艾菲汉。你要说什么？”汉娜走后，她要叫丹尼斯弹钢琴唱歌。他们有的是哭泣的时间。

“啊，抱歉，你这么快就明白了。还是让我从头说起吧，就算是我的自白。”

“什么，艾菲汉？”他到底说什么来着？汉娜走了多好啊。那是难过和伤心的时刻，是生命诞生的时刻，是新的生命诞生之前必须经历的时刻。

“我对汉娜的爱——你可能问过我，前天夜里我都做了什么，我是不是没有信念……”

“没有信念。”玛丽安说，这个词她听到了。“我们都没有信念。”她说得很客观，毫不含糊，讲这话的时候心里隐隐作痛。

“你不会没有信念，亲爱的玛丽安，坐下好好看着我。我知道我让你难过了。”

他们从窗户边走开，坐到壁炉旁边两张中间下陷的大扶手椅上。壁炉边散落着木炭和一堆堆轻飘飘的灰烬。玛丽安看着艾菲汉。他淡黄色的头发仍是东一绺西一绺的，被晨风吹得乱七八糟，宽阔的苍白的脸上显出满脸的倦意，还有别的什么表情。他眼里隐隐露出一种狂野迷乱的神色，玛丽安一时不能理解。她收回神思，专心听他讲话。

“我爱汉娜，玛丽安，我真的爱她。噢，对那种爱我有万千理由，但是所有的理由都会令她难堪，不够真实。我爱她，原本可以为她做许多事。当然她令我痛苦，而我本来就会更加痛苦。你信吗？”

“当然——”玛丽安被他急切的、表白似的口吻搞得苦恼不解。

“对刚才发生的事我实在没法说清楚，或是替自己辩护。直到现在我才知道我根本不了解汉娜。也许我们大家全都不了解她。也许我们大家从来没有试图去了解——”

“除了吉拉尔德。”猛地听上去很有讽刺意味，但是玛丽安并没有想讽刺谁，看到艾菲汉也没有这么认为，她放心了。

“说得对，也许吉拉尔德的确最爱她。不知道为什么，我从来没想过吉拉尔德能够把汉娜当作一个人来对其产生兴趣——”

“我也一样。”气氛好阴郁，谈到汉娜的样子就好像她已不在人世，至少是已经离开此地了。

“不管怎么说，那都是个难解的谜。我想我们所能为她表达的最后的心意就是别去揭穿这个谜。”

“没错。”玛丽安点点头，她又开始想丹尼斯了。

“也许吉拉尔德真的把她当作一个人，一个真实的人来理解，不过，现在我明白了我自己不是这样的。至少不够彻底，显然不够彻底。我受……那个故事的影响太深。因此她当然——”他困惑不解地转开脑袋。“玛丽安，你说我们喝点茶，行吗？”

“亲爱的，我给你煮一点吧，拉铃是没有用的，我想女仆已经走了一半。”

“别，别去，待在这儿，还是听我说完吧。怎么说呢，我到底用什么去帮她呢？我没有得到这个工具，甚至看都没看到它。”

“所以……她解放了我们。”玛丽安说道，又回到原来的思路上。也许汉娜现在正暗暗高兴，她的离去并不仅仅给别人带来欢乐。这是个独特而动人的想法。

“噢，玛丽安……”艾菲汉说，样子好像深受感动。他将脸捂住了片刻。“抱歉。”

玛丽安看着他，百思不得其解。“用不着替她悲哀，”她说，“她也自由了。”

“你不知道，我得接着把话说完，爱丽丝……”

“爱丽丝？”

“啊，是的，就是这个，我不知道。我不知道，不是知道得很详细，直到她讲出丹尼斯那档子事我才明白过来。你记得吗，跟丹尼斯和鲑鱼池有关的？”

“丹尼斯和鲑鱼池，记得。”

“玛丽安，我认识她很久很久了，感情这种事会不知不觉地滋长出来，然后陡然之间蹿到意识层面来，蹿到眼前的世界来，就是这样。”

“我知道会这样！”

“要是这样爆发，它就非常彻底，不容置疑。你知道，我非常依赖爱丽丝，理所当然地认为她是为我而存在的。从某种意义上说，她是……这个故事真实的一面，真实的人，真正的爱的对象。这么多年来，我好像一直在照镜子，只是隐隐约约地感觉到身边的真实世界。”

“我也有同感，艾菲汉……”

“哎，理解我吧！我好痛苦。我告诉你我爱着爱丽丝，突如其来地、全心全意地爱着她。”

玛丽安站起身来，他跟着也站起来。 这就对了。艾菲汉眼里迷乱的神情是幸福感，终于真正有所行动之后的成就感。汉娜无比惬意地打发他们各自走上各自的路。

“玛丽安，玛丽安，请别难过或者对我下残忍的判断。我认识爱丽丝这么久了，当她还是个孩子的时候。请理解我、原谅我。我们两人，你和我，相识没有几日。你又很年轻，很快就会没事的……”

他唠唠叨叨说些什么呢？玛丽安听得一头雾水。而后她恍然大悟：他以为我爱他！这个想法让她哑然失笑，不得不转过身去，把脸藏住。

“求求你，别伤心……”

玛丽安平定好表情，转过身来。“亲爱的艾菲汉，别为我担忧。我不会有事的。”

“啊，你心地真好。”

“这样的事情会发生，艾菲汉。我们必须勇敢面对它。”

“你的确很勇敢，而且善解人意。”

“不然又能怎样？希望你和爱丽丝美满幸福。”

“你心胸真开阔！坦诚地说，事情发生得迅雷不及掩耳，我几乎不知何去何从，给你讲完之后感觉好多了。”

“别替我担心，我会好起来的。”欺骗他可能有点恶作剧，但是这样做他就不会因她而夜不成寐了。自身的快乐使她更加同情别人，她诚心诚意地为艾菲汉和爱丽丝感到高兴。如同莎士比亚的喜剧，结局总是皆大欢喜。

她面朝着门，转开自己镇静自若的脸，眼光越过他的头顶。门开了，丹尼斯走了进来。她的脸色几乎没有改变，但是她欣喜地招呼着他。

“噢，丹尼斯，”艾菲汉说，“早上好，能否给我们端些茶来？”

“当然可以，先生。”

“还有威士忌，如果能找到的话。”玛丽安说。

“好的，有些酒我锁起来了，最近以来，它们在一点一点地少下去。”

他们微笑地看着对方。看着他走出房门，玛丽安心想，我自由了，我们都自由了。她抬手做了个伸展的姿势，十分惬意。

“瞧，我心里没有准备。”艾菲汉还在原来的话题上兜圈子。显然那个困境让他欲罢不能。

对着露台的高高的框格窗已经被推上去了，暖洋洋的微风轻轻吹拂着泛黄的花边窗帘。玛丽安边听艾菲汉的嘟囔，边透过窗户眺望远处的大海，淡蓝的海面上银光闪闪。远方有一艘船。在她就要告别此地时，整个情景在她眼里越来越真实起来。以前这里从未如此美丽过。

一个高高的影子遮蔽了一扇窗，维丽特·伊夫克里奇走进房间。玛丽安微微不安地站起身来，维丽特的出现总令她提心吊胆。艾菲汉马上闭上嘴巴，沉默不语。

“啊，孩子们……”

“早上好，维丽特。”

“在整理行李，玛丽安？”

“还没呢。汉娜要动身——现在，马上？”

“你想等这一切结束，是吗？你们两人都觉得是在等一部单调乏味的电影收场，而内容其实你们早就知道了，是吗？”

在维丽特面前，玛丽安总是忐忑不安，觉得内心有鬼。她希望维丽特没有看见她心满意足的神情。她勉强应道：“不，不是的……”

“可能你们并不知道结局，也许故事仍有意外的惊奇，有峰回路转——”

“这话是什么意思？”

“你们玩边唱边跳绕圈转的游戏时，别人却在转动那架操纵游戏的机器。”

“机器？”

一个人影闪过另一个窗口，爱丽丝·列殊大步走进房间。“大家早上好。你好，玛丽安，亲爱的。”她亲了亲玛丽安。

玛丽安心神不安地想，为了爱丽丝我得保持原来虚构的形象。也许，以后她再也见不到他们了，那样或许更好，可是以后会怎样？维丽特和她神神秘秘的话让她害怕。

丹尼斯端着放有茶壶、茶杯、威士忌和酒杯的大盘子走进房门。他放下盘子，一声不响地开始倒茶、倒酒。爱丽丝坐在艾菲汉那张椅子的扶手上，玛丽安和丹尼斯两个人在书橱旁。爱丽丝和艾菲汉开始窃窃私语。这和出殡的场面像极了。玛丽安想，既然大家都聚齐了，出门的时候想必到了吧？她倾听着房子里其他地方的声音。

有一个声音远远地传来，她的心抽动了一下，一半是由于担忧，一半是出于如释重负。有人噼噼啪啪地下楼梯，脚步一点都不从容、庄重，是跑步的声音。脚步声越来越近，杰姆西一把推开房门，冲了进来。

杰姆西的样子大有改变。他又恢复了以前那副花花公子花里胡哨的打扮，眼里露出奇怪的欢快的神情。他的身体好像被往上拔了似的，看上去显得更高了，像个淘气鬼，像顽童彼特 · 潘[①]，一个优雅、年轻、骄横跋扈的小鬼。

他步履轻捷，有点装腔作势地走到房间中央。

屋里一片寂静，好不紧张，玛丽安忐忑不安地打破了沉寂。“你好，杰姆西。是不是汉娜要走了？”她的声音突然显得很别扭。维丽特 · 伊夫克里奇听了哈哈大笑。

“不是。”

“那么，你知道是什么时候？很快？”

杰姆西看着他们所有的人，快乐的目光挨个将他们狠狠地扫了一遍。“好消息。她不走了。她绝对不走了。”

艾菲汉和爱丽丝听了，猛地站起身来。玛丽安看着丹尼斯。他的脸使劲后仰，好像受到大风逼迫似的。维丽特又哈哈大笑起来。

艾菲汉向前走，似乎在控制局面。他说道：“看着我，杰姆西，别开玩笑。请解释一下你刚才说的话，好吗？”

“就是这样。汉娜不走了。一切又将恢复原状。那样不好吗？”他张开双臂，如同丑角一样单脚旋转了一圈。

“看着我。”艾菲汉说。他看上去疲惫不堪、傻头傻脑。“究竟搞什么名堂？彼特是怎么一回事？”

“彼特不回来了，那是虚惊一场。他根本就没上船，他重新发了份电报说他将待在纽约，所以大家又可以全部安顿下来，岂

---

① 苏格兰剧作家巴里（James Barrie，1860—1937）所著剧本名及其中的主角，一个不肯长大的小孩。

不大妙特妙？”

玛丽安死死地盯着他，听得云里雾里、头晕眼花。她心里七上八下。越过他的肩可以看到汉娜的行李被抬回大厅了。有个黑人女仆进屋收走茶杯。一切都将恢复原状。可是，这是不可能的，永远都不可能。

艾菲汉问：“这是真的，维丽特？”

“朋友们，”杰姆西大声叫嚷着，“各就各位吧！各司其职吧！解开行李！我们快乐的家庭不会被拆散的。一切都将恢复原状，重焕生机，面貌一新，比以前更加美丽！”

“别听他的话！”维丽特看着她的弟弟轻声说，语气并不强烈。“别听他的话，你们都准备要走了，没有理由改变计划。你们都找到了离开的理由，对此盼望已久、迫不及待。抓住上好的时机走吧。要不，就来不及了。现在就走，听我的话，离开这个地方，在这里你们一点忙也帮不上。”

艾菲汉看着爱丽丝，爱丽丝脸色阴暗而沮丧，她的眼睛坚定地注视着前方。玛丽安的第一个想法是：对，我们走！

“不用说，我们不会走的。”是丹尼斯的声音。

玛丽安转过身来，颇为吃惊地看着他。好像有个东西把她从他身边推开了似的。紧接着，从门口传来另一个声音。

“很高兴听到你这么说，丹尼斯，相信这小小的风波过后，大家会友好地安顿下来，各司其职。这场戏没有必要再演下去了，不管怎么说，它是由一个误会导致的。我建议大家回到各自通常的岗位上，让这里污浊的空气自行消散。”

吉拉尔德·司各托倚门而立。他看起来比以前块头更大，肤色更深，也更健康。那张胡子刮得干干净净的大脸满面红光，显得力量无穷。他笑嘻嘻地看着他们，眼睛特地搜寻着玛丽安。她猛地一屁股坐到椅子的扶手上。

杰姆西跳起来，蹦向吉拉尔德，站在后者高高的影子下，摆出他习惯的姿势，像一支箭随时准备听命射向任何一方。

“走吧，走啊，我告诉你们了！结局一定是鲜血淋漓！”维丽特吼道，离开了房间。她走过白色的花边窗帘。外面的天空阴沉沉的。要下雨了。

“我要回家吃午饭了。”爱丽丝起身从房间里大踏步走过。艾菲汉犹豫了一下，想看看玛丽安，但是他终究没有看，跟着爱丽丝出去了。

丹尼斯转向玛丽安。“我们现在去看看她。”他朝门口走去。玛丽安扭身便起，紧跟其后。吉拉尔德和杰姆西站在后面，一边一个，让他们穿过去。走过吉拉尔德身边时，玛丽安心里猛地抽搐了一下，垂下了眼帘。

# 第二十七章

玛丽安穿过前厅，敲了敲汉娜的房门。丹尼斯让她独自到这儿来的。“进来。”

她走了进去。房间很暗，外面的雨将里面包裹得严严实实。写字桌上点了一盏油灯。燃烧着的泥炭一闪一闪地亮着。汉娜站在壁炉旁边，仍旧穿着那件黄色丝绸睡袍。

玛丽安走到房间中央。她觉得自己面对的是个素不相识的人，心里着实害怕。

玛丽安进来的时候，汉娜在口袋里摸摸索索地找烟。她用眼角迅速瞥了那姑娘一眼后又接着摸索。她看上去脸色蜡黄，老了许多。玛丽安走到她身边，看见那熟悉的美丽的五官像被硬物重重压过似的，处处都是印痕。脸上沟沟坎坎，皱纹一道一道，支离破碎。那动人的明艳的光彩荡然无存。她好像变了一个人似的。

“玛丽安。”听起来不像在打招呼，而是在念书。汉娜找到了烟，点上火，想了一想又递给玛丽安一根。熟悉的威士忌酒味像香气一样渐渐弥漫了整个房间，笼罩着那个穿着宽松睡衣的人儿。

玛丽安不知说什么才好。她心里充满了令人局促不安的怜悯，一股愧疚之情油然而生。她感觉自己就像一个直视着雇主伤痕累累的尸体的私人保镖。她搜肠刮肚，想找出一句话来说。她可不可以说：你待在这里不走让我很高兴？说什么好呢？没什么好说的。她垂下头，感到两颊灼热。随后她不由得心灰意冷，无奈地跪倒在汉娜脚下。

这事做对了。汉娜断断续续地惊叫着把她拉起来，她们拥抱着，一言不发地拥在一起。玛丽安意识到自己的眼泪情不自禁地漫出眼眶，浸湿了汉娜肩上的丝绸衣裳。一半是因为泪水，一半是因为绝望，她发现自己渐渐远离了刚才那个坚强的自由之身，但是事实上再怎么样也不可能回到从前了。她既可怜自己，也可怜汉娜，这种感觉使她浑身颤抖。

“好了，好了，喝点威士忌。”汉娜好言安慰着她。她自己刚才也是眼泪汪汪的，但是现在眼泪已经枯竭了。

液体倒进酒杯的熟悉声音宛如奉告祈祷的钟声，她们不说话了，稍微镇静了一点，然后互相打量着。“那么，你不走了，玛丽安。”

“当然不走！我想都没想过要走！”但是这不是真话。她看着那双金色的眸子，蓦地感觉现在她不再是汉娜的对立面，而成了她的同类，与她属于同一个世界了。这个想法令她悲喜交集。现在她可以对汉娜撒谎了。

汉娜摇摇脑袋，转过脸看着外面的雨。“很奇怪，我想……回头……等我回过头来……会发现人全走光了，像传说中的一样，有谁走了吗？”

“没有。”

她叹了一口气，玛丽安毫不留情地问道：“我们没有走，让你大失所望，对不对？”

“啊，当然不对！”汉娜转身笑着说。她的笑容像原来一样，但又不是完全一样。“怎么会呢？可是，你知道，有一阵子很难适应。不要勉强自己留下来。”

玛丽安马上接口道：“当然我会留下的，汉娜。”

她们目不转睛地看着对方。金色的眸子一眨不眨。玛丽安垂下眼帘看着威士忌，在灯光的照耀下，酒几乎变成另外一种颜色了。天似乎越来越暗。汉娜发生什么事了？她并没有被“打碎”，而是好像换了一个人，仿佛兜了一个大圈子或者经历了一个大变动，她跃入了另外一个年龄段。短短两天像是漫长的好几年。

玛丽安揣摩着内心的感觉，体味着成为汉娜同类的新感受。她小心谨慎地说：“那……究竟……怎么个……难法，汉娜？”

“三言两语说不完，其实你知道的，经过这一切……我们都还在这儿。”

“可是我们爱你，汉娜。”这话听起来一点也不真诚，玛丽安不敢抬头用表情证实自己的话。她从未真正爱过汉娜。

“我们心中有数，是不是？坐下吧，我累极了，想随便说说话。噢，雨下得真大啊！冬天到了，和我说说话吧，玛丽安。”

她们坐在沙发上，朝着炉火，油灯在身后亮着。炉火照着汉娜的脸，那张脸上五官奇怪地错了位，像中了风一样。

“我不知道究竟发生了什么事，”玛丽安说，“为什么……你丈夫……临时改变主意？”

汉娜颤抖了一下，也许是听到这句话的缘故。“我想他没有。我想他根本就没有发电报。那是捏造的，可是我永远也不会知道。”

“捏造？”玛丽安大惊失色。揭开这一幕之后，她看到更多阴暗丑陋的藏品。“但是……谁……为什么？”

“我不知道。”她对着火笑了，那种笑容很可能会变成歇斯底里的大笑。她的嘴紧紧抿着，笑意使她五官的样子略微显得有一些疯乱。“我不知道谁发的电报，为什么要发，虽然我心中有一两个猜测。”

我不会，玛丽安想。谁会玩这样愚蠢出格、毫无意义的恶作剧呢？换句话说，这是愚蠢出格、毫无意义的恶作剧吗？她感到恐惧，仿佛不经意间瞥见了一件疯狂的事。为了掩饰这种情绪，她急促地说，“啊，当然这会暂时搅乱局面，是不是？”她的口气像是在拉家常，很是滑稽。

“它让我暂时失去了理智。”汉娜抬高嗓音说，好像眼泪就要夺眶而出。过了一会儿，为了不让玛丽安担心，她转过脸来朝玛丽安笑了笑。

上帝，可怜的汉娜。玛丽安绞尽脑汁想说些什么话。她极为不自在，非常想谈谈吉拉尔德。她说道：“有时我们都会失去理智，但是这一切都会过去的。”

“但是却留下了后遗症。”

“什么后遗症？”玛丽安大气不敢出，紧紧抓住酒杯，眼睛看着火。尽管她们讲得很慢，就像她们平时读《克莱芙王妃》，不知不觉读睡着了一样，玛丽安觉得自己好像与汉娜一道被围了起来，或者说被关了起来，关在一栋摇摇欲坠、岌岌可危的大厦里，关在一个危险但又不得不待在里面的地方，不管那里多么疯狂，她们只能到未来去寻求保护了。

“噢，它们会看得到的。”汉娜揉了揉眼睛。她晃晃肩膀，光脚丫在厚厚的地毯上挪来挪去，像是在斟酌措辞。“当然，我和吉拉尔德间有一种特别的关系，相当神秘的关系……”她又停顿下来，似在选择更为恰当的言词，但最终只是说，“因为事情本来便是如此，你知道。”

此时，玛丽安感觉自己已经被当成一场极为难得、极为重要的表白的听众。在她们能够再次坦然地面对对方之前，有些话必须说破，才能根据具体情况重新建立一种与往日不同的关系。汉娜似乎非常在乎这一点。玛丽安感觉得到汉娜急切希望有人委婉地询问她，她几乎浑身颤抖了。玛丽安再次感到羞愧，她不适合这个角色，只有谦恭的人才能扮演好。她满心希望先前说服丹尼斯先过来的，但是汉娜不会同丹尼斯说这个。这不由得使她想起自己也有一桩大事要隐瞒：能告诉汉娜她和丹尼斯的事吗？她怎么开得了口？又怎能不说？眨眼间，他们各自都找到了各自的安慰！她羞愧得两颊发红。无声的静默逼得她不得不开口，于是她垂着头，字斟句酌地说：“现在你和吉拉尔德之间的关系是不是已经不同以往？”

“是的，不同，很不同。”

这是什么意思？玛丽安疑惑不解。一阵心痛的感觉——显然是嫉妒带来的——促使她刨根问底。在这心房大大敞开的微妙时刻过去之前，她必须弄懂更多的东西。她很冷静，但却有一种处于爱情的巅峰的感觉。她抬起眼睛看着汉娜，那张美丽的变了样的脸再次让她震惊。“汉娜，究竟为什么不和吉拉尔德一起走？那以后……出什么事了？为什么你和吉拉尔德要待在这儿？”

这就是汉娜一心要她问的问题。玛丽安在那双金光闪闪、目光如炬的眸子里似乎看到了一丝狡黠：狡黠，抑或是谨慎，抑或是悄悄暗示着危险处境的神情，目光中带着某种哀求。汉娜回答道：“就是没有足够的理由离开。”

玛丽安蓦然感到汉娜有一种大无畏的精神，她已将生死置之度外了，抱着鱼死网破的决心。她认真地看着汉娜的神情，但是不明就里。随即她想到一层：天哪，吉拉尔德不愿带她走！她回想起杰姆西的转变，杰姆西的洋洋得意，以及吉拉尔德和杰姆西控制楼下局面的身影。吉拉尔德像在绕绳子一样，手一翻转便捆住了她，奴役了她，然后一遍一遍把她捆牢了，之后便建议这种情形不容改变。吉拉尔德一定当下就知道那封电报是假的。他一定给纽约打过电话，甚至有可能电报就是他发的。或者有可能是杰姆西，或者——换个角度想一想——可能是维丽特；或者的确是彼特发的电报，只是为了折磨汉娜，搅乱人心。玛丽安列了一长串教人不安的可能性后，便明白被敌人包围的汉娜已经束手无策，大败之下被当场擒获了。她感到万分羞愧，用手捂住脸，把头埋到膝盖上。

“好了，好了，看着我。”声音很严厉。

玛丽安直起身子。现在她不得不正视汉娜，不得不想方设法弄清她有何要求。两人对话的高峰或者说危机已经过去了，汉娜这时候不再带着狡黠和哀求的表情，但看起来意志坚定，好像她要给玛丽安讲一个非常重要、非常困难的工作计划似的。此刻在玛丽安看来，她的脸色变化就好比一层意念的面纱，或薄雾，或奇怪的光已经被拿掉了，而露出掩藏在下面的凹凸不平的五官，但是她依旧楚楚动人。

“全都不对！”汉娜柔声说道。接着她用平常的语调继续说话，似乎她讲的就是一桩平常事。“我得待在这儿，继续我手头上的事，不管什么事。必要的话我准备好独自一人去做。发生了的事情一定有后果出现。我自己感觉，如果要发生什么的话，我必须待在这儿从头到尾经历一遍，既然到目前为止一切都不是真正的开端。现在才是开始。”

玛丽安顿时意识到这令人无法忍受，她不能这么做，尽管她不是很清楚这到底是什么。七年不会就这么毫无结果地不了了之。难道又要开始一个新的七年吗？玛丽安似乎觉得监狱的大门正在阖上，她自己也被关在里面。“不，不，不行！”

“的确，也许还是一个人好。即使你们不愿走，我也得下定决心打发你们走。啊，玛丽安，可能年复一年的忍受、祈求、沉思，以及遵守强加于身的最严厉的纪律，到头来只是一场空，一个梦而已。”

“噢，汉娜，别说了！”玛丽安叫道。她的叫声很痛苦。迷惑又要开始了，咒语的前面几个词已经被人沙哑地念出。玛丽安虽然不是十分清楚，却立刻明白它更可怕，因为它比以前的咒语奇怪得多，危险得多。这个咒语已经吞噬了原先的那一个。它更高级，威力更大，更可怕。她几乎希望有个全身乱动，嘴里念念有词的术士在面前，在汉娜尚未丧失理智之前将她化成顽石。

“一个梦。你知道我扮演的是什么角色吗？是上帝。你知道事实上一直以来我是什么吗？是虚无缥缈的东西，一个传说故事。从现实世界伸过来的手从我身上穿过，就像穿过一张纸一样。”她的声音渐渐低沉、浑厚，仿佛小曲一样，又像是鸽子在咕咕地叫，还带了点本地口音。她充满穿透力的声音陡然有几分像丹尼斯的。

玛丽安浑身直哆嗦，她想打破这种气氛，她不想听这样的表白，不想知道这样的计划。她故作轻松地说：“扮演上帝？怎么会呢，上帝是个暴君。”

“假的上帝就是暴君，或者说他就是一个暴烈的梦，那就是我，我靠一群观众、崇拜者过活，我活在他们的思想、你们的思想中——就像你们活在自认为是我的思想中一样。我们欺骗了对方。”

“汉娜，你在说胡话。”玛丽安不愿急急忙忙地闯入这个话题，这太仓促了，她根本不愿意朝这方面想，可是汉娜语气平缓，一点都不激动。她眼睛盯着火，扭着双手，似乎在发表一个严肃而颇有争议的看法。

“你们对我的痛苦的意义深信不疑，使我生存下来。啊，我多需要你们！就像一个隐匿的吸血鬼靠你们过活，我甚至吸了麦克斯·列殊的血。”她叹了口气，“我需要观众，如同假上帝一样活在你们的目光中，但是对假上帝的惩罚就是叫他不真实，我已经变得不真实了，你们对我注入太多的想像，已经令我不真实了。你们把我变成一个沉思默想的对象，就像这里的景色，我总是在一旁远观，从不涉足其间，使得它不再真实了。”她边说边站起来，信步走到窗口。

玛丽安看着她，她幽暗的身影面对着灰蒙蒙的雨。吉拉尔德进到这个风景里，使它变得真实起来，可是它现在看上去怎么样？这个奇怪而荒凉的风景中有什么东西呢？玛丽安也站了起来，语气急促地说：“但是你已承受了——”

汉娜转过身来，她的脸在远处灯光的照耀下，似乎在灰暗的窗边闪烁、摇晃。“我汲取了你们大伙儿的感觉，而我自己是没有感觉的，我是个空心人。我靠你们对我的苦难的看法生活，但我没有真的苦难，苦难……现在……才刚刚开始。”

吉拉尔德就是苦难的鞭子，玛丽安心想。像服用了什么奇怪的药似的，玛丽安眼前已经开始浮现出新的图像和新的颜色。她摇摇身子。“汉娜疯了”这一想法如一颗流星划过她的心灵，很快就消逝得无影无踪，倒是她要把持住自己，不要疯掉。她虽然已经束手无策，但是还是轻声说道：“汉娜，你是我所见过的最出众的自我中心主义者。”

“我不会只告诉你这些吧？”声音极像丹尼斯的。汉娜故意学着本地人说话，讲完后笑了两声，玛丽安也笑了起来。

她走过去和汉娜一起站在窗边，望着这个传奇故事中的风景。她看着雨淅淅沥沥地落在荒废的花园，落在枯萎的草坡，落在水花闪亮、水流汩汩的黑崖，落在阴沉的铁灰色的海面。一阵绝望和一种致命的感觉涌上玛丽安的心头，好似死神刚刚与她打了个照面，虽还没打算带走她，但是已经往她嘴里吹了一口冷气。雨忽急忽缓，突兀又多变地撒进黑黝黝的鱼池里。她是不是有可能必须与汉娜永远待在这儿？真正的苦难现在才刚刚开始。

玛丽安看着地面，雨丝模糊了她的眼睛，刚开始她搞不清下面的情景是不是灰暗的摇晃不定的光线在作怪。下面有动静，出现了一个黑乎乎的物体。过了一会儿，她看见两个身穿黑色雨衣的人影上了露台，那两人并肩站在一起，眼睛望着前方，好像是有所期盼。从他们的站姿和如雕塑群像般不可分割的样子，她辨认出是吉拉尔德和杰姆西。汉娜同她一样僵硬地站着，注视着他们。两个女人一语不发，静静地看着底下的动静。

过了一两分钟，从密密的雨中，一片渐行渐浓的灰暗中出现了另外一个人影，慢吞吞地朝前移来。汉娜轻轻哼了一声，可能是短促的喘息声或惊叫声。玛丽安凝神看着那个陌生的人影。那人也身穿雨衣，头上戴着斗篷。随后玛丽安也倒抽了口冷气，惊恐地转头看着汉娜。玛丽安认出了那人，是皮普·列殊，他扛了一支枪。

# 第二十八章

丹尼斯靠在门边。“你见他吗？我让他进来不？”

汉娜依旧站在窗口。皮普进了房子，她也没动一下，仍然看着窗外的雨。她回头答道：“这么说吉拉尔德……不介意。”

“列殊先生执意要见你一面。”

“他这会儿是不是在门外？叫他进来吧。不，稍等片刻。”

她转身裹紧身上的丝袍，系好带子离开窗口，走到一面镜子前打量着自己，但是没有抚摸一下脸，也没有整理头发。“叫他进来。”

玛丽安朝门口走去。“等等，玛丽安，你和丹尼斯都留在这儿，陪我与……他……谈话。”

玛丽安看了一眼丹尼斯，但是他脸上冷冰冰、阴沉沉的，像一个山地男人或一个忠心耿耿的党徒，没有看玛丽安一眼。玛丽安预感到要进屋的那人会威胁到她的人身安全，急忙又退回窗边，尽可能地离那人远一点。汉娜坐到一张直背椅子上，将椅子朝门转了一下。丹尼斯把门打开。

皮普脱掉了雨衣，但是仍旧扛着枪。他靴子上粘了一层厚厚的泥巴，一种混合着雨、泥土、海水和湿花呢的气息同他一起进到屋里。尽管穿着粗劣的本地衣服，他看上去还是显得消瘦、优雅，柔软得跟猫一样，或者说他小小的光滑的脑袋加上细长的脖子，使他看上去像一条美丽的蛇。他往前跨了一两步，像个士兵一样笔直地站在汉娜面前。丹尼斯轻轻地将门掩上，然后靠着门坐下。

皮普和汉娜默不作声地彼此打量良久。皮普一脸肃穆，好像面前是一幅巨画，而汉娜脸色阴沉，几乎有些乖僻，她的眼光从他的脸上飘开，四下扫了一遍，又回到他的脸上。

“我到这儿来你不介意吧？”他口气很平和，听上去似乎他们昨天还在一起。

“当然介意。有何贵干？”

“带你走。”

“为什么到如今才开口？这些年你随时都可以过来告诉我，你在这附近溜来溜去、冷眼旁观也够了。玛丽安，请把烟递给我。”她的话语中微微有些怒意，但是玛丽安给她点火的时候，她的手颤抖得好厉害，几乎没法点着烟。

“现在情况不同了，你待在这儿毫无意义。”

“你真残忍。”

“不是残忍，我不打算目睹下一幕，现在一切都变了，离开这里之后这一辈子我都不会再回来了，但是我想带你走。”他抑扬顿挫地轻声说道，口气像牧师一样威严。

“有一部分确实可能已经变了，但是我的初衷不改。”她用同样的语调答复道，背往后靠着椅子，一手缩到背后，一只脚前伸。似有一股股力量将这两个悄然而立的身影紧紧联系着，使他们好似旁若无人地待在一个封闭的太空舱内，那里面充满了蓄势待发的暴力。

“你不能重蹈覆辙了，现在情况一团糟。别自欺欺人了，汉娜，你累了。”

她闭上眼睛。他说得没错，她似乎一时醒悟过来了。“你说现在情况已经一团糟了。那以前怎样呢？”

他沉默了片刻，然后转身把枪靠着书桌放好。他双手抱在胸前，低头看着她，仿佛第一次想起这个问题似的。“这很重要吗？你想做的事情太艰难了。”

“哦。现在我准备做一件更为艰难的事……”香烟烧到她的头发了，她赶快垂下手。烧焦的头发的气味在屋子里飘荡。

“不，不要，你不可以照你的本意去做，你根本就不知道该如何下手。走出这一重重的门，到真实的世界里去吧。”

她一直一语不发，像在聚精会神地听他讲话。过了一会儿，她口气随便地问道：“跟你一起？”

“跟我一起。这些年来我也一直在监视你的对头，汉娜。前一天我才突然悟出了我一开始就该明白的事，走吧。”

“以后我们做什么呢，”她像听故事的人一样轻声问，“如果我们一道离开这儿？”

皮普凝视着她。听到她嘴里说出这个假设，他精神一振，立刻像换了一个人似的。他渐渐不再那么紧张，而开始放松，如同一个即将上场的芭蕾舞演员。“到外面了……我们再商量。像现实中的人一样，我们将前因后果仔仔细细地考虑一番再做决定。你知道一离开这儿，你就可以叫我走得远远的，永远不见我。”他忧伤的面孔上泛起了一丝微笑。

汉娜长长地叹了口气，然后将目光移到别处。“我不敢相信你心里真的这么想，但是为什么你认为自己能做成呢？”她摆出一副高不可攀的姿态，说话的语气就像皇后。

“我是唯一一个爱你而没有利用你的人。”

“如果你‘没有利用我’，那么这漫长的七年岁月里你都在做什么？”

“等待你的醒悟，你已经醒悟了。你清醒了，趁清醒的时候，来吧，走出去，行动起来。”

“你以为是吉拉尔德唤醒了我？”

皮普将交叉的手臂松开，张开下垂的手掌，做祈祷状。“我有权——”

“言下之意就是如果有谁会拥有我的话，这人应该是你。可能吉拉尔德唤醒的人是你自己吧！”

她凶巴巴地说着。玛丽安正注视着窗外，听到这话，身体一硬，大气不敢出。她不再把汉娜看成一名皇后，而是一个高级妓女；玛丽安猛然意识到她现在的看法与维丽特·伊夫克里奇如出一辙：汉娜是能做任何坏事的祸水。

皮普看着她，脸上的庄重慢慢变成恳求，然后他迈步朝前。屋子里的人全都揪着心，但他只走了一步便单腿跪下，他们之间仍有一步之遥。“别再追问那段时间对你对我有何意义，把它撇到一边去吧，你曾经爱过我，收拾起你残余的爱，这是你生存的唯一希望。”

汉娜沉默不语，神情庄重。她若有所思地盯着他，像盯着一个正等待答案的英俊少年。她看上去似在细细思索，而不像是在与人争辩。

玛丽安沉不住气了。她缓缓地、清清楚楚地说道：“随他去吧，你的行李还没拆开，叫丹尼斯把车要来，你毕竟是这儿的女主人。”她走到汉娜的椅子背后。丹尼斯也站起来朝前走。

汉娜和皮普依旧默默对视着，好像没有听到说话声似的。过了一会儿，玛丽安怀疑自己是不是只是在心里这么说。他们仍然沉默着，而后汉娜开始坐不住了，她抬起头，静静地打破了那令人望而生畏的缄默。她开口说话时，声音依旧有些恼火，略带哭腔。“不行，皮普，多希望你没到这里来。没用了。”

皮普从地上慢慢地直起身来。“为什么不行？”

“本以为过去的一切都已无所谓了，本以为这一生再也不会见到你。或许你没有利用我，但是我利用了你。”

“不，没有——”他轻声说道，摆摆手想驱散她的话。

但是她没有停下，两手局促不安地揪着睡袍的领子，眼睛微微瞟着窗外蒙蒙的烟雨。“我为你吃尽了苦头，是刚开始的时候。直到现在还隐隐作痛。气愤之下我将所有的苦痛全部扔还给你，如果你不明白这一点，你就是故事中被人利用了还不知不觉的傻瓜。你是不是指望我不责备你？我会继续爱你，不骂你吗？”

他沉默了一会儿说道：“没错，我的确希望如此。”

“啊，痴人说梦！”完全是一个伤心透顶的怨妇的语气。“在我心目中你的形象已经暗淡无光，不可能再有魅力了，皮普。你不应该一味冷眼旁观，走吧，走吧，像你所说的，离开莱德斯，永远别再回来。走，走吧，快走！”

他垂着头注视着她，脸色渐趋平和，似乎她已经慢慢蜕变成一幅年代久远的艺术品。他热泪盈眶，眼睛一眨泪水就流了出来。一大颗一大颗泪滴无声地落下，如同一个男人面对一些精美绝伦的作品而忍不住悄声饮泣。对着一个活生生的人这样哭泣，表达的只能是让人愁肠百结的敬慕之情。

他平定好情绪，开始慢慢朝门口退去，然后站住问道：“要不要请我父亲来看你？”这个问题似乎与这里的情形毫无关系，完全像是另一个话题。

汉娜站了起来，愤怒和憎恨充满了她的全身。“不要！跟你父亲有何相干？他走他的阳关道，我走我的独木桥。走吧。”

丹尼斯将门打开。皮普站住，转过身似乎想再恳求一番。这时吉拉尔德走进屋来。

毫无疑问，他一直守在门外听里面的谈话，此刻才出现以结束这场会面。玛丽安登时感觉到房间里没有一人不恨他恨得牙痒痒的，尽管没人移动一下，但是好像大家都在绕着他旋转。他站的地方是个黑洞。

这时屋里漆黑一片，屋外雨声潺潺。吉拉尔德脸上挂着微笑。汉娜慢悠悠地穿过屋子，走到窗边，将头靠在窗玻璃上。吉拉尔德敞开大门，皮普毫不迟疑地走了出去，吉拉尔德又将门掩上。人就这样败给了野兽。

房间里一片寂静。汉娜低声自语道：“噢，上帝。”吉拉尔德靠在阖着的门上，等皮普离开宅子。他的脸上仍然挂着微笑，然后他又把门打开。“你们两个可以走了。快点走吧。”

丹尼斯站在那儿一直没有吭声，这时突然间叫了一声，玛丽安以为他会马上给吉拉尔德一拳，但是没有，他只是冲出了屋子。玛丽安慢慢地跟在后面，她想鼓足勇气对汉娜说上几句话，安抚安抚她，但她做不到，甚至连看汉娜一眼都不敢。她整个眼里都是吉拉尔德咧嘴而笑的脸庞。走到他身边时，他突然伸手紧紧抓住她的胳膊。在他的掌握之中，她像个刚刚受过惩罚而惊魂未定的孩子。“到你自己的房间去，玛丽安小姐，待在那儿别动。我会找你谈话。”他把她拎到门口。最后她看到的是他的一口牙齿，大大的、惨白的，金属一样。然后她来到屋外，门被闩起来了。

# 第二十九章

宅子里面的灯火昏黄而阴冷。她跑过楼上的走廊，但是不见丹尼斯的踪影，窗帘的流苏从她的面颊上飞掠而过。她在楼梯平台上停下来，轻声呼唤他。那里一片阒然，但是总让人觉得有人躲在门后闷闷不乐地苦思冥想。这个屋子让她害怕，于是她移到那扇大落地窗边。雨一点一点从紧闭的窗户渗透进来，在地上滴成一摊又一摊。她注视着窗外大雨鞭打着的枯黄的花园，吃惊地看见有个人一动不动地伫立在鱼池旁，定睛一看原来是丹尼斯。可是，他刚从屋里消失，转眼就出现在花园里，速度快得有点诡谲，而那雨中茕茕孑立的身影也给他着上一层扑朔迷离的色彩。

玛丽安冲下楼，从后门跑到滑溜溜的闪闪发光的露台上。雨势稍稍弱了一些。她跑向丹尼斯，整个人被凉飕飕的芳香袭人的雨雾包裹着，雨丝飘浮不定，层层叠叠。他立在那儿，垂着头看着动荡的黑黝黝的水面。一绺一绺黑色的长发紧贴头皮，雨水顺着鼻子和下巴流了下来。

“丹尼斯，丹尼斯，进屋来吧。你全身都湿透了，随我进屋吧。”

他听话地让她牵进客厅里，雨一滴滴落到他的紧身花呢外套上，玛丽安用手想把雨滴掸落，而丹尼斯站在那儿满腹心事，一声不吭，注视着她的耳边。她出去拿毛巾，回来一看，他已经整个人脸朝下伏在沙发上。玛丽安看了看他，然后用毛巾慢吞吞地擦干自己的脸和头发。他独自一人沉浸在巨大的悲伤中，不由得令人隐隐害怕。她坐到他身边的地板上。

现在一切都跟原来一样。可是同时，一切又都跟原来不一样了，情形更加恶劣。先前噩梦一般的时光现在看来就像一段毫无危险、无关痛痒的日子，平平静静的。她曾想像故事即将结束，她被释放了。她已经做好准备要走，可是这一切情形仿佛只是旋动了一下螺丝，转到下一个螺旋，并没有什么变化。她没有自由，不能离去，相反比以前陷得更深。倘若汉娜自己选择了受罪，那她也得遭罪，因为他们大家别无他法。

玛丽安捉住丹尼斯的手。他的手冰冷冰冷，软得跟死鱼一样。他的脸依然埋在沙发垫上。对这个现在与她休戚与共的男子她几乎是一无所知。她渴望得到他，她俘虏了他，这会不会给他造成伤害，令他憎恶？她的耳边又回响起他哀怨的声音："我们是无信念的人，无信念的。"与前一次相比，现在他们要没信念得多。玛丽安看着丹尼斯隆起的双肩和脖颈上一绺绺黑发，暗自思忖：我没法与汉娜相比，因为我是通过他与她维系在一起的。

她还想到：现在他通过我与她维系在一起，他会因此对我怀恨在心的。在鲑鱼池边，汉娜的影子就附到了她的身上。由于吉拉尔德，也由于她，丹尼斯现在一定将信将疑地以为汉娜或许可以被人拥有。以前他的痛苦简单又纯洁，现在他更加痛苦了。不过汉娜的所作所为令他们所有人都更加痛苦，因为汉娜不再纯洁无辜，她无法拯救他们。

好奇怪，她想，没有人可以指望，甚至是彼特。这里不再有内外之别。所有的一切都在里面。球已经自行合上，我们出不去了。皮普已经离开，不会再待在一旁守候和旁观。艾菲汉抛弃了这里，回到普通的生活和理智世界中去了。她和丹尼斯已是伤痕累累的仆人。人的世界濒临绝境。现在他们只能束手无策地等着吉拉尔德下楼，将他们驱赶到马厩，把他们变成猪。

玛丽安情不自禁地默默抽泣起来。她想着自己就快要疯了。吉拉尔德叫她回屋等他。通过汉娜，吉拉尔德现在将他们大家全都捏在了手掌心。在她的脑海里吉拉尔德的形象无比高大：就像他真的是个黑人，一个摩尔巨人。玛丽安对这新的一圈螺旋的性质怀有一种预先的恐惧。她害怕并且憎恨吉拉尔德；可是内心还有个声音在清晰地告诉她：困兽犹斗。

突如其来的一阵恐惧使得她跪在丹尼斯身边，摇晃着他。"求求你，同我说说话吧，我满脑子都是些可怕的念头。丹尼斯，我们该怎么办？我们可以为汉娜、为自己做些什么？"

他慢慢地翻过身来。她本以为会在他的脸上看到痛苦，没料到看到的却是一种令人惊诧的平静和思索的表情。他头往后靠着，睁大眼睛看着天花板，沉默了半晌。"啊，要是她没有干那事就好了，她改变了我们大家。"

"我知道。"有人说话就是一种宽慰，像祷告会给人带来安慰一样。"丹尼斯，我真害怕吉拉尔德啊。"

丹尼斯嘴里嘟嘟囔囔，眼睛依然盯着天花板，"他变得像他了，他已经变成他了，情况就是如此。"

"你言下之意是——"

"现在吉拉尔德就是彼特。他取代了彼特的位置，彼特附身在他身上，他甚至看上去都像彼特。他不再是将彼特与她分开的人了。如今什么也无法将他与她分开。"

"所以这——像故事的开头一样，这是开头……"

“更糟糕。彼特，吉拉尔德，他们在这七年里知道了不少。这是精神上的，而非肉体上的。”

玛丽安默默无语。她害怕见到丹尼斯唤来的幽灵；她害怕丹尼斯，这个突然间镇静自若，表情凶狠而又满腹心事的人，虽然他的脸仍然英俊，而且更年轻了，仿佛一阵风吹来，刮走了他所有焦虑和烦恼的皱纹。她能理解这突如其来的镇静，他的镇静也无法使她平静。最后她还是问道：“你在想什么？”

“是否最终该以暴制暴。”

“不行！”她说道，随即便明白这不是因为她讨厌暴力，而是她实在太害怕了。

她的话刚刚出口，就听见房子里传来一声震耳欲聋的响声。房子随着声音晃动着。玛丽安惊恐万状地跳了起来，但动作还是没有丹尼斯快，他已经冲到门口，在一种奇怪声音的回声中，发出一声痛苦的嚎叫。玛丽安明白出什么事了。是楼上短枪开火的声音。

丹尼斯和玛丽安走过前厅。只听见身后匆匆忙忙的脚步声从房子的各个角落蜂拥而来。丹尼斯一边跑一边叽里咕噜。一到门口他就整个人向门撞去，门仍旧上着闩。玛丽安感觉到许多人挤在她身后，丹尼斯开始对门拳打脚踢，就在这时门慢慢地朝里打开了。

门外的人们鸦雀无声。过了一会儿，丹尼斯走进屋子，玛丽安紧随其后。汉娜伫立在窗前望着外面的雨。短枪靠在她大腿边。她脸上流露出如天使般恬静的表情，同丹尼斯前一阵子的神情一模一样。吉拉尔德躺在地上。

丹尼斯跑向汉娜，把枪拿开。玛丽安看着她脚下的人。情况一目了然。她感觉汉娜慢慢地、慢慢地瘫倒在地，丹尼斯跪在她身边。金红色脑袋触地的时候她听见一个轻微的砰的声音。她看不下去了，赶紧退后。那个球现在已经碎了，外面的天空进来了。汉娜把最后的审判日带到他们的面前。

# 第　六　部

# 第三十章

艾菲汉和爱丽丝站在黑乎乎的大厅里。里面弥漫着一种难闻的令人窒息的怪味，可能是东西烧焦的气味。从客厅里传来一个怪异的声音，一种吟唱和哭泣的声音，时高时低，持续不断。艾菲汉在这一带待了很久，不会不知道那是什么声音，他浑身颤抖了一下。爱丽丝捉住他的手。周围似乎一个人也没有，可是他们一接到玛丽安关于那个可怕的消息的条子就过来了。

他们俩不敢抬高嗓门，轻声交换了一下意见。过了一会儿，玛丽安出现在楼梯口。“别待在这儿。上楼到我的房间来吧，好吗？”

他们随她走进一个黑漆漆的地方。外面的大雨依然肆无忌惮地下着，铅灰色的夜空黑蒙蒙的，没有光射进房子。玛丽安的房间里点了一盏油灯。

玛丽安掩上门，然后呻吟着转身面对他们。爱丽丝搂住她。艾菲汉看着两个眼睛紧闭、搂在一起的女人。他觉得自己瘫软无力、傻头傻脑，全身充满莫名其妙的恐惧和厌恶之情。直到现在他还不敢相信玛丽安条子上说的是真的。

爱丽丝慢慢松开玛丽安。“谁在那儿哀恸不已？”

“吉拉尔德的母亲。她待在那儿没动——自从出事以来。”

“为什么不马上通知我们？”艾菲汉问。

“一天下来乱糟糟的事情出了一大堆。我们得应付警察。杰姆西得去布莱克镇与他们交涉并通知纽约。还得有人照顾汉娜。现在丹尼斯和她待在一起。我找不到人捎信。啊，上帝……”

“镇静，镇静，”爱丽丝说，“我们本来可以早一点到的，可是雨这么大，只得走内陆的路。低矮处的路已经充满了流沙。你们的车道也有一半被雨冲坏了，我们差点就上不来。警察说什么来着？”

“事情很蹊跷，他们的头脑十分简单，维丽特告诉他们出了一场可怕的事故，他们把她说的话全部记录下来了。”

“他们会把这当成我们自家的事，我想事情就这样不了了之了。当然，我们已经将纸条撕毁了。他们有没有说要讯问？”

“他们说没必要。验尸官也来了，不知怎的他知道了，自己就来了。他说我们要等到雨停才能埋葬……吉拉尔德。哦，爱丽丝……”

艾菲汉走到窗前，看着雨幕深处。雨幕之后他看到的仍然是灰蒙蒙的雨。

他说：“纽约情况怎么样？”

“彼特乘飞机回来，今晚或明早就会到，得有人到机场接他。”

“那么，汉娜呢？”

“事发之后她一句话也没说。我陪过她，丹尼斯也陪过，还有维丽特。她只是坐在那儿一声不吭，看上去迷惑不解的样子。和平常一样吃了一点午饭，喝了一点茶，但是就是不开口说话。当然我们没让警察打搅她。维丽特说吉拉尔德擦拭枪的时候枪走火了。”

“你想她是不是——”艾菲汉的话堵在喉咙口出不来了。“你想她是不是……精神失常，已经丧失理智了？”

玛丽安擦了擦眼睛。“我不知道。她受到极大的震动，以前她也经历过类似的情况，但是都恢复了。就我看来，她现在不会比以前更……不正常。”

“她有多么不正常全凭大家的猜测。”爱丽丝语锋锐利地说。

“我可以去看看她吗？”艾菲汉问。

那天清晨艾菲汉离开盖兹之后，几乎冲着爱丽丝喋喋不休地说了个没完。话的主题是汉娜，确切地说是艾菲汉自己。他把一切从头到尾给爱丽丝解释了一遍。事到如今他完全明白了事情的演变过程。汉娜之于他一直都是圣洁的女神和母亲，是圣母马利亚。汉娜无辜地经受了漫长的苦难，替他赎清了他母亲背叛他和他父亲的罪孽。汉娜就是那个退隐红尘、纯洁无瑕、清清白白的母亲，那个冷静的原动力。在潜意识里他对自己母亲的行为不端耿耿于怀——他解释说——而使他同女子除了精神恋爱没法建立其他令人满意的关系。他习惯于将他心爱的女子等同于他的母亲，使她变得神圣不可侵犯。

当然汉娜最适合这个角色，或者曾经一度是这样。如今她是不可能的了。他实际上并没有爱上汉娜，他爱的是一个附形于汉娜身上的梦幻女子——只要她纯洁无辜并且不可接近。现在从他自己的情感建筑的倒塌中，他领悟到自己孜孜以求的是什么。实际上这确实令人万分惊讶。他回头搜寻自己的内心，发现对汉娜的爱已经终止，像被人鲁莽地拦住了。当然，事情并不会如此突兀，他也没法以为自己已经“被医治好了”。难就难在要给感情一个信息，一个理智更乐意去获取的信息。他会慢慢理解自己的行为，使自己完全接受这一切。等到他能够彻底了解所有的事情，或许他就能够正正常常地爱一个女人，摆脱那令人沮丧的模式。他终于认识了自己；但是他需要把这个结论像唱诗一样反复记诵，直到他真正自由为止。爱丽丝得助他一臂之力。她会听他的背诵，等到他为她念到一定程度，他就会完完全全属于她，成为一个真正的人。过去一起经历了漫长的岁月，他早就知道自己已经属于她。他觉得，与她在一起轻松自然。她在他眼里是真实的，一向如此。只要让她听他念他的驱鬼符咒，一切都会好起来的。

爱丽丝满脸犹疑地听着，时不时情不自禁地泪如泉涌。在他一小时接一小时地狂乱讲述时，她一直握住他的手。她说了两次，叫他同她父亲谈谈，但是艾菲汉不愿意，他还没有准备好面对麦克斯。那个咒语他尚未念够。麦克斯不会明白的，他还得再增加点勇气。在面对麦克斯以前，他得再感化感化爱丽丝。当然，爱丽丝曾经进屋去告诉过父亲另一栋房子里出的事，可是麦克斯显然无意召见艾菲汉。就这样过了好几个时辰。

玛丽安的条子使艾菲汉的自我分析戛然而止，那时他已越发狂乱，甚至有点絮絮叨叨了。获悉出了什么事时，他受到极大的震撼，紧接着便产生满腔的愧疚，或者说是憎恨。就在他刚开始挖掘自己，对自己的心态坦白交代，用心分析的时候，怎么会犯下如此不容赦免的大错？随之他的感觉是一种自怜，弄不清是不是害怕。她都做了什么？现在她做了什么？以前呢？这刚刚犯下的罪突然为过去的罪行投来一束清晰的光线。维丽特 · 伊夫克里奇的叫声又在他耳边萦绕："谋害亲夫的淫妇。"他先是感到一阵同情，而后是一阵恐惧。现在他才恍然大悟：他从未了解汉娜，或者从未看见隐藏在她默默忍受的表面之后的狂暴。他把她看成一个清白无辜的人，一只被牵向屠宰场的羊羔。究竟为什么会这样看呢？汉娜使他对苦难有自己的看法；毫无疑问，彼特也使汉娜对苦难有了自己的见解。如果他的苦难是他心理上的面具，那么实际上，汉娜的苦难同那个他乐意见到的照耀着她的纯净的精神世界毫无瓜葛。归根结底，从头至尾都是暴力。这桩新的暴行只是这个暴烈女子的普通表现，如今他对自己先前没有看出来，也没有退避三舍而感到万分惊讶。汉娜境遇的变动开始影响到他个人的解放，它将暴力释放出来，因为死亡会带来与想像截然不同的情况，正如现在他开始明白过去的情形一样。他心有余悸地想着吉拉尔德的衣服，那些衣服仍然放在他莱德斯的房间里。一场能改变人的迷雾笼罩了大家。他发疯似的想同麦克斯谈谈这种感受，老人却拒绝见他。

艾菲汉觉得该求见汉娜，但是心中无数。他既惶恐不安，又羞愧难当，有种罪恶感。尽管不明缘由，他还是忍不住地想：这一结局或多或少是他的不是。在汉娜最危难的关头他弃她而去，转向爱丽丝。或者换言之，他弃她而去，转向一个更为紧要的东西，现在回头一想，这个东西似乎更深奥难解了，它关系到他的命运。爱丽丝的爱使他能够离开这个地方，这个真空世界，站到一旁重新抖擞精神。不过，事情这样发展是无法改变的，存在某种必然性，似乎汉娜的命运自然而然地给故事安排了一个暴力的收场，将他摒弃在一旁。他被当成一个废物踢出局外。他的羞愧中夹杂着愤怒和对她的惧怕，仿佛她是有毒的，或者含着放射性的物质。一想到她的所作所为，他就不寒而栗，很不舒服，感觉一阵恐惧穿过全身，如同身家性命受到莫大的威胁一般。其实他并不是真的想见她。

“我看不出你有必要去看她，”玛丽安说，“她不会同你讲话的，我想也不应该去烦扰她。”她的声音带着哭腔，有点颤抖，“再说，就我看，彼特到家之前，除了我和丹尼斯，杰姆西和维丽特不会让别人去看她的，两个人总有一个守在前厅，他们把她关在里面。”

“这么说，维丽特和杰姆西控制了这里？”爱丽丝问。

“嗯，总得有人这样做。”玛丽安像受到谴责一样口气激烈地说，“丹尼斯除了坐在那儿陪汉娜之外，对其他事情一概不闻不问，连一句话也不说。总得有人应付这个情况，我本人是应付不来的。实际上维丽特在这里负责。”

“杰姆西是不是……很难过？”

“是的，我想是的。他的表现很不寻常，起初是歇斯底里、要死要活，不一会儿就停止了，开始在屋子里上蹿下跳找东西。”

“找东西？”

“是的，找信和物品。为了找到那些东西，他和维丽特差不多将屋子翻了个底朝天。听一个女仆说他们在找汉娜的遗嘱。”

“她的遗嘱？”艾菲汉问。阴森森的房间和身后死气沉沉的宅子使他毛骨悚然。外面的天色越发暗了。他浑身颤栗不已。

“是的。我想维丽特以为汉娜以她的名义立了份遗嘱，她想在彼特到达之前将它找到，藏到一个安全的地方。还有许许多多别的东西，许多他们想藏妥和毁灭的东西。杰姆西销毁了好多照片。他们一直在烧毁信件和好多东西。没办法在外面烧，他们就在厨房的炊具下生火销毁它们。你进来的时候一定闻到烧东西的气味了。”

“我想，”爱丽丝冷冷地说，“彼特到达之前，屋子需要打扫和修饰一番。”

“彼特，是的。我几乎不敢相信他回来了，明天这个时候他就在这儿了。”

他们全都不吭声。爱丽丝把灯调亮些，雨依然沉闷地哗哗下个不停。隐隐约约听得见楼下的哀恸声。艾菲汉暗想着，可怜的吉拉尔德。随即他又想，倒霉的本来可能是我。天晓得那些默默忍受的岁月里，汉娜在高墙之内积聚的狂暴是否已经消耗殆尽？他开始迫不及待地想离开这里。

爱丽丝说：“你得让我们留在这儿，玛丽安。”

玛丽安站起来，灯光照亮了她半边脸，她用手掩住嘴巴。此时此刻外面已是黑漆漆的一片。她说：“我害怕极了，你们能留下来我非常高兴。我还没机会同丹尼斯说话，但是我知道他怕那个彼特，等彼特到了，他会发疯或做出些别的什么来。”

艾菲汉说：“但是有我们——外来人在场，只会使他疯得更厉害。”一想到被彼特发现他们在屋里，他就不寒而栗，战战兢兢。

“我也想到这一层了。如果你们不在这儿的话，对后面的事我会怕得更厉害。我想让屋子里塞满人。重要的是要让最初二十四个小时平安度过。”

艾菲汉又开始嘟嘟囔囔，但是爱丽丝的嗓门高过了他。“艾菲，我们俩得有一个人回去告诉父亲我们要留在这儿。我回去好吗？”

“对极了，”玛丽安说，她尖细而紧张的声音大家都听得很清楚，“我想要你去把你父亲请来，彼特回来的时候我想要他在场，如果他在这儿，我想一切都会平安无事的。”

“请麦克斯过来，带他到这里！”艾菲汉跳了起来。这是另一种暴力。他需要一些时间来确定对这个故事的看法，重新积累情感，设计自己的解决办法。他不愿麦克斯突然降临此地；他不愿汉娜命运的图景中包括麦克斯在内。毕竟，这个故事是他的，为此他受尽折磨。

“很好，”爱丽丝应道，好像它是个普普通通的建议。“我去带他过来，艾菲。”

“我跟你一道去，”艾菲汉说，“也许他需要被说服，反正我得取些衣物。”他不愿待在这个黑黝黝的关着汉娜的宅子里，彼特正快马加鞭，就要赶回这儿了。

“那么，我们最好马上动身，”爱丽丝说，“路可能很快就不通了。”

“是的，是的，走吧。想方设法把你的父亲带过来。来吧，拿着这盏灯。没关系，我有蜡烛。我就不陪你们下楼了，我去汉娜那儿。可是，噢，要赶快、赶快回来。我会等你们的，听着你们汽车的声音。赶紧回来，我怕极了。”

她替他们打开门，爱丽丝手上的灯照亮了空荡荡的走廊和红色的打结的天鹅绒幔帐。哀恸的声音更响更亮，一阵一阵，无止无休。烧焦的气味从楼下飘了上来。

# 第三十一章

玛丽安猛地惊醒过来。一有了知觉，恐惧就趁势侵入她的四肢，使它们动弹不得。房间里面漆黑一片，但是她知道有人站在她的床边。她想移动身子，想张口说话，可是好像喉咙被人卡住了似的。她大气不敢出，身子缩成一团。

过了一会儿，有人哧的一声划了一根火柴，她看见杰姆西的脸庞低低地凑在她上方。

丹尼斯开着路虎车去机场想必已经有好几个小时了。“他来了吗？”

“嘘。没有，没人来，才凌晨四点钟呢。”

四点钟，为什么爱丽丝和艾菲汉还没有把麦克斯带来？怎么也不应该放他们走。

玛丽安躺在汉娜前厅的沙发上睡觉。她一直陪着汉娜，直到汉娜露出倦意，想上床睡觉为止。汉娜依旧不同人说话，虽然夜晚时分她开始唧唧哝哝地自言自语。玛丽安不知道她嘟囔些什么，她还尝试了好几次，让汉娜同她说话，却是白费力气。她服侍汉娜睡下，看着她一挨枕头便睡着了。那张动人的脸整个白天都焦灼痛苦地皱成一团，这会儿好舒展、好年轻，一派纯洁无辜，无忧无虑的样子。此时，或许汉娜已经忘记一切，再也记不起来了。玛丽安坐在床边凝视着她，忍不住想着，或许她已经忘记了吉拉尔德，忘记了彼特，忘记了对彼特的所作所为。想到这里，她脑海中不由得浮现出一个残废的、匆匆归家的丈夫，玛丽安浑身一颤，回头看见一个高高的人影在门口。

是维丽特·伊夫克里奇。她过来锁门。她告诉玛丽安，待在里面或外面悉听尊便，但是锁上的门要到早上才会被打开。玛丽安不想让一扇锁住的门分开她和汉娜，可她认为还是待在外间为好。她无时无刻不盼望莱德斯的人的到来，所以她出来了，让汉娜一个人在里面睡觉。她看着维丽特将汉娜客厅的门上好锁，转身离开。之后，玛丽安抱了几床毯子铺到前厅的沙发上。睡意马上涌了上来。

“把蜡烛点上，拿好。”她轻声说道。汉娜的卧室在客厅的那一边，但她还是不想冒吵醒她的风险。她害怕汉娜醒过来。

杰姆西点燃蜡烛，放到她床边的桌子上。他还在打量着她。

杰姆西让玛丽安心里发毛。现在所有的人都令她心惊胆战，甚至是丹尼斯。丹尼斯长时间的沉默不语和魂不守舍的神情都使她惶恐不安，他的魂魄仿佛已经游离到躯体之外了。他们坐在一起的时候，他紧紧攥住她的手爱抚着，但是他的目光穿越她本人看着别的东西。同汉娜待在一起时，他很安静，默默地在她身边走来走去，她似乎有点喜欢他，好像对他比对玛丽安更有印象，但是他并没有抚摸汉娜。他在她身边徘徊，仿佛是身不由己地被保护汉娜的光环吸引住了，他透过光环凝视着她，就像人们看着棺材里怪异而又神奇的遗物一样。玛丽安抚摸汉娜，一半是出于工作习惯，一半也是因为那种挥之不去的神奇。汉娜的皮肤摸上去冰冷又麻木，似乎她的魂魄也游离出躯体了。

丹尼斯犹豫不决，拿不准是亲自去机场还是派个人去。杰姆西拒绝前往，玛丽安和维丽特都不会开车。丹尼斯心不在焉，傻傻地握着玛丽安的手，思前想后，但是并没有征求玛丽安的意见。最终他还是决定自己去。他开车驶入一团黑暗中，雨密密麻麻、层层叠叠，汽车车灯根本就照不远。车才驶出，大雨就透过摇摇晃晃的车篷把路虎车的里面打湿了。玛丽安穿着雨衣跑过露台，钻进前排座位上同丹尼斯坐了 一会儿，从仪表板发出的微弱的光中隐约可见丹尼斯滴着雨水的湿淋淋的头。他们在狭窄的汽车内笨拙地搂在一起，紧紧拥抱。“路上要小心，去布莱克镇的路路况可能糟糕极了。是不是走内陆好些？”

“不，走沿海的路快多了。没事，上帝保佑你，照顾好她。”

他发动了引擎，等她一下车就飞驰而去，转眼便消失在无边的黑暗中。雨幕之后传来一声咆哮，可能是大海的声音。她在门廊处稍稍待了一会儿，觉得自己看见了汉柏车越驶越近的车灯，但是却什么也没出现，于是她回头走过空无一人的客厅，到汉娜那儿去。

“怎么了？杰姆西？”玛丽安起身披上外套，然后和衣躺下。这时候屋子里凉飕飕的，烛光在风口摇曳。玛丽安瞥了一眼汉娜的房门，门依旧紧闭着。

他没有回答，而是坐到她身边，似乎在聆听什么。玛丽安也竖起耳朵听。屋子里面一片寂静，只听见雨噼噼啪啪打在屋顶上，汩汩地流过水沟，敲打着露台和花园，而后汇成一声沉闷的长长的巨响，似乎要把房子的寂静包围起来，使之变得更加寂静。玛丽安又坐了起来，顺手拉了条毯子盖住膝盖。四点钟了。

吉拉尔德的影子突然像幽灵一样浮现在她眼前。昨天一整天她都浑浑噩噩的，极度悲伤，没有心思也没有心情想到吉拉尔德。她害怕汉娜，害怕警察。这时候在冰冷的黑暗之中他冒了出来。她没有看到人们抬他下楼，只是知道他大概被放在什么地方，那时他母亲的哭声在客厅里回荡，而后忽高忽低的呜咽声不绝于耳。她的眼前有这样一幅图景：现在他躺在黑乎乎的地方，孤零零的，惨白无力，没有生命，只有老母亲陪在身边。想着想着，她不由得抽泣起来，泪水夺眶而出。她流下的是同情和畏惧的泪水，为他，也为自己。如今身处黑夜，死亡才是高高在上、不可一世的，它能把一个伟岸、健康、充满活力的人变成一具沉重的、没有意识的空壳。

玛丽安只觉得再过一会儿自己就可能嚎啕大哭。她慢慢地长吸了一口气，攥紧毯子，摸着上面厚厚的毛茸茸的纹路。她不能在杰姆西面前流露出恐惧。如果杰姆西知道她有多害怕，他就可能像野兽一样，一旦发觉对手力不从心，便不顾一切地作威作福，引发出新的恐怖事情，至于是什么她就不得而知了。黑暗中人人都很危险。玛丽安觉得房子里积聚的可怕的暴力在她周围蠢蠢欲动，一旦找到薄弱环节就会奔涌而出。她必须保持勇气和理智，否则她会成为薄弱环节，可怕的洪水将大肆冲出来。

“杰姆西，干吗不把那盏灯点着？这里太暗了。”

“没油了，整栋楼里都没有油。”

“为什么把我吵醒？”对她来说，醒过来也是令人厌恶的。睡着了就会好多了。

“我想跟你一起守候着。”杰姆西坐在她身边，眼睛仍然盯着她，他跷着二郎腿，双手插在口袋里。蓦然之间她感觉他像个看守。然而，难道她自己不是看守吗？现在的房子比以前更像监狱。

杰姆西瞪大双眼。她看得见他的眼睛，在昏暗的光线下它们显得更大更黑。摇曳的烛光在他五官之间投下一个个晃来晃去的阴影，并使得它们摇晃不定，怪模怪样。玛丽安忽然觉得他是有备而来的，他有事要做，到她这里来有企图。她缩到一旁去。她不想让思绪停留在他和吉拉尔德神秘的关系上，但此时此刻她却按捺不住这个思绪，房子里新的疯狂又汇聚在这个眼神茫然的男孩身上，又被唤醒了。

醒了。杰姆西又在倾听着什么。他一动不动，似乎在催促她也来听，但是她听到的只是杂乱无章、无休无止的雨声。她想着彼特正一步一步穿过黑暗朝房子走来。

杰姆西起来了。他警觉而带着疑问的目光依旧对着玛丽安。尽管沉默不语，他看上去还是相当激动，也可能是相当害怕。他把她身边的蜡烛举起来，走到房间中央站住，然后将蜡烛慢慢举过头顶，看着别的地方。

起初她不明白他的举动。她仍然竖起耳朵，屏住呼吸看着他。过了一会儿她听见屋子里头有个微弱的声响，她把目光投向杰姆西注视着的地方。汉娜的门的把手在轻轻转动。它转了一下，滑回原地，然后又转动一下。汉娜想出来。

玛丽安吓得毛骨悚然。这个无声而绝望的小动作中蕴含着可恶可恨的东西。她知道应该开口同汉娜说话，把自己突如其来的慌乱和恐惧驱散，但是她发不出声来。汉娜现在被囚禁在这个斗室中央，囚禁在房子的正中心。也许这就是彼特现在要关她的地方，她被永远地囚禁在这个房间里了。把手又转动了一下。

她盯着杰姆西，他正用大大的、黑黑的眸子看着她。他已经把蜡烛放低，照得他下半部的脸金光闪闪。他张开嘴，带着可怕的急切表情注视着她，心里的想法令他浑身颤栗。

玛丽安压低嗓子说："你有钥匙吗？我要进去看她吗？"

杰姆西把手指放到嘴上，示意她起身，然后抓住她的手臂把她牵到外面的走廊里。他带上前厅的门，把蜡烛放到身边的地上。

"怎么了？杰姆西，你吓了我一跳。"

长长的走廊从他们身后延伸过来，黑漆漆、静悄悄的。现在她看不见杰姆西的脸。烛光似乎在他们膝盖处打转，转一转就不见了。他依旧攥着她的手臂。

"我们得放她出来。"

玛丽安听见了他的话，但是不明白他的意图。"你要我进去。你有钥匙吗？"

"有。我告诉你我们得放她出来。"

玛丽安一声不吭地站着，只觉得他的话在周围膨胀，巨大的回响似乎要充满整栋楼房。好像这会儿大家都醒了，很警觉，站在烛光那边的黑暗中聆听这一切。那么是不是最后的时刻，解放的时刻来临了？汉娜想要出去。多么可怕而可悲的念头。

她仍然压低嗓子说："你疯了，杰姆西。黑灯瞎火、大雨瓢泼的夜晚离开屋子，她能去哪儿，去做什么呢？"她的应答声似乎在雨幕下，在他们周围轰鸣回响。她紧紧抓住杰姆西，他们像两个搞阴谋诡计的人，又像两个惊恐万分的孩子一样相偎相依。

"我们得放她出来，"他又说，"这是她的权利。彼特到达之前我们得放她出来。"

玛丽安感到一阵揪心的疼痛：为什么这件事要发生在我……发生在我的面前？她说："不，不要。我们可以明天用车带她走。”

“带她走？去哪儿？干什么？彼特随时都会回来。不，这是最好的时候，最好的方式。我们只要把门打开就行。”

“不行。杰姆西，我办不到。为什么要叫醒我？你一个人把门打开不好吗？”

“得有你壮胆。别害怕，玛丽安。情非得已，来吧。”

他打开前厅的门把她往里拽。门开的时候，烛光闪了一下便灭了。他们手牵着手，一动不动地站在黑乎乎的房间里。过了一会儿玛丽安看见一丝灰蒙蒙的光线。天要破晓了。

她可怜兮兮地喃喃道：“不！”但是杰姆西已经在摸钥匙了。她懵懂地看着他摸出钥匙，轻轻插入锁孔转了一下。他把门推开一点，然后站到一旁。

玛丽安缩回到墙边。她觉得一个可怕的幽灵即将穿过这间屋子。杰姆西站在她的对面，眼睛一眨不眨地盯着门缝。天越发亮了。

他们纹丝不动地静静等了几分钟，然后里屋响起一个微弱的声音。玛丽安张开嘴，几乎喘不过气来。门开了，一个人影在门口。

她停了一会儿，然后悄悄地向前走，从他们两人中间穿过。她的脸模糊不清，但是在初现的曙光之下可以看清她的身影。她穿着外套，光着脚丫，很快消失在走廊深处。玛丽安感觉到对面的杰姆西跪下了。她向窗口移动的时候，他慢慢将身子伸长，脸朝下直挺挺地趴在地上。

露台灰蒙蒙、空荡荡的，流水闪闪发光。雨势稍稍收敛了一点，透过零乱的花园刚好可以看得清围墙和大门。不一会儿汉娜出现在露台上。她不慌不忙，迅速飘下台阶，穿过鱼池，经过败落的紫杉树，这时候她的影子模模糊糊、忽隐忽现，宛如鬼魅一般，穿过墙边大门，消逝在茫茫的雨中。

# 第三十二章

“把她抬进来。”

维丽特将玻璃门一扇扇打开，那几个人把放在露台上的重物又抬起来，吃力地往屋子里搬。雨仍在下着。

玛丽安跟在他们后面，几乎迈不开步子，边走边扶着玻璃门。她摇摇晃晃地站在后面，看着他们走进客厅。她看见里面还有一具裹着白布的尸体。维丽特一边领路，一边吩咐着他们做什么，在关门的时候玛丽安和她细长眼睛里疲惫的目光不期而遇。维丽特看着她，眼里没有愤怒，好像她是个素不相识的陌生人。现在在这栋房子里，玛丽安是个地地道道的局外人。她慢慢地爬上楼。

这会儿，她想，肯定是九点左右，或许更早些。所有的钟都好像静止不动了。汉娜似乎是一出事就被发现的。有个渔民目睹了当时的情景，人们没费多少周折就找到了石头上她的尸体。第一个报信人到达不久，尸体就被抬到家里来。

站在汉娜窗前，当她从恍恍惚惚和默默祈祷中清醒过来时，发现杰姆西已经不见踪影。她回到自己的房间里躺下。她睡得迷迷糊糊，噩梦连连，脑子里胡思乱想着，耳朵又在倾听各种声响，每次都是被猛地吓醒。有一次她刚醒过来的时候仿佛听见汉娜在叫她，还有一次她起身去汉娜的房间想看看她有没有回来，可是走到一半就放弃了。她不想再看到那个房间。在楼梯口时她突然觉得会碰见吉拉尔德，吓得她拔腿往自己房间猛跑。从那以后，她就一直坐在窗前，直到看见那个跑得气喘吁吁的报信人和抬着尸体缓缓移动的队伍为止。现在她望了望车道，害怕看见路虎车的影子。

她注视着窗外，越来越亮的天色带来又一个令人瞠目结舌的巨变。她一直在眺望着山谷灰蒙蒙的、变幻多端的景象，意识到它的面貌似乎在越变越怪。她仿佛还在梦中，在那些古里古怪的似乎是头脑清醒时做的梦中。外面的景象好像面目全非了。她一次次回头，四下打量，想弄清楚是不是真的在自己的房间内，而不是在别的从未见过的屋子里。可是，屋子还是熟悉的屋子，天越来越亮，在山谷的尽头看得见莱德斯一成不变的剪影。然而山谷的模样发生了翻天覆地的变化，一会儿之后她终于悟过来是怎么一回事，为什么艾菲汉一行至今尚未露面。一股巨大的洪流宽阔黝黑，膨胀开来，在山谷中间咆哮而下，将两栋房子一分为二。沼泽的水泛滥成灾。

桥已经了无踪影，白色的小屋被水淹到一半。溪流在山谷顶刻下一道深如峭壁的沟，从那儿奔流而下，全然不见以前迤逦曲折的身影。溪流一泻到下面，便水花四起，水花在圆石间翻滚，泛着泡沫，如一条湍急的大河在山谷中央汹涌而去，在岸上留下一条条宽阔的碎石带。谷底已经变成一个波涛滚滚的湖，有好几百码宽，洪水滔滔注入大海，棕色白色搅在一起，上下翻腾，形成一个个旋涡。

想必昨晚在艾菲汉和爱丽丝走后不久道路就被冲毁了。玛丽安凝视着面目全非、破烂不堪的景象，先是心惊胆战，然后是昏昏沉沉，似乎如释重负。大洪灾缓和了她内心的痛楚。她把望远镜对准山谷。下面的斜坡处积了一大堆碎石和树枝；她看到一只羊肮脏的尸体；再往上在石南丛中有一条条闪闪发光的带子，随后她认出那是散在山边的死鲑鱼。水势在夜里一定更加凶猛，没有人能够过得来。

这会儿雨渐渐变弱，天色渐渐亮起来，带点肮脏的浅黄色，令人不忍目睹的惨象一览无余。玛丽安从望远镜中看着莱德斯，可是对面的房子里死气沉沉，看不见半个人影。房子立在滔滔的洪水中，就像一只搁浅的、无人问津的船。她昏头昏脑的，从她可怜兮兮地说想把屋子里塞满人到现在，似乎过了无比漫长的时间。人群已经于事无补。游戏已经到了最后关头。

至今玛丽安还不敢认真回想夜里发生的事。有时候，它就像一场梦，像在迷迷糊糊中的行为。在半梦半醒时，她想那可能是她的幻觉，全都是她自己胡思乱想出来的，然而，她心里隐隐作痛，知道做过一件事，一件无法推诿的事。杰姆西只是帮凶。她甚至想都没想一下杰姆西的动机，似乎他与这件事的干系微不足道。她做的事才事关重大。把这最后的自由，把自己裁决自己生命的自由交给汉娜，她做得对吗？在汉娜终于想打破镜子，走出大门的时候，那时她应该对汉娜严加防守吗？如今以前的自由概念触动不了她。在她最后被监禁的日子里那一幕幕悲惨情景中，是汉娜的不容置疑打动了她，使她认识到汉娜的自主权，认识到汉娜自己决定自己生命的神圣权利。当时玛丽安没法充当她的看守。玛丽安的脑海里浮现出杰姆西跪在地上，汉娜从旁轻盈飘过的景象。可是她这么做对不对？现在她还弄不清楚。但是，在她呻吟着让额头在冰冷的窗玻璃上擦来擦去的时候，她心里清楚自己已经担当下来了一桩血淋淋的罪过，罪责难逃。

没有人可以当她的审判人，但是有一个人可以帮她一把，就是丹尼斯，因为他清白无辜，因为他爱汉娜。尽管他不能当她的审判人，她想至少在必要的情况下他可以当她的死刑执行者。丹尼斯和彼特会一起回来，在她的脑海里他们俩的形象奇怪地融合在一起。她的职责就是保护汉娜。她做得不折不扣，做得太棒啦。而今，实际上她站在汉娜的位置上，也许斧头就会落在她的脖子上。她转身瞧着她看了不下一百次的车道。

远远看去有辆车驶近大门，在毁坏了的石子路上慢慢地前行。不是路虎车，也不是汉柏车，是辆从未谋面的车。玛丽安恐惧又不解地凝视着它。难道有生人到来？是从外面的世界来盖兹的生客？医生还是巡官？还是到这儿来做评价，做解释，以及做善后和惩罚工作的人？车子开到房子前面停了下来，然后车门被打开，丹尼斯钻了出来。他独自一人，没有同伴。

玛丽安转身飞奔出房间。她奔跑的鞋跟声在走廊和楼梯上回响。她一路跑来，房子里回荡着她的脚步声，好像整栋房子已经空空如也，没有人也没有东西。房子里面以及露台上一个人影都看不到。她跑到露台上的时候，丹尼斯正好在拾级而上。她看见他紧张而劳累的脸，那上面毫无表情。看见她时他顿时神情松懈下来，对着她张开双臂。现在他又变回她熟悉的丹尼斯了，面貌一新，完全恢复了。她闭上眼睛，呻吟着靠在他的肩上。显而易见，他还不知道发生的事。

她感觉到他的衣服湿漉漉、硬邦邦的，上面都是泥土和沙子。她退后了一些，紧紧地、魂不守舍地抓住他，怕有人从后面的车窗偷窥他们。“彼特在哪儿？”

丹尼斯使劲抓住她的前臂，似乎不想让她跌倒。两个人站在那儿就像两个摔跤手一样。

“彼特。你没有听说？”

“没有——”

“彼特淹死了。”

玛丽安靠在栏杆上，把他拽到怀里。他脑后的天空已经变成柔和明亮的浅黄褐色。雨停了。

她几乎说不出话来。“淹死了。怎么会呢？”

“我不应该走海边的路回来。在魔鬼堤道那儿遇到一股大洪水。车子失控了，冲进海里，我动作快，爬出来了，但是彼特没有。”他仍然紧紧抓着她的手臂，盯着她的眼睛，仿佛她的注意力能够把他从令人毛骨悚然的记忆中拯救出来。他接着说，“这会儿他们在抬他回家。”

遥遥看去，又有一辆车驶上车道。

他说：“我们进去告诉汉娜吧。”

玛丽安的手让他动弹不得。她张着嘴嘟嘟囔囔，但是语不成句。然后她头往后一靠，发出一声尖厉的长嚎。之后，她依然盯着他，低声说道：“太晚了，汉娜已经死了。”

他闭着眼睛。过了一会儿，他把她的手从胳膊上掰开，背对着她。她开始低声呜咽，拍打着他的肩膀，这时候她看见他的面前，第二辆车慢慢地越驶越近，把彼特·克里恩-史密斯带回家来。

# 第　七　部

# 第三十三章

艾菲汉驾驶着汉柏车在雨中穿行了整整一个夜晚，早晨在一个内陆村庄里听到了汉娜和彼特的事。麦克斯、爱丽丝和他在同一辆车里。他们走的是一条拐来拐去的内陆小道，迷了两次路，被洪水堵了一次。凯丽、两个女仆和一个男仆开着奥斯丁七型跟在后面，但是他们已被远远地抛在后头了，天色仍然很暗，无法与他们联系。他们在一间客栈稍停了一会，吃了点早餐，听到了那个消息。

汉柏车在盖兹的车道上缓缓前行，磕磕碰碰地驶过一条条深深的水沟，到盖兹时人们正好抬着彼待·克里恩-史密斯进房子。艾菲汉让爱丽丝扶麦克斯出来，他则跑到露台上，站在那儿旁观。他觉得自己很愚蠢，莫名其妙地被摒弃在外了。这一幕没有给他带来感触。他跟着一行人进屋。玛丽安在大厅里，用手绢紧紧捂着嘴，手指了指客厅。丹尼斯伏在楼梯上，看上去像是从高空中坠落在地的物体。没有人理睬艾菲汉，忽然间他成了一个陌生人。他想像个陌生人一样，能够找到一个人说："噢，对不起，实在对不起。"

爱丽丝和麦克斯慢慢跨进门，从他们身后可以看到奥斯丁七型已经开到了。玛丽安从他身边挤过，坐到最下面的楼梯上。她头靠着栏杆，开始低声地"哦，哦，哦——"哭起来，艾菲汉傻傻地看着。他好像无法与玛丽安和丹尼斯沟通，他们悲伤的样子让他难过不已。其他人拥在他背后。猛然间，他跨过丹尼斯的腿冲上楼梯，冲过走廊，朝汉娜的屋子跑去。

他奔进屋去，惊恐不安地、稀里糊涂地站在那儿。外面阳光明媚，房间里很亮堂，感觉相当舒服，好像它并不知道发生了什么事一样。时钟在快乐地滴答滴答走着。壁炉里的残留的火星还在发着微光。靠门的地毯上有一块暗淡的污渍，书桌的抽屉全部敞开，纸张飞得满地都是，可是除此之外一切都是老样子。银苇草和干缎花硬邦邦的，一动不动地插在花瓶里；照片上的彼特依然从原来的角度看着屋子；房间里弥漫着熟悉的泥炭味和威士忌的香味。不用说，再过一会儿汉娜就会从里屋走出来。他独自一个人站在那儿，听见尾随着的麦克斯在走廊里沉重的脚步声和爱丽丝一步一拖的声音。一阵冲动使他想用身子将门抵住，不让老人进来。

艾菲汉僵硬地站着，盯着一个角落。地上有个东西，是汉娜的那件黄色丝绸旧睡袍，被揉成一团扔在地上。麦克斯慢慢地从他身边经过，坐到汉娜的椅子上。艾菲汉呻吟了一下，便一屁股坐到凳子上。他觉得快要累昏过去了。

“把窗户打开吧。”麦克斯说道。语气同以前一样不容置疑，但是却有气无力。他的大脑袋像个黄黄的、空空的瓷器，重重地靠在靠垫上。他就像死神本人一样侵占了汉娜的位子。

“振作起来，艾菲。喝点这个。”爱丽丝从汉娜的酒瓶里倒出了威士忌。她把酒杯塞进艾菲汉手里，他喝了一小口。威士忌里有汉娜的气味。他闭上双眼。

清新的冷空气吹进屋来，带走了封闭的死寂的气息，地上的纸张被吹得满屋乱跑，缎花和银苇草随风摇摆。两个女仆拾起地上的纸张，重新塞回抽屉。爱丽丝捡起汉娜的睡袍，把它挂到衣架上。

“这是怎么回事？你们一大伙人在这儿干什么？凭什么在这儿走来走去，乱下命令？”维丽特·伊夫克里奇拄着拐杖站在门口，因为气愤，她声音又高又尖。杰姆西站在她的后面。

爱丽丝应道：“请原谅，维丽特。我们过来看看能不能帮点忙，我们是在路上听到那个消息的。”她往前推了张椅子给维丽特坐。

“到房间里来喝酒，你们不感到害臊吗？不，你们帮不上忙，我能够埋葬自家的死人。”

她没有坐那张椅子。杰姆西把它转到一边自己坐了上去，他将手肘支在膝盖上，双手掩面。女仆退避到前厅去了。

大家谁都不吱声。维丽特用拐杖把地板敲得咚咚作响。“你们可以走了，我可用不着你们来把我的窗户打开。”

麦克斯把头稍稍偏向爱丽丝，后者张开两脚靠在烛台上。爱丽丝说：“别赶我们出去，维丽特。我们有权待在这儿。”

维丽特恶狠狠地看着每一个人。“哦，对极了！你们就像吸血鬼一样靠吮吸这栋房子的痛苦为生，现在你们竟然装得一无所知，过来瞧热闹，看死人。”

“维丽特，别发火。我父亲累了，我们——”

“现在就走，你们这一群瞧热闹的人，这里我说了算。”

“怎么说呢，”爱丽丝说，声音略略有点不客气，“我想，现在这里到底属于谁，还说不清楚。”

“属于我，我是汉娜最亲的亲戚，又没有遗嘱。”

“噢，实际上有遗嘱，”爱丽丝答道，眼睛看着地板。“汉娜以我父亲的名义立了份遗嘱。”

艾菲汉睁开眼睛，猛地抬起头来，惊得把酒都喷出来了。杰姆西慢慢起身。爱丽丝盯着自己的鞋子，脚在地板上拖来拖去。

维丽特张开嘴，费劲地轻声说道：“你的父亲，我不信。”

“是的。去年圣诞节我拿书和一些东西过来的时候她给了我一份遗嘱。那时她叫我不要让我父亲知道，我没有，直到最近我以为非说不可了。还有一份在格雷镇的律师手上。”

维丽特目不转睛地盯着她，然后她的眼神变得迷茫不清、蒙蒙眬眬。“真是一个贱人，地地道道的贱人。”

这些话像墓志铭和纪念碑一样伫立在房间，大家谁都不吭气。过了一会儿，爱丽丝说：“当然，我们并不打算接受——”

但是杰姆西大步走到房间中央，一把抓住姐姐的胳膊。“我们没什么好说的了。戏已经演完了，不妨称戏名为吸血鬼。我们过去吮吸的血已经流干。我们现在就走，你们永远也不会听到我们的消息，你们可以把我们的痕迹擦拭得一干二净。一切都归你们，包括这一个个的死人。你们可以拥有这栋房子，可以主持丧事，是的，可以埋葬他们，也可以哭泣，如果你们还有眼泪的话。现在它们是你们的了，作为财产的一部分由你们继承，他们死了就都是你们的了，见鬼！”

他扯了一下维丽特的胳膊。她转过身，整个人靠在他身上，眼神依旧迷茫。然后两人走出了房门。

爱丽丝马上说：“我把他们追回来，我不应该让维丽特气成那样……”

但是麦克斯晃了晃脑袋。“现在不要——”凯丽从外面将门掩上。

艾菲汉跳起来问："这是真的吗？"

"遗嘱吗？是的，她把一切都留给父亲，当然我们——"

"噢，别说了！"艾菲汉叫道。他大步走到窗前。他想大喊大叫。太阳火辣辣地照着海面，用一道长长的明晃晃的金色阳光灼灼地烤着大海。天空湛蓝湛蓝，一丝云都没有。被暴雨毁坏的花园一片寂静。他自然没有想过汉娜会将财产留给他，一个念头都没动过，他从没想过她会死，可是把麦克斯作为她的遗产继承人，多么不可思议而荒唐可笑啊。为什么是麦克斯，这个对她最不以为然的人？简直就像一个莫名其妙的充满恶意的玩笑。现在他一直担惊受怕的侵害真的来临了，这一切都属于他，她的桌子，睡袍，威士忌酒瓶，银苇草，彼特的照片，一切一切。突然间，艾菲汉发现自己不由自主地对这些物事觊觎起来，不仅仅是这些小东西，还有房子，一大片一大片的沼泽地，以及股票和股份。她把自己变成一份家产，然后毫不痛惜地、令人厌恶地随着性子胡乱打发掉。这个可恶的东西，就是她的死。完全是一个粗鲁的玩笑。

麦克斯问："怎么了，艾菲汉？"他的声音有气无力，有点不快。

艾菲汉想，她已经完全与我无关了。麦克斯会在她身上撒上泥土，麦克斯会致悼词，麦克斯会告诉世人她的生平。

艾菲汉恨恨地说："这是个不明智的决定，发疯了，是不是？"他差一点就要重复维丽特的墓志铭。

麦克斯慢吞吞地说道："这是个浪漫的决定，如果你喜欢具有象征意义的决定。汉娜跟我们大家一样。她只爱不在眼前、不存在的东西，这当然会非常危险。只是她也不敢爱眼前的东西。如果她能够爱它们的话，或许情况会更好一些。她不会真正爱上她眼前的人，也没有能力去爱，那会使她狭小的生活苦不堪言。她不能为他们而将爱的理念化成可操作的东西：爱仍然是毁灭性极强、令人恐惧的情感，她干脆避而不谈。”

爱丽丝一本正经地说：“你就是在她跟前，她也可以爱上你的，爸爸。你是她翘首以待的人，在圣诞节那天我感受颇深。也许，遗嘱就是一种暗示。”

麦克斯只是一味地摇头。

艾菲汉定定地看着这个老人，这副巨大的空洞的面具，这个蜷缩着、悬挂着的身体，他说道：“杰姆西说的没错。你是她尸体的所有者，她正在等候你。你正是她的死，她爱你。”

他猛然间怒气冲冲地吼出这几句话。他觉得一定要离开房间，离开这种闭塞而温和的场景，麦克斯空空的眼神在这里定格了。艾菲汉急切地摸着门把手。女仆们正在前厅窃窃私语，登时安静下来，一声不响地看着他出去。他跑下楼梯，觉得自己受到了逼迫、侵扰和恫吓，像维丽特和杰姆西一样，他也是被赶出来的。在残酷无情的净化仪式中他被清除出来了。他站在客厅里。玛丽安和丹尼斯都换了位子，两人并排坐在玻璃门旁边的地上。玛丽安侧着脑袋，额头靠着丹尼斯的肩膀。两人都双眼紧闭。他们的样子很是古怪，有点无足轻重，仿佛是拍卖会上的一组雕像。他怒气渐消，看着他们。他们也应该被清除出去。他朝客厅走去。

太阳照在闪闪发光的露台上，露台微微散发出一些水汽。外面静极了，仿佛万物全都累了、倦了，休息去了。他心里还没法真正接受她已经死去的事实。他想她只是迷失了，形象被毁，受了重创，他想她化成了股票和股份，或者微缩成麦克斯头脑里一个小小的观点了，总之，他无法想像她已去世。他就是没有办法接受她死去的事实，她如今只是被严严实实地遮盖住了，他看不见。他倒愿意视她的死亡为一种侮辱，一个未经许可而私自下的断言。此时，面对这突如其来的无比的寂静，她已经离去的事实带来的悲苦像一朵云彩飘进他的心房。他打开客厅的门。

花边窗帘被人拉上了，屋子里点了盏昏黄的灯。奇怪的是艾菲汉模模糊糊地记起孩提时代有一个夏天躺在病房的事。深深的黄昏下，那三尊平卧的人形和垂到地板的白色被单在他眼里如同布莱克[①]的版画。他们的样子很像三块墓碑。他一动不动地站在那儿。如今这三个纠缠不清的灵魂睡在一起，躺在这里，在地狱或者天堂的判决面前束手无策，无处可逃。

屋里有个轻微的响声，艾菲汉惊跳起来。幽暗的阴影下，一个身穿黑衣的老妇佝偻着背，坐在一具白色人形旁边的矮凳上。她脸色惨白，看都不看艾菲汉一眼，模样跟一尊奇怪的死尸一样。她的存在顿时使这里有了些人气，情景虽然令人畏惧，却真实多了。他低头看着身边裹着尸布的人。这个人又高又大。如果那一个是吉拉尔德的话，这个人一定是彼特，最靠那边的一定就是她了。他注视着这个静静的、静静的人，但是抬不动脚再往前走一点。她现在就是死亡，她活着的时候拼命效仿的死亡，她为之潜心研究、亲自实践，不惜倾注自己的感情。现在她成功了，死与她融为一体。天知道那是成功还是失败。他最后看到的是遮盖她的白布。到头来她终究成了一个无法破解的谜。

---

① 布莱克(William Blake，1757—1827)，英国诗人和版画家。

他不觉得十分痛苦，只是感到畏惧。他看着那具稍远处的尸体。或许这里才是他真正归属的地方，与彼特·克里恩-史密斯待在一起。接着，残忍的好奇心如一阵突如其来的寒气涌上心头，他几乎马上就意识到是什么在作怪。彼特坠下悬崖的时候究竟出了什么事？彼特伤成什么样，残废成什么模样？艾菲汉喘着粗气。屋里弥漫着大海的气息，脚下的地板潮湿阴冷。他感觉手在蠢蠢欲动，想掀开床单看看下面躺的是什么样子的人，可是他还是不敢。也许他害怕看到的并不是一张可怖的、畸形的脸，而是一个恶心的面具，五官跟他的一模一样。

# 第三十四章

杰夫雷的信玛丽安拆都没拆就塞进了口袋。她走到窗前，暗暗猜想现在该几点了，还有她自己睡了多长时间。

看天色大概是傍晚。又起风了，海面上升起一大堆紫云。麦克斯、艾菲汉和爱丽丝当天早上就回莱德斯了，他们才在这儿待了一会儿工夫。杰姆西和维丽特开着莫里斯车走了，是暂时离去还是永不回来不得而知。丹尼斯回到自己的房间睡觉去了，他不让玛丽安跟着他。后来她终于爬上楼，躺到床上，将额头埋在深深的黑暗中。

清醒是很可怕的。她醒来的时候，午后的阳光咄咄逼人，风在耳边呼啸。她起床后看见杰夫雷的信，天晓得女仆把它扔在这里有多久了。她洗了把脸，因为哭泣，脸变得硬邦邦的，像上了一层瓷釉。她打开房门，好像突然意识到房子空无一人。远处隐隐传来嘎吱声、呜呜声和震动声，但就是听不见人的声音。忽然间她想起自己可能已经被丢在这儿，其他人都走了，就剩下她一个人。她浑身瘫软地站在那儿，倾听着。

最后她硬逼着自己走出来，蹑手蹑脚地走下楼梯。她既害怕房子里面空空如也，又害怕那隐藏在一扇扇紧闭的房门后的东西。她站在大厅里，强忍住冲出屋外然后拔腿猛跑的冲动，她感觉得到客厅的存在。她转过身，强迫自己返回到房子里面，她必须找到丹尼斯。

她现在既需要他又害怕他。她那种行为使丹尼斯和她有了距离，他那种独特的悲伤也令她无法靠近他，她意识到自己从来没有了解过他。他就像一只她不熟悉的动物一样野性十足，不过是暂时让她安抚安抚。她读不懂他的心思，也无法预测他的举动。她怕他，却又需要他：想守在他脚边，从他那儿搞清楚发生了什么事，获得某个判决的暗示或残迹。他会保护她不受死者的干扰。

她轻轻地叩了叩他的门。没有人回答，于是她慢慢地推开门，看着窗帘紧闭、透着暮色的屋子。她的心痛苦地咚咚猛跳着。一会儿之后她才看清屋子里面空无一人。床铺乱七八糟的，个个抽屉都敞开着，衣服扔得满地都是。玛丽安退出来，跑到厨房。巨大的牌桌已经收拾清洗干净了，但是厨房里没有人。大钟在静寂的屋子里面滴答滴答地走着。玛丽安叫着“丹尼斯”，开始声音很小，过了一会儿她便高声叫起来，带着哭腔，含着恐惧。没有人应答。

她一次一次地回头看后面有什么东西。她一步一步地向窗口退去，似乎房子里面有什么看不见的东西在向她步步紧逼。万般无奈之下，她把眼光投向花园。那儿有个人影在动。明晃晃的阳光下，那个影子很清晰，与周围截然分开，同样的明晃晃的情形她以前遇见过一次。那人影是丹尼斯，他伫立在一个鱼池边，低头凝视着水里。看到他时，玛丽安带着一种新的恐惧大叫了一声。然后，她跑出那间空空的厨房，在一间间潮湿的、有回声的、铺着碎石的房间里东拐西拐，跑到又滑又湿的露台上。她差点滑倒，赶紧放慢脚步。

“丹尼斯！”通过他她才与这里发生的一切有了瓜葛。只有他才能把她从这堆死人中解放出来。

他朝她看去，眼神有点狂乱。“你好，玛丽安。感觉好点了吗？”

“我醒来的时候怕极了，我还以为你已经走了。噢，丹尼斯，到里面来，你得和我说说话。”

他睁着眼睛定定地看着她，皱着眉头。他个子小小的，给人一种陌生感，头发给风吹乱了，身子缩在外套里面，起风的时候它在瑟瑟发抖。他又垂下眼帘，看着幽暗的泛着水波的池面，默不作声。

“求你了。”玛丽安说道。她朝前走了一步，怯怯地伸出手，抓住他的袖子。

他从她身边退开。“别那样。”他将肩膀转向她，在池子边跪下。

玛丽安看着这个蜷缩着的人。然后她看见他身边放着一个干净的小箱子，箱子边上是一个张着口的旅行手提包，里面露出一个塑料袋那开着的大口子。塑料袋里盛有水，她发现一个金光闪闪的东西在袋子的幽暗处一晃而过。一个小鱼网搁在丹尼斯手边。

“你在捉鱼……噢，丹尼斯……”玛丽安又想哭了，但她已经欲哭无泪。她在他身边跪下。“捉这些鱼干吗？”

丹尼斯轻声回答道，“我想不妨带几个老朋友一块走。”他的口音使他的话听起来喜气洋洋的。

“你要……走？”

“是的。”

“什么时候，去哪儿？”

"现在。不知道去哪儿。待在这里干吗呢？你不要悲哀……"

"丹尼斯！"玛丽安叫道，她勉力使自己不要乱了方寸。"你不能走，留我一个人在这儿。再待一阵子，我们一块走。如果你不愿意待下去，让我随便打点一些衣物跟你走。"

他们蹲在一块儿，靠得很近，他温柔地看着她，她注意到他头顶的天空中的紫云渐渐被夕阳驱散了。"不。我们俩之间有什么关系呢，玛丽安？其实我们相互间根本就不熟悉。在这里，我们过去能够交谈，似乎彼此心意相通，可是这里的符咒已经破了，魔力已经被驱散了。我不该听你的话去做那些事。只有邪恶，你知道，那些事情只会带来更多的邪恶。其实我们并不真正相爱。我们做不到。现在你明白了，是不是？"

玛丽安看着他，然后低头看着水面。他说的没错。她曾想拥有这个精灵，但是他们并不真正了解对方。她几乎很无辜地使他的精神染上了病，令他像携带着病菌一样携带着它到远方的小岛上。她又哭泣起来，但是声音很轻。她眼泪汪汪地说："你要带走'草莓鼻子'吗？"

丹尼斯停了停才回答，她知道他自己也在想这个问题。"是的，但是我捉不住它。它游得太快。瞧，它游过去了。"

丹尼斯又拿起网。这条金灿灿的红鱼轻捷地游出百合花的影子，钻进一丛黑黑的水草中，转眼就不见踪影了。丹尼斯用网小心翼翼地在水中捞着。鱼出现在池子边，绕着圈子游来游去，慢慢地游近了网。丹尼斯猛地掀起网将它高高举起，网里满是水，亮晶晶的，鱼在里面挣扎。"草莓鼻子"噗的一声滑进塑料袋里。

"你捉它们干什么呢？你说过你不知道何去何从。"

"哦，可能我会先穿过那片沼泽。我知道哪里会有吉卜赛人，他们会借马给我。然后再去那边的一个大房子里面，我过去在那儿干过一段时间的活。他们有个小鱼塘可以养鱼。可能我会留在那儿不走，也可能继续往前走。但是鱼在那儿会没事的，我可以常来看它们，或者带它们到我的地方去。你知道，”他满脸歉意地说，不想让玛丽安替鱼担心，“如果它们留下，就一定会被鹤吃掉的。冬天网会被风吹跑，没有人会把它放回去，那时鹤就会飞来。”

玛丽安泪眼迷蒙地看着鱼游来游去而留在池子里的模糊的踪迹。“可是，丹尼斯，你不能把我留下。你得和我说说话。你必须告诉我你不怪罪于我。你必须告诉我，从某种意义上来说那是上上策。”

“那不是上上策，不过我自然是不会怪罪于你的。”

“你瞧，”玛丽安口气急促地说，“我自以为那样做比较好。我事前不知道彼特会淹死。我得让她自由，得让她最后能够主宰自己。把她关到彼特回来跟从头到脚毁了她有什么区别？把她当成囚犯来关押着实太可怕了……”她说这话的时候心里明白她将会对着自己一遍又一遍重复这些，可能直到生命的终结，但是她再也不能够对着另一个人吐露。她万般无奈地转向丹尼斯，他们两人跪在那儿，像两个跪在硬硬的石头上赎罪的人一样。“丹尼斯，在这种情况下你不该离开我。你得帮帮我，救救我。我不是真的愿意这么做。我本应该再抱点希望。我杀了她……”

丹尼斯摇了摇头。“是我们大家把她给杀了。我是罪魁祸首。”

玛丽安哽咽着。他的话字字都在谴责她。“你事先不知道——”

“哦，我能知道的，会担忧的，我的确有此担忧，但是我爱恨交织，恨会毁坏爱的根基。这就是为什么我应该在场的时候反而不在的缘故。”

“我不明白。你恨谁呢？什么促使你离开呢？”

“彼特。”

玛丽安愣愣地盯着他，他蓝色的眸子毫不躲闪地迎着她的目光，那眼神严肃、忧伤，略带点残忍和疯狂。“我不大明白——”玛丽安说。

“你以为在海那边，魔鬼堤道的下面发生了什么事？”

“我不清楚。我想洪水——”她说不下去了，脸上顿时火辣辣的。“你不会——”

“没错。堤坝已经被冲毁，我在路上的时候就看到了。我把车径直开到海里。入水的时候我跳了出来。他不是个身手敏捷的人，我想他会同车子一同沉入海底，但是情况并非如此，他也开始爬出车子。我只好再回到海里，将他推进车里。海水的压力将门死死顶住，车子沉了下去。”

玛丽安捂着脸听他说话。他说完的时候她把手张开了，抬头望着房子。空荡荡的窗户浸染在明媚的阳光里，整栋房子红彤彤一片。没有人会再听到她刚才听到的故事了。

丹尼斯站起身来。他伸出手臂，她扶着他的胳膊也站了起来。他的手臂僵硬如铁。她仿佛看到车子冲进大海，那个惊恐万状的人企图爬出车子。“你这么恨……就因为……”

“因为我目睹了上一次的情形，也因为我现在为她而恐惧。你瞧，玛丽安，这就是你的良药。”

“为什么是我的良药？”她转身抓住他，重新攥住他的手臂。她不想一听完他的故事就对他退避三舍，不过他让她有一种奇怪的敬畏感。

“我应该爱就行了，根本不该恨。应该留下来与她一起受罪，待在她身旁，变得跟她一样。的确，别无他路，我以前就知道，但是嫉妒和她的行为让我气疯了，我信不过她才变疯的。我的罪过最重。罪愆已经传递到我的身上，因此我必须独自离开。”

“可是，那样就让我……解放了吗？”

他忧郁地望着她，没有吱声，然后拿起箱子，小心翼翼地提起装了鱼的袋子。

玛丽安定定地看着他。过了一会儿她轻轻说道：“对极了，现在，你在变成汉娜。”她走到他的身边，迟疑了片刻，亲了一下他裹着外套的粗糙的肩膀。

“再见。”他用手摸了一把她的脸颊，转身离去。

这个不可挽回的事实令玛丽安心里沉甸甸的，她目送他大步走在花园里，走出大门，门砰的一声给关上了。太阳越发金光闪闪的，把远处的山边染成艳丽的橘黄色。

他的话让她瞠目结舌、毛骨悚然，可是她感觉内心深处已经解脱了，这种解脱就是某种放弃。她的下半辈子会重新演绎那个故事，一个大同小异的故事。丹尼斯的话使她有了一种奇怪的，一切又将重新开始的感觉，这所有错综复杂、纠缠不清的一切——暴力，监狱般的房子，以及罪过——仍然存在，没有消亡。不过丹尼斯要把它带走，他把它绑在心里带走。或许他为了她，为了其他人，会结果它。

她慢慢地离开池子边，注意到有个铁丝网没有放好，便用脚把它拨回原位。过一段时间苍鹭就会飞来吃鱼，虽然它们现在还没有来。她慢吞吞地走回露台。

金黄色的山边有个小小的身影攀行在通往沼泽的小径上。玛丽安目送他渐渐远去。这是最后的一丝亮光，是最后的一个小孔，从这个小孔里透出了另一个世界，一个她只是草率地在那儿栖居过、也无法理解的世界里的光芒。她凝望着正在爬山的人，努力想像在遥远的地方，丹尼斯一个人，提着鱼，清醒地想着自己干的事情，正往前走。她记起说他有精灵血统的传说；她不知道她现在待的地方是善的世界还是恶的地盘，是灵魂受苦的地方还是恶魔表演影子戏的场所，或者纯粹是一场充满暴力的噩梦。

“噢，玛丽安，你在这里！”

她转身看见爱丽丝站在身边，手里紧紧牵着小狗泰基的链子。

“我还以为大家一下子全走光了。丹尼斯在哪里？”

玛丽安看着爱丽丝，亲爱的、结实的、真实的、平凡的爱丽丝。可爱的爱丽丝。她张开双臂搂住她的脖子。

“亲爱的，”爱丽丝说，“你没什么不舒服吧？你真的应该到莱德斯来。这次我得把你带走，我是说一不二的。”

“你真好。”玛丽安说，松开手臂。“但是不行，我得整理我的行李。我想我得坚持到底。”

“丹尼斯在哪儿？”

“他走了。”

“走了？”

“是的，到沼泽那边去了，到吉卜赛人那边去了，走了。”

爱丽丝脸上的表情变得茫然而僵硬，她声音有点颤抖地说：

"我明白了。当然，我想过他会走的。我只是想让泰基跟他一块儿去。走了也好。"

"那么，赶紧，"玛丽安说，"现在还看得见他。他就在山那边，你瞧，瞧。我们把狗松开，你想，泰基会跟他去吗？"

她们跑过阳光灿烂的花园，到了门口，长长的影子在身前跳跃。山边的人影依然清晰可见。

爱丽丝解开绳子。"丹尼斯，丹尼斯，丹尼斯！"她指着山边，对着神情专注的狗急切地念道。泰基犹豫不决：看看她，看看四周，嗅嗅地面，然后慢慢往前走。它缓缓地走着，边嗅着地面边回头看，而后它跑起来了，立刻消逝在低洼处。不一会儿，在山更远处，她们望着那条金毛狗飞奔向上追逐那个人影，直到他们消逝在天际橘黄的雾霭中。

爱丽丝和玛丽安慢慢转回屋去。玛丽安把手插进口袋找手绢，不料却触到了杰夫雷的信。她取出信把它撕开。

爱丽丝说："这会儿上面的路基本上清除干净了，但是到莱德斯还是要整整半小时。我本可以早点来，只是我得先给司各托老太太寻一间小屋，你知道她的房子给洪水冲走了。我把凯丽带过来了，吩咐她给我们准备点茶。我还带了块樱桃蛋糕。我看，信里没有什么坏消息吧？"

"没，没有，"玛丽安回答，"好消息。我的一个朋友订婚了，准备结婚。他要娶的姑娘是我以前学校的同事。他们一起在西班牙——"

"好棒。"爱丽丝不禁泪流满面。

玛丽安默默地把手绢递给她。是的，现在她会回到那一切中去，回到那个真实的世界里。她会在杰夫雷的婚礼上翩翩起舞。

# 第三十五章

艾菲汉把外套裹紧走进候车室。火车要再过一会儿才会开。阴暗的房间里燃着小小的炉火。下午的天空灰蒙蒙、阴沉沉的，空气中透着一丝冬日的寒意。

艾菲汉两天前离开莱德斯了。葬礼结束后他没法再走进那房子里，于是一个人来到布莱克港的渔家客栈。如果把这段时光纯粹看成度假，它倒也是种津津有味、颇为愉快的经历。他在码头上游来荡去地看渔船，一个小时一个小时地泡在酒吧里胡思乱想。他吃得挺好，大体上感觉不错。今天出租车载着他返回原路。布莱克港的这一小段铁路只替机场服务，所以他得取道盖兹和莱德斯之间的一条路，回到更北的那个火车站。透过灰暗却很清晰的雨帘，他看了一眼那两栋房子，心里感觉是最后一次看它们了。那两栋房子像女妖斯库拉和卡律布狄斯[①]一样虎视眈眈地看着他，但是它们让他安然地走过去了。

艾菲汉匆匆忙忙地、慌里慌张地从莱德斯辞别出来。事先他隐隐约约地向爱丽丝透露过口风。他等到冗长而节奏缓慢的葬礼准备就绪，然后便跟着那群模样可笑、步履踉跄的送葬队伍走过一条条狭窄泥泞的乡间小路，来到那个偏僻的小教堂。之后，他迅速行动起来，如释重负地将衣服胡乱塞进箱子。在他们被牢牢埋进潮湿的土里之前，他无法思想，无法感觉，无法做任何事情。现在，他想活下去的愿望好像更加猛烈地涌回来了。在他的名下，他依然贮存有旺盛的精力、明确的目标和工作。

前一夜他同爱丽丝好好谈过一次话。谈话奇怪地充满了悲观主义的色彩。晚饭前，他们裹着外套和毛毯坐在露台上，喝着威士忌，望着黯然失色的盖兹和黝黑的悬崖绝壁，两个人似乎在断断续续地各说各的。艾菲汉的目的是要尽可能温柔地、体面地离开爱丽丝，而爱丽丝的目的则是要让艾菲汉走，但不要哭哭啼啼，纠缠不清。他们俩似乎在齐心协力地把压在他们身上的重物搬到地上。

爱丽丝说，把你当成一个爱的对象我似乎是搞错了。我十八岁的时候是真心实意地爱着你。或许我对你的爱从未增加过。依稀还记得那段痛不欲生的时光，但是不知怎的，最近几年我不再感到难受，也许跟汉娜有一点关系。就在你开始爱上她的那会儿，我对你的感情发生了转变。我像是变成了一个旁观者。我的角色是一个大度的失意人。再说，因为你的爱也是无望的，我便可以构思出一个故事来安慰自己，所以我就冷却了对你的感情，失意的心也得到不少安慰。后来有了丹尼斯，要是我能够不视他为仆人，可能他倒会令我真的痛苦，但是我办不到。我终归会放你走的，艾菲。这一段恍若梦幻的岁月里，汉娜替我留下了你，但是现在她走了，她让你自由了。我将永远带着感激之心，记得你曾有片刻时间爱上我，就当那是给深深爱着你的一个十八岁的姑娘的礼物好了。

艾菲汉说，我的这场冒险已经结束了，而你，不知不觉成为

---

① 斯库拉(Scylla)，希腊神话中栖居意大利墨西拿海峡的锡拉岩礁上，攫取船上水手的女妖。卡律布狄斯(Charybdis)，《荷马史诗》中的女妖。

冒险的一部分，也已经结束了。我只能把你当成故事中的一个插曲来爱你，我想那天我的确爱上了你。我爱你是为了博得汉娜的欢心，是为了让汉娜生气，不是为了你本人。不知道这么做是对还是错，该不该在汉娜最需要我的时候抛弃了她，是不是还有别的路可走，我不知道。我觉得一切都是命中注定的，在劫难逃，我们都是汉娜梦中的人物。汉娜的死更是在劫难逃，也是我们一直等待的结局。我们都是这场活动的参与者，现在大家都被打发出来了。我们又回到我们真实的生活和工作中来了：天知道，这个梦消亡了，最终一切都结束了，这对我们来说会不会更好呢？

艾菲汉离开前没有单独去见麦克斯。最近几周来，老人似乎苍老到令人费解的地步，如今他看上去像一个很早以前就与世隔绝的干瘪的圣人。好像那是麦克斯的葬礼一样，人们十分隆重地把他抬出人世间，似乎其他人只是梦中的死人，而麦克斯才是真正穿上寿衣的人。艾菲汉放出风声说他很快就会离开，午饭后他同麦克斯握手告别，含含糊糊地说了一些祝福和感谢的话。老人冲着他笑了笑，但是没有把他拉到一边私下谈谈，也没有给他一些忠告或祝福，或者对发生的事做一番评论。为什么他要这么做呢？艾菲汉气冲冲地想。他已经听够了麦克斯的宏论和阐释。总是把自己的老导师当成永远正确的智慧源泉的人是不会进步的。

艾菲汉匆匆忙忙离开屋子，鼓鼓囊囊的箱子露出了领带和衣服袖子。他边穿外套边跑下楼梯，想赶在麦克斯午休醒来之前离开。爱丽丝拼命想塞些礼物给他，搞得他走也不是，不走也不是，好像他要出远门似的——出一趟没有她同行的远门。她送了一支水笔给他——他以前向她借过这支笔，很喜欢它，还有一块放在盥洗室里的他十分中意的日本印花布，一部他俩曾经一块读过的装帧相当精美的马韦尔[①]的诗集，一只放在他卧室烛台上的他很熟悉的瓷猫，还有几个她自己十分钟爱的贝壳。这些东西放在一起鼓鼓的，非常容易碎，最后他不得不求她另外好好打包寄给他。这些小礼物让他感慨万千，他以为在去布莱克港的出租车上自己会一路抹眼泪，但是艾菲汉实际上一路想个不停的是：告别的时候没有吻凯丽是不是太过矜持了。

一想到汉娜他就心神不宁，也许以后都是这样。汉娜老是出现在他的梦中，在他醒了之后睁大的眼睛前变来变去，一会儿可怜兮兮，一会儿眼神充满责备，但是总是楚楚动人。他不认为是自己害了她，倒仿佛是她想害他似的，她像个美丽的苍白的吸血鬼，夜里在他的窗前徘徊踟蹰，一个残忍的美女[②]。但是，他从来没有真正让她进来，真正进到心里来。如果有的话，现在他可能已经不在人世了。他纳闷不已，是什么救了他的命？他十分庆幸地猜测，难道是他那种罕见的、膨胀的、深不可测的自我主义？还是人本性中的健全与理智的部分（可它们也很容易被怪异和致命的东西魅惑）？是她突然从孤独的巅峰上跌落，无声地向司各托投降在最后起了决定性作用，缔造了故事不同寻常的结尾。如果她的投降带来了如此鲜明的差异，不也暗示了她平日的警觉是有精神意义的吗？她是他们的嬷嬷，她打破了自己的誓言。

不过她是一个奇怪的嬷嬷。就在前一阵他们还一起待在她那疲倦的、拥挤的、金光闪闪的房间里，她零乱不堪的囚室里。记忆宛如一块光洁的琥珀，散发出陈旧而颓废的快乐气息。他很高

---

① 马韦尔（Marvell，1621—1678），英国诗人，玄学派代表诗人之一。

② 原文是法语。

兴她被人看守、隐藏和囚禁。麦克斯说过，他们大家都往她身上去寻找他们各自痛苦的意义，把自己的罪恶卸下，放到她那儿去燃烧，他这么说也许是对的。这是一个精神生活的幻想，一个故事，一出悲剧。只不过精神生活没有故事可言，不会是悲剧。汉娜在他们眼里的形象是上帝；如果说她是个假上帝，那当然是他们鼎力塑造而成的。如今他把她看做一个注定要毁灭的人，一个莉莉斯[①]，一个面色苍白，跟死人打交道的女巫：反正就不是一个真实的人。

如果已经结束的一切的确是精神生活的幻想，那么，是里面的幻象而不是精神部分让他动心了。他以为自己太过渺小、太微不足道而不能引起世上邪恶势力的关注，这样的想法和他的自我主义帮他摆脱了邪恶，但是他也并没有受到善的眷顾。善被迫成为欲望的对象，就好像上帝被迫成为欲望的对象，这样的观点不管是对是错，让麦克斯伤脑筋去吧。他自己还是要赶快回到那个熟悉的、平凡的世界中。现在他多盼望回到原来的世界中啊，回到办公室、酒吧、晚宴和枯燥乏味的乡下周末中去。他甚至觉得听人家嚼舌都会很有趣。他会想方设法忘记刚刚目睹的一切。

天开始下雨了。火车跟往常一样又晚点了。艾菲汉百无聊赖地展开一份《布莱克报》，报纸是他早晨买的，但一直没空看。在莱德斯几乎买不到报纸，它在无聊的时候仍然是一种调剂，一种小小的消遣。他的眼睛突然捕捉到一个熟悉的名字。他赶紧翻到那一页。

---

① 中世纪鬼魔学中的著名女巫。

一起可怕的事故。我们难过地获悉，昨天在著名作家麦克斯·列殊先生的家里发生了一起令人悲伤的事故。列殊先生的儿子，菲利普·列殊先生在擦拭枪的时候不幸因枪走火而中弹身亡……

艾菲汉把报纸叠好。有一会儿他感到十分悲痛，搞不清楚该不该马上返回莱德斯，结果他抱着怯懦又庆幸的心理想：不回去。出发之前看到这个消息的机会微乎其微，他们只知道现在他已经到了很远的地方。再说那里已经没有他的位置，他再也无法安慰列殊一家了。今生今世他都不会回去。他想到皮普，开始的时候满怀同情和悲伤，不久心里便涌上一种莫名其妙的得意。他一度相当羡慕皮普，但是那段时光已经一去不复返了。皮普漫长的守望已经结束。他的死给整个故事划上了一个句号，使其笼罩上一层浓浓的悲剧色彩。这一切因此更容易被摆脱了，它们像一个巨大的漂浮的球体一样漂向过去。汉娜索要走了她最后一个牺牲品。

艾菲汉听到火车遥遥驶来的声音。现在他已经迫不及待地想走，逃离这里。他抓好行李箱，那列小小的火车慢慢地、轰隆轰隆地驶进站台停了下来，他一个箭步冲上火车，到头等车厢去。他急急忙忙放行李的时候，瞥见下面的站台上玛丽安·泰勒上二等车厢的身影，不知道她有没有看到他。他静静地坐在那儿，刚才搬行李累得他气喘如牛，他靠在椅背上等火车开动。只有等火车开动之后，他才会真正感到安全。

火车终于开了，驶出破破烂烂的车站。细雨蒙蒙中斯加伦光秃秃的顶端是铅一般的灰色。火车越来越快地奔驰在没有树木的土地上。艾菲汉长叹一声，将手上的报纸揉皱了。能活着讲述他们的悲剧是他的失败，也是他的胜利。“世上没有哪个声音不会慢慢沉寂，没有哪个名字——不管里面曾经蕴涵了多么惊心动魄的爱情——呼唤它的声音不会最终渐渐消逝。”他是给这个谜拉上帷幕的天使，终场时就剩下他一个人待在外面宽敞明亮的观众席上，恍惚可以听见散场的脚步声和闲话家常的声音。他又叹了一口气，然后闭上眼睛，不再看这令人心惊胆战的土地。

到格莱顿枢纽站他要给伊丽莎白打个电话。可能换到另一列火车的时候，他会请玛丽安到他的包厢来，这个念头让他喜滋滋的。她对他的倚重依旧叫他很感动。她会欣然接受的。她也一样属于外面这个宽敞的、灯火通明的世界。待到特快列车载着他们穿行在中央平原之时，他们会把整个故事的前前后后好好温习一遍的。

Iris Murdoch
**THE UNICORN**


图字：09－2011－615号

**图书在版编目(CIP)数据**

独角兽/(英)艾丽丝·默多克(Iris Murdoch)著；邱艺鸿译. —上海：上海译文出版社，2021.10
(艾丽丝·默多克作品)
书名原文：The Unicorn
ISBN 978－7－5327－8815－6

Ⅰ.①独… Ⅱ.①艾… ②邱… Ⅲ.①长篇小说—英国—现代 Ⅳ.①I561.45

中国版本图书馆CIP数据核字(2021)第156414号

**独角兽**
[英]艾丽丝·默多克 著 邱艺鸿 译
策划/冯涛 责任编辑/管舒宁 装帧设计/张志全工作室

上海译文出版社有限公司出版、发行
网址：www.yiwen.com.cn
200001 上海福建中路193号
江阴市机关印刷服务有限公司印刷

开本 889×1194 1/32 印张 10.5 插页 6 字数 171,000
2021年10月第1版 2021年10月第1次印刷
印数：0,001—5,000册

ISBN 978－7－5327－8815－6/I·5447
定价：72.00元